Andrea Camilleri, 1925 in dem sizilianischen Küstenstädtchen Porto Empedocle geboren, ist Schriftsteller, Drehbuchautor, Regisseur und lehrt seit über zwanzig Jahren an der Accademia d'arte drammatica Silvio D'Amico in Rom. Mit seinem vielfach ausgezeichneten literarischen Werk löste er in Italien eine Begeisterung aus, die DIE WELT treffend als »Camillerimania« bezeichnete. Vor allem die Kriminalromane um Commissario Salvo Montalbano haben Andrea Camilleri mittlerweile auch in Deutschland eine große Fangemeinde beschert.

Andrea Camilleri

Die Stimme der Violine

Commissario Montalbano löst
seinen vierten Fall

Aus dem Italienischen von
Christiane von Bechtolsheim

BLT

BLT

Band 25 956

Vollständige Taschenbuchausgabe
der in der editionLübbe erschienenen Hardcoverausgabe

BLT und editionLübbe
sind Imprints der Verlagsgruppe Lübbe

Titel der italienischen Originalausgabe: LA VOCE DEL VIOLINO,
erschienen bei Sellerio Editore, Via Siracusa 50, Palermo

Einbandgestaltung: Gisela Kullowatz,
unter Verwendung des Gemäldes »Sera a Velate«
von Renato Guttuso, 1980, Privatsammlung, Turin

Autorenfoto: Basso Cannarsa
Satz: Kremerdruck GmbH, Lindlar
Druck und Verarbeitung: Elsnerdruck, Berlin
Printed in Germany, März 2003
ISBN 3-404-25956-4

Sie finden uns im Internet unter:
http://www.luebbe.de

Der Preis dieses Bandes versteht sich einschließlich
der gesetzlichen Mehrwertsteuer.

Eins

Mit diesem Tag war überhaupt nichts anzufangen, das wusste der Commissario sofort, als er die Fensterläden des Schlafzimmers öffnete. Es war dunkel, bis zum Morgengrauen dauerte es mindestens noch eine Stunde, doch war die Dunkelheit nicht mehr ganz so undurchdringlich, immerhin war schon, voller dicker Regenwolken, der Himmel zu erkennen und jenseits des hellen Sandstrands das Meer, das aussah wie ein Pekinese. Seit ihn einmal ein winziges, mit Schleifchen verziertes Exemplar dieser Hunderasse nach einem wütenden, als Bellen ausgegebenen geifernden Krächzen schmerzhaft in die Wade gebissen hatte, nannte Montalbano das Meer so, wenn es von kurzen, kalten Windstößen aufgewühlt wurde und auf den unzähligen kleinen Wellen lächerliche Schaumbüschel saßen. Und da er an diesem Vormittag etwas Unangenehmes zu tun hatte, wurde seine Laune noch schlechter. Er musste nämlich auf eine Beerdigung.

Am Abend zuvor hatte er im Kühlschrank von seiner Haushälterin gekaufte frische Sardinen vorgefunden, sie als Salat mit viel Zitronensaft, Olivenöl und frisch gemahlenem Pfeffer zubereitet und mit großem Appetit verdrückt. Er hatte es sich so richtig schmecken lassen, aber dann hatte ein Telefonanruf ihm alles verdorben.

»*Pronti*, Dottori? Dottori, sind Sie's wirklich selber?«
»Ich bin's wirklich selber, Catarè. Was gibt's denn?«
Im Kommissariat hatten sie Catarella, in der irrigen Annahme, er werde dort weniger Schaden anrichten als anderswo, in die Telefonvermittlung verbannt. Nach einigen saftigen Wutanfällen hatte Montalbano begriffen, dass die einzige Chance, mit Catarella ein Gespräch zu führen, ohne an den Rand des Deliriums zu geraten, darin bestand, sich derselben Redeweise zu bedienen.
»*Domando pirdonanza e compressione, dottori.*«
Oje. Er bat um Verzeihung und Verständnis. Montalbano spitzte die Ohren – wenn Catarellas so genanntes Italienisch förmlich und gespreizt daherkam, konnte es sich nur um ein größeres Problem handeln.
»Sag nur, was los ist, Catarè.«
»Vor drei Tagen, da wollte jemand Sie ganz persönlich sprechen, Dottori, aber Sie waren gar nicht da, und ich hab vergessen, es Ihnen auszurichten.«
»Woher kam der Anruf?«
»Aus Florida, Dottori.«
Montalbano erstarrte vor Schreck. Augenblicklich sah er sich selbst im Jogginganzug auf Trimmpfaden trainieren, zusammen mit athletisch gebauten, strammen amerikanischen Beamten von der Drogenbekämpfung, mit denen er in einem komplizierten Fall von Rauschgifthandel ermittelte.
»Sag mal, Catarè, wie habt ihr denn miteinander geredet?«
»Wie wir geredet haben? *In taliàno*, Dottori, italienisch.«
»Hat der Anrufer dir gesagt, was er wollte?«

»Klar, alles hat er mir gesagt. Er hat gesagt, dass die Frau vom Vicequestore Tamburrano gestorben ist.«
Montalbano konnte einen Seufzer der Erleichterung nicht zurückhalten. Der Anruf war nicht aus Florida, sondern aus dem Kommissariat von Florìdia bei Syrakus gekommen. Caterina Tamburrano war schon seit langem schwer krank gewesen, und die Nachricht kam nicht überraschend.
»Dottori, sind Sie immer noch dran, Sie selber?«
»Ich bin immer noch dran, Catarè, ich bin kein anderer geworden.«
»Der Anrufer hat noch gesagt, dass die Beerdigung Donnerstagmorgen um neun ist.«
»Donnerstag? Morgen früh also?«
»*Sissi*, Dottori.«
Montalbano war mit Michele Tamburrano zu eng befreundet, als dass er der Beerdigung hätte fernbleiben können; so konnte er auch wieder gutmachen, dass er nicht mal bei ihm angerufen hatte. Von Vigàta nach Florìdia brauchte man mit dem Auto mindestens dreieinhalb Stunden.
»Hör zu, Catarè, mein Auto ist in der Werkstatt. Ich brauch morgen früh pünktlich um fünf einen Streifenwagen hier bei mir in Marinella. Sag Dottor Augello Bescheid, dass ich nicht ins Büro komm und erst am frühen Nachmittag zurück bin. Hast du alles richtig verstanden?«

Als er aus der Dusche kam, war seine Haut rot wie eine Languste: Um das Frösteln wettzumachen, das er beim Anblick des Meeres gespürt hatte, hatte er zu lange zu heiß geduscht. Er fing gerade an, sich zu rasieren, als er den Streifenwagen kommen hörte. Dessen Ankunft war im

Umkreis von zehn Kilometern auch kaum zu überhören. Mit Überschallgeschwindigkeit schoss er daher, bremste kreischend, wobei er Salven von Kies abfeuerte, der in alle Richtungen spritzte, dann hörte man das verzweifelte Geheul eines überdrehten Motors, gequältes Gangschalten, schrilles Reifengequietsche und noch mal spritzenden Kies. Der Fahrer hatte den Wagen gewendet und startbereit hingestellt.

Als Montalbano reisefertig das Haus verließ, stand Gallo da, der Fahrer des Kommissariats, und juchzte.

»*Taliasse ccà*, Dottore! Schauen Sie sich diese Reifenspuren an! Fabelhaft gewendet! Ich hab den Wagen um sich selbst gedreht!«

»Toll«, sagte Montalbano finster.

»Soll ich das Martinshorn anmachen?«, fragte Gallo, als sie losfuhren.

»Steck's dir sonstwohin«, gab Montalbano giftig zurück und schloss die Augen. Er hatte keine Lust zu reden.

Als Gallo, der am Indianapolis-Syndrom litt, sah, dass sein Chef die Augen zugemacht hatte, drückte er aufs Gas, um auf einen Kilometerschnitt gemäß den Fahrerqualitäten, die er zu haben glaubte, zu kommen. Sie waren noch keine Viertelstunde unterwegs, da krachte es schon. Als die Bremsen quietschten, öffnete Montalbano die Augen, sah aber überhaupt nichts; sein Kopf wurde erst heftig nach vorn geschleudert und dann durch den Sicherheitsgurt wieder nach hinten gedrückt. Es folgte das verheerende Geräusch, wenn Blech gegen Blech knallt, und dann Stille, eine Stille wie im Märchen, mit Vogelgezwitscher und Hundegebell.

»Hast du dir weh getan?«, fragte der Commissario, als er sah, dass Gallo sich die Brust massierte.
»Nein. Und Sie?«
»Ich auch nicht. Wie ist denn das passiert?«
»*Una gaddrina*, ein Huhn ist mir reingelaufen.«
»Ich hab noch nie erlebt, dass ein Huhn die Straße überquert, wenn ein Auto kommt. Sehen wir mal nach, was kaputt ist.«
Sie stiegen aus. Keine Menschenseele fuhr vorbei. Der lange Bremsweg hatte Spuren auf dem Asphalt hinterlassen: Da, wo sie anfingen, war ein dunkler Klumpen zu sehen. Gallo ging hin und wandte sich dann triumphierend dem Commissario zu.
»Was hab ich gesagt? Ein Huhn war's.«
Eindeutig Selbstmord. Das Auto, das sie gerammt hatten und dessen Heck völlig zertrümmert war, war wohl ordnungsgemäß am Straßenrand geparkt gewesen, aber nach dem Aufprall stand es etwas schräg. Es war ein flaschengrüner Renault Twingo, der anscheinend die Zufahrt zu einem Weg versperren sollte; dieser Weg führte nach etwa dreißig Metern zu einer kleinen zweistöckigen Villa, deren Tür und Fenster verriegelt waren. An dem Streifenwagen waren nur ein Scheinwerfer zersplittert und der rechte Kotflügel verbeult.
»Und was machen wir jetzt?«, fragte Gallo zerknirscht.
»Wir fahren weiter. Glaubst du, unser Auto geht noch?«
»Ich probier's mal.«
Knirschend löste sich der Wagen im Rückwärtsgang aus dem anderen Auto, in das er sich verkeilt hatte. Auch jetzt zeigte sich niemand an einem der Fenster der Villa. Die

Leute hatten offenbar einen guten Schlaf, denn der Twingo gehörte sicher jemandem, der hier wohnte, es gab keine anderen Häuser in der Umgebung. Während Gallo mit beiden Händen versuchte, den Kotflügel anzuheben, der am Reifen schleifte, schrieb Montalbano die Telefonnummer des Kommissariats auf einen Zettel und steckte ihn hinter den Scheibenwischer.

Wenn ein Tag schon so anfängt... Eine halbe Stunde nachdem sie weitergefahren waren, massierte Gallo sich erneut die Brust und verzog hin und wieder vor Schmerz das Gesicht.

»Lass mich fahren«, sagte der Commissario, und Gallo hatte nichts dagegen.

Als sie auf der Höhe von Fela waren, fuhr Montalbano nicht die Superstrada weiter, sondern bog in eine Abzweigung ein, die in die Stadtmitte führte. Gallo merkte es nicht, er hatte seine Augen geschlossen und den Kopf ans Seitenfenster gelehnt.

»Wo sind wir?«, fragte er und machte sofort die Augen auf, als er merkte, dass der Wagen hielt.

»In Fela, ich bring dich ins Krankenhaus. Steig aus.«

»Aber es ist nichts, Commissario.«

»Steig aus. Sie sollen dich wenigstens kurz anschauen.«

»Dann bleib ich hier, und Sie fahren weiter. Auf der Rückfahrt holen Sie mich wieder ab.«

»Red keinen Stuss. Komm.«

Der kurze Blick, den man auf Gallo warf, dauerte mit Abhören, dreimaligem Blutdruckmessen, Röntgen und so weiter über zwei Stunden. Am Ende lautete die Diagnose, dass

Gallo sich nichts gebrochen hatte, die Schmerzen rührten daher, dass er bös ans Lenkrad geknallt war, und der Schwächezustand war auf den Schreck zurückzuführen, den er bekommen hatte.
»Und was machen wir jetzt?«, fragte Gallo noch zerknirschter.
»Was wohl, wir fahren weiter. Aber ich setz mich ans Steuer.«

Er war schon zwei- oder dreimal in Floridia gewesen und wusste auch noch, wo Tamburrano wohnte. Also fuhr er in Richtung Chiesa della Madonna delle Grazie, der Kirche, die praktisch an das Haus seines Kollegen angrenzte. Als er auf die Piazza kam, sah er die schwarzbehängte Kirche und Leute, die hineinhasteten. Der Gottesdienst hatte wohl mit Verspätung angefangen, nicht nur Montalbano kam eben manchmal etwas dazwischen.
»Ich fahr in die Werkstatt des Kommissariats und lass den Wagen anschauen«, sagte Gallo. »Nachher hol ich Sie wieder ab.«
Montalbano betrat die überfüllte Kirche, der Gottesdienst hatte gerade begonnen. Er sah sich um, kannte aber niemanden. Tamburrano saß bestimmt in der ersten Reihe, in der Nähe des Sarges vor dem Hochaltar. Der Commissario beschloss zu bleiben, wo er war, neben dem Portal: Er würde Tamburrano die Hand schütteln, wenn der Sarg aus der Kirche getragen wurde. Bei den ersten Worten des Pfarrers, eine ganze Zeit lang nach Beginn der Messe, schrak er zusammen. Er hatte richtig gehört, da war er ganz sicher. Der Pfarrer hatte gerade angefangen zu sagen:

»Unser geliebter Nicola hat dieses irdische Jammertal verlassen…«

Er nahm seinen ganzen Mut zusammen und tippte einer alten Frau auf die Schulter.

»Entschuldigen Sie, Signora, für wen ist diese Trauerfeier?«

»Für den armen Ragioniere Pecorato. *Pirchì?* Warum?«

»Ich dachte, sie sei für Signora Tamburrano.«

»Ah. Die war in der Chiesa di Sant'Anna.«

Zu Fuß – er rannte fast – brauchte er zur Chiesa di Sant' Anna eine Viertelstunde. Außer Atem und schwitzend traf er den Pfarrer in der ansonsten menschenleeren Kirche an.

»Verzeihen Sie, die Trauerfeier für Signora Tamburrano?«

»Die ist schon seit bald zwei Stunden vorbei«, sagte der Pfarrer und musterte ihn streng.

»Wissen Sie, ob sie hier beerdigt wird?«, fragte Montalbano und wich dem Blick des Pfarrers aus.

»Aber nein! Sie haben sie nach der Trauerfeier nach Vibo Valentia mitgenommen. Sie wird dort im Familiengrab bestattet. Ihr Mann, der Witwer, wollte mit seinem Auto hinterherfahren.«

Es war also alles umsonst gewesen. An der Piazza della Madonna delle Grazie hatte er ein Café mit Tischen im Freien gesehen. Als Gallo mit dem notdürftig reparierten Wagen ankam, war es fast zwei Uhr. Montalbano erzählte ihm, was passiert war.

»Und was machen wir jetzt?«, fragte Gallo, mittlerweile vollends zerknirscht, zum dritten Mal an diesem Vormittag.

»Iss eine *brioscia* mit einer *granita*, die machen sie hier gut, und dann fahren wir zurück. Wenn *il Signore* uns beisteht und *la Madonna* uns begleitet, sind wir abends um sechs in Vigàta.«

Die Bitte wurde erhört, sie brausten dahin, dass es ein Vergnügen war.

»Das Auto steht immer noch da«, sagte Gallo, als Vigàta schon in Sicht war.

Der Twingo stand genau so da, wie sie ihn am Morgen verlassen hatten, etwas schräg an der Einmündung zu der Auffahrt.

»Die haben bestimmt schon im Kommissariat angerufen«, sagte Montalbano.

Aber er machte sich selbst was vor: Der Anblick des Autos und der kleinen Villa mit den verriegelten Fenstern bereitete ihm Unbehagen.

»Fahr zurück!«, befahl er Gallo plötzlich.

Gallo machte eine verwegene Kehrtwendung, die ein Hupkonzert auslöste, in Höhe des Twingos machte er wieder eine, die noch verwegener war, und bremste hinter dem beschädigten Auto.

Montalbano stieg schnell aus. Er hatte im Rückspiegel schon richtig gesehen, als sie vorbeigefahren waren: Der Zettel mit der Telefonnummer steckte noch am Scheibenwischer, niemand hatte ihn angerührt.

»Da stimmt was nicht«, sagte der Commissario zu Gallo, der ihm gefolgt war. Er ging den Weg entlang. Die Villa musste erst kürzlich gebaut worden sein, das Gras vor der Haustür war noch vom Kalk verbrannt. Auch neue Dachziegel waren in einem Winkel vor dem Haus gestapelt. Der

Commissario sah aufmerksam die Fenster an, kein Licht drang nach außen.
Er ging an die Tür und klingelte. Er wartete ein bisschen und klingelte dann noch mal.
»Weißt du, wem das Haus gehört?«, fragte er Gallo.
»*Nonsi*, Dottore.«
Was sollte er tun? Es wurde Abend, er war mittlerweile ziemlich müde, dieser anstrengende und nutzlose Tag saß ihm in den Knochen.
»Komm, wir fahren«, sagte er und fügte, weil er sich das vergeblich einzureden suchte, hinzu: »Die haben bestimmt schon angerufen.«
Gallo sah ihn zweifelnd an, sagte aber nichts.

Der Commissario ließ Gallo gar nicht erst ins Büro, sondern schickte ihn sofort nach Hause, damit er sich ausruhen konnte. Sein Vice, Mimì Augello, war nicht da, er war zur Berichterstattung beim neuen Questore von Montelusa, Luca Bonetti-Alderighi, einem eifrigen jungen Mann aus Bergamo, der es innerhalb eines Monats geschafft hatte, sich überall hochgradig unbeliebt zu machen.
»Der Questore«, berichtete ihm Fazio, der Beamte, mit dem Montalbano am ehesten freundschaftlich verbunden war, »war schon ganz nervös, weil er Sie in Vigàta nicht erreicht hat. Deswegen musste Dottor Augello hin.«
»Er musste hin?«, gab der Commissario zurück. »Der hat bestimmt die Gelegenheit beim Schopf ergriffen, um sich in Szene zu setzen!«
Er erzählte Fazio von dem Unfall am Morgen und fragte ihn, ob er wisse, wem das Haus gehöre. Fazio wusste es

nicht, versprach seinem Chef aber, am nächsten Morgen ins Rathaus zu gehen und sich zu erkundigen.
»Ach ja, Ihr Wagen ist in unserer Werkstatt.«
Bevor er heimfuhr, befragte der Commissario noch Catarella.
»Hör zu, und denk gut nach. Hat zufällig jemand wegen einem Auto angerufen, das wir angefahren haben?«
Kein Anruf.

»Ich verstehe nicht recht«, sagte Livia mit gereizter Stimme am Telefon in Boccadasse, Genua.
»Was gibt es da zu verstehen, Livia? Ich hab's dir doch gesagt, jetzt sag ich's noch mal. Die Unterlagen für François' Adoption sind noch nicht fertig, es sind unvorhergesehene Probleme aufgetreten, und ich habe den alten Questore nicht mehr hinter mir, der jederzeit bereit war, alle Schwierigkeiten aus dem Weg zu räumen. Wir müssen uns eben gedulden.«
»Ich rede nicht von der Adoption«, sagte Livia frostig.
»Ach nein? Wovon denn dann?«
»Von unserer Hochzeit rede ich. Während die Probleme mit der Adoption gelöst werden, können wir heiraten. Es hängt ja nicht das eine vom anderen ab.«
»Natürlich nicht«, sagte Montalbano, der sich gehetzt und in die Enge getrieben fühlte.
»Ich will eine klare Antwort auf die Frage, die ich dir jetzt stelle«, fuhr Livia unerbittlich fort. »Angenommen, die Adoption ist nicht möglich. Was tun wir deiner Meinung nach dann, heiraten wir trotzdem oder nicht?«
Ein plötzlicher ohrenbetäubender Donnerschlag rettete ihn.

»Was war das?«, fragte Livia.
»Es donnert. Da ist ein irrsinniges Gewitt...«
Er legte auf und zog den Stecker aus der Wand.

Montalbano konnte nicht einschlafen. Er wälzte sich im Bett hin und her und wickelte sich in die Laken ein. Gegen zwei Uhr morgens begriff er, dass seine Einschlafversuche für die Katz waren. Er stand wieder auf, zog sich an, nahm einen Lederbeutel, den ihm vor langer Zeit ein Einbrecher geschenkt hatte, der dann sein Freund geworden war, setzte sich ins Auto und fuhr los. Das Gewitter war noch heftiger als vorher, Blitze erleuchteten alles taghell. Als er bei dem Twingo ankam, versteckte er sein Auto hinter den Büschen und schaltete die Scheinwerfer aus. Aus dem Handschuhfach nahm er seine Pistole, ein Paar Handschuhe und eine Taschenlampe. Er wartete, bis der Regen etwas nachließ, dann sprang er mit langen Schritten über die Straße, rannte den Weg hinauf und drückte sich gegen die Tür. Er klingelte lange, niemand antwortete. Er zog die Handschuhe an und nahm einen dicken Schlüsselring aus dem Lederbeutel, an dem ein Dutzend unterschiedlich geformter Dietriche hingen. Beim dritten Versuch ging die Tür auf, sie war nur zugeschnappt und nicht abgeschlossen gewesen. Er ging hinein und schloss die Tür hinter sich. Im Dunkeln bückte er sich, schlüpfte aus seinen durchnässten Schuhen und stand in Strümpfen da. Er schaltete die Taschenlampe ein und hielt sie auf den Boden gerichtet. Er befand sich in einem geräumigen Esszimmer mit anschließendem Salon. Die Möbel rochen nach Lack, alles war neu, sauber und ordentlich. Eine Tür führte in eine Küche, die so blitzblank war, dass sie einer Reklame entnommen schien; eine andere Tür ging in ein derart auf Hochglanz poliertes Bad, dass man meinen konnte, es sei noch nie betreten worden. Langsam stieg er die Treppe hinauf, die in das obere Stockwerk führte. Dort waren drei geschlossene Türen. Die erste, die er öffnete, gab den Blick auf ein sauberes kleines Gastzimmer frei; die zweite führte in ein Bad, das größer war als das im Erdgeschoss, im Gegensatz zu dem unteren herrschte hier allerdings ziemliche Unordnung. Ein rosa Frotteebademantel lag auf dem Boden, als hätte ihn derjenige, der ihn getragen hatte, einfach fallen lassen. Das dritte Zimmer war das Schlafzimmer der Hausbewohner. Und gewiss war das die junge blonde Hausherrin, dieser nackte, fast kniende Körper, der mit dem Bauch über der Bettkante lag, die Arme ausgebreitet, das Gesicht im Leintuch vergraben, das von den Fingernägeln der Frau zerfetzt worden war, als sie sich, offenbar in den Krämpfen des Erstickungstodes, daran festgeklammert hatte. Montalbano trat zu der Leiche, zog einen Handschuh aus und berührte sie leicht: Sie war eiskalt und starr. Die Frau musste bildschön gewesen sein. Der Commissario ging die Treppe hinunter, schlüpfte wieder in seine Schuhe, wischte mit dem Taschentuch die kleine Pfütze auf, die sie auf dem Fußboden hinterlassen hatten, ging aus dem Haus, machte die Tür zu, überquerte die Straße, setzte sich ins Auto und fuhr los. Auf der Fahrt nach Marinella dachte er fieberhaft nach. Was sollte er tun, damit das Verbrechen entdeckt wurde? Er konnte dem Richter ja schlecht erzählen, was er angestellt hatte. Der Richter, der Dottor Lo Bianco vertrat – dieser hatte sich in den vorläufigen Ruhestand versetzen lassen, um sich verstärkt der nicht enden wollenden Forschungsarbeit über zwei historische Gestalten widmen zu können, die er für seine Vorfahren hielt –, war Venezianer, hieß mit Vornamen Nicolò und mit Nachnamen Tommaseo und brachte bei jeder Gelegenheit seine »unabdingbaren Vorrechte« zur Sprache. Er hatte ein Gesichtchen wie ein schwindsüchtiges Kind, das er unter seinem Belfiore-Märtyrerbart versteckte. Als Montalbano seine Haustür öffnete, fiel ihm endlich die Lösung des Problems ein. So kam es, dass er selig schlafen konnte.

Zwei

Ausgeruht und geschniegelt kam er um halb neun ins Büro.

»Wusstest du, dass der Questore was Besseres ist?«, fragte Mimì Augello ihn gleich, als er ihn sah.

»Ist das ein moralisches Urteil, oder ist es heraldisch belegt?«

»Heraldisch belegt.«

»Das habe ich schon an dem Bindestrich zwischen den beiden Nachnamen gesehen. Und du, Mimì, was hast du gemacht? Hast du ihn mit Conte, Barone, Marchese angeredet? Hast du ihm Honig ums Maul geschmiert?«

»Komm, Salvo, das bildest du dir immer ein!«

»Ich?! Fazio hat mir gesagt, dass du dich am Telefon beim Questore lieb Kind gemacht hast und dann wie eine Rakete abgezischt bist, um ihn zu besuchen.«

»Jetzt hör mal zu, der Questore hat wörtlich zu mir gesagt: ›Wenn Commissario Montalbano unauffindbar ist, dann kommen Sie sofort.‹ Was sollte ich denn tun? Ihm antworten, ich könnte nicht, weil mein Chef sonst stinkig wird?«

»Was wollte er denn?«

»Ich war nicht allein bei ihm. Die halbe Provincia war da. Er hat uns mitgeteilt, dass er die Absicht hat, zu verjüngen und zu modernisieren. Er hat gesagt, wer nicht in der Lage sei, bei seinem schnelleren Tempo mitzuhalten, könnte ja Schrotthändler werden. Genau das hat er gesagt: Schrotthändler. Allen war klar, dass er dabei dich und Sandro Turri aus Calascibetta im Auge hatte.«

»Wie seid ihr denn darauf gekommen?«

»Als er ›Schrotthändler‹ sagte, hat er lange erst Turri und dann mich angeschaut.«

»Könnte es nicht sein, dass er dich gemeint hat?«

»Komm, Salvo, alle wissen doch, dass er dich nicht besonders schätzt.«

»Was wollte unser Principe denn?«

»Uns sagen, dass wir demnächst supermoderne Computer kriegen, alle Kommissariate werden damit ausgestattet. Er wollte von jedem von uns den Namen eines Beamten, der in Datenverarbeitung besonders versiert ist. Und ich habe ihm einen genannt.«

»Spinnst du? Bei uns hat doch kein Schwein irgendeine Ahnung von dem Zeug! Welchen Namen hast du ihm denn genannt?«

»Catarella«, sagte Mimì Augello ernst und verzog keine Miene.

Die Tat eines geborenen Saboteurs. Montalbano sprang vom Stuhl auf und umarmte seinen Vice.

»Ich weiß alles über die kleine Villa, die Sie interessiert«, sagte Fazio und setzte sich auf den Stuhl vor Montalbanos Schreibtisch. »Ich habe mit dem Sekretär im Rathaus gesprochen, und der weiß alles von jedem Menschen in Vigàta, Leben, Wundertaten und Tod.«

»Und?«
»Also, das Grundstück, auf dem die Villa steht, gehörte Dottor Rosario Licalzi.«
»Was für ein Dottore?«
»Richtiger Dottore, Arzt. Er ist vor etwa fünfzehn Jahren gestorben und hat es seinem ältesten Sohn Emanuele vererbt, der auch Arzt ist.«
»Wohnt er in Vigàta?«
»*Nonsi.* Er lebt und arbeitet in Bologna. Vor zwei Jahren hat dieser Emanuele Licalzi ein Mädchen aus der Gegend dort geheiratet. Sie haben ihre Hochzeitsreise nach Sizilien gemacht. Die Frau hat das Grundstück gesehen und sich sofort in den Kopf gesetzt, da eine Villa bauen zu lassen. Das ist alles.«
»Weißt du, wo die Licalzis zurzeit sind?«
»Er ist in Bologna, sie wurde bis vor drei Tagen hier in der Stadt beim Einkaufen gesehen, sie ist dabei, die Villa einzurichten. Sie hat einen flaschengrünen Twingo.«
»Das ist der, den Gallo angefahren hat.«
»Genau. Der Sekretär hat gesagt, dass man sie gar nicht übersehen kann. Sie muss sehr schön sein.«
»Ich verstehe nicht, warum die Signora noch nicht angerufen hat«, sagte Montalbano, der, wenn er es darauf anlegte, glänzend schauspielern konnte.
»Ich könnte mir schon was denken«, sagte Fazio. »Der Sekretär hat gesagt, die Signora sei, wie soll ich sagen, *amicionàra*, sie hat viele Freundschaften.«
»Mit Frauen?«
»Und Männern«, betonte Fazio vielsagend. »Vielleicht ist die Signora bei irgendeiner Familie zu Besuch und wurde

von den Leuten abgeholt. Sie kann den Schaden erst sehen, wenn sie wieder da ist.«
»Klingt plausibel«, beendete Montalbano, sein Theater weiterspielend, das Gespräch.

Sobald Fazio gegangen war, rief der Commissario Signora Clementina Vasile Cozzo an.
»Liebe Signora, wie geht es Ihnen?«
»Commissario! Was für eine schöne Überraschung! Es geht schon, Gott sei Dank.«
»Könnte ich auf einen Sprung bei Ihnen vorbeikommen?«
»Sie sind jederzeit willkommen.«
Signora Clementina Vasile Cozzo war eine gelähmte alte Dame, eine ehemalige Grundschullehrerin, die mit Intelligenz gesegnet war und eine natürliche, zurückhaltende Würde besaß. Der Commissario hatte sie vor drei Monaten kennen gelernt, als er in einem komplizierten Fall ermittelte, und war ihr wie ein Sohn verbunden geblieben. Montalbano gestand es sich zwar nicht offen ein, aber Signora Clementina war die Frau, die er sich als Mutter gewünscht hätte; als er seine eigene Mutter verlor, war er noch zu klein gewesen, er hatte nur eine Art goldenes Strahlen von ihr in Erinnerung.
»*A mamà era biunna*? War Mama blond?«, hatte er, auf der Suche nach einer Erklärung, warum die Erinnerung an die Mutter nur in einem verschwommenen Leuchten bestand, seinen Vater einmal gefragt.
»*Frumento sutta u suli.* Weizen unter der Sonne«, hatte die trockene Antwort des Vaters gelautet.
Montalbano hatte es sich zur Gewohnheit gemacht, Signora

Clementina mindestens einmal in der Woche zu besuchen; er erzählte ihr von dem einen oder anderen Fall, mit dem er gerade beschäftigt war, und die Frau lud ihn, dankbar für den Besuch, der die Eintönigkeit ihrer Tage unterbrach, zum Essen ein. Pina, das Hausmädchen der Signora, war eine mürrische Person, außerdem war Montalbano ihr unsympathisch: Allerdings konnte sie Gerichte von raffinierter, entwaffnender Einfachheit zubereiten.

Signora Clementina empfing ihn im Wohnzimmer; sie war sehr elegant gekleidet und trug einen indischen Seidenschal um die Schultern.

»Heute ist Konzert«, flüsterte sie, »aber es ist gleich zu Ende.«

Vier Jahre zuvor hatte Signora Clementina von ihrem Mädchen Pina – die wiederum wusste es von Jolanda, der Hausdame von Maestro Cataldo Barbera – erfahren, dass der berühmte Geiger, der in der Wohnung über ihr lebte, ernste Schwierigkeiten mit dem Fiskus hatte. Sie sprach daraufhin mit ihrem Sohn, der in Montelusa im Finanzamt arbeitete, und das Problem, das im Wesentlichen von einem Missverständnis herrührte, wurde gelöst. Etwa zehn Tage später überbrachte Jolanda, die Haushälterin, Signora Clementina eine Nachricht: »Sehr geehrte Signora, um mich ein wenig erkenntlich zu zeigen, werde ich jeden Freitagvormittag von halb zehn bis halb elf für Sie spielen. Ihr sehr ergebener Cataldo Barbera.«

So warf sich die Signora jeden Freitagmorgen in Schale, um ihrerseits dem Maestro ihre Ehrerbietung zu bezeigen, und begab sich in eine Art Wohnzimmerchen, in dem man die Musik am besten hörte. Und im Stockwerk

darüber fing der Maestro Punkt halb zehn mit seinem Geigenspiel an.
In Vigàta wusste jedermann von der Existenz des Maestro Cataldo Barbera, aber nur die wenigsten hatten ihn je zu Gesicht bekommen. Als Sohn eines Eisenbahners hatte der zukünftige Maestro vor fünfundsechzig Jahren in Vigàta das Licht der Welt erblickt, die Stadt, als er noch keine zehn Jahre alt war, jedoch verlassen, weil sein Vater nach Catania versetzt wurde. Von seiner Karriere hatten die Vigatesi aus der Zeitung erfahren: Cataldo Barbera hatte Violine studiert und war innerhalb kurzer Zeit ein weltberühmter Konzertgeiger geworden. Doch auf dem Höhepunkt seines Ruhmes hatte er sich aus unerfindlichen Gründen nach Vigàta zurückgezogen und sich dort eine Wohnung gekauft, in der er als freiwilliger Gefangener lebte.
»Was spielt er denn?«, fragte Montalbano.
Signora Clementina reichte ihm ein kariertes Blatt Papier. Der Maestro pflegte der Signora am Tag vor dem Konzert das mit Bleistift geschriebene Programm zu schicken. Die Stücke jenes Tages waren die *Danza spagnola* von Sarasate und die *Scherzo-Tarantella op. 16* von Wieniawski. Als das Konzert zu Ende war, steckte Signora Vasile Cozzo das Telefon wieder ein, wählte eine Nummer, legte den Hörer auf die Ablage an ihrem Rollstuhl und applaudierte. Montalbano tat es ihr von ganzem Herzen nach: Er verstand nichts von Musik, aber eines wusste er sicher: dass Cataldo Barbera ein großer Künstler war.
»Signora«, fing der Commissario an, »mein Besuch bei Ihnen ist eigennützig, ich muss Sie um einen Gefallen bitten.«
Er fuhr fort und erzählte ihr alles, was ihm tags zuvor pas-

siert war – der Unfall, das verwechselte Begräbnis, der heimliche nächtliche Besuch in der kleinen Villa, die Entdeckung der Leiche. Als er fertig war, zögerte der Commissario, er wusste nicht, wie er seine Bitte formulieren sollte.
Signora Clementina, die abwechselnd amüsiert und erschüttert war, ermutigte ihn:
»Nur zu, Commissario, raus mit der Sprache. Was wollen Sie von mir?«
»Ich möchte, dass Sie einen anonymen Anruf tätigen«, sagte Montalbano in einem Atemzug.

Er war seit zehn Minuten wieder im Büro, als Catarella ihm einen Anruf von Dottor Lattes, dem Chef des Stabes in der Questura, durchstellte.
»Mein lieber Montalbano, wie geht's? Wie geht es Ihnen?«
»Gut«, sagte Montalbano kühl.
»Ich freue mich, dass Sie bei guter Gesundheit sind«, sagte der Chef des Stabes, nur um seinem Spitznamen *Lattes e Mieles* gerecht zu werden, mit dem ihn jemand wegen seiner honigsüßen Gefährlichkeit bedacht hatte.
»Zu Ihren Diensten«, drängte Montalbano ihn.
»*Ecco.* Vor einer knappen Viertelstunde hat eine Frau in der Telefonzentrale der Questura angerufen und wollte persönlich mit Signor Questore sprechen. Sie ließ sich nicht abwimmeln. Aber der Questore war beschäftigt und hat mich angewiesen, den Anruf entgegenzunehmen. Die Frau war ganz hysterisch, sie schrie, in einer Villa in der Contrada Tre Fontane sei ein Verbrechen verübt worden. Dann hat sie wieder aufgelegt. Der Questore bittet Sie, auf alle Fälle mal hinzufahren und ihm zu berichten. Die Si-

gnora sagte auch, die kleine Villa sei leicht zu erkennen, weil ein flaschengrüner Twingo davorsteht.«
»*O Dio*!«, rief Montalbano – jetzt begann Teil zwei seiner Rolle, denn Signora Clementina Vasile Cozzo hatte die ihre mit Bravour gespielt.
»Was ist denn?«, fragte Dottor Lattes neugierig.
»Was für ein merkwürdiger Zufall!«, rief Montalbano und legte Erstaunen in seine Stimme. »Ich berichte Ihnen später.«

»*Pronto*? Hier ist Commissario Montalbano. Spreche ich mit Giudice Tommaseo?«
»Ja. *Buongiorno*. Was kann ich für Sie tun?«
»Dottor Tommaseo, der Stabschef des Questore hat mir eben mitgeteilt, dass eine anonyme Anruferin ein Verbrechen in einer Villa in der Gemarkung von Vigàta gemeldet hat. Er hat mich beauftragt, mal nachzuschauen. Ich will gerade hinfahren.«
»Ist das nicht möglicherweise nur ein schlechter Scherz?«
»Möglich ist alles. Ich wollte Sie in Anerkennung Ihrer unabdingbaren Vorrechte in Kenntnis setzen.«
»Natürlich«, sagte Giudice Tommaseo zufrieden.
»Geben Sie mir Handlungsfreiheit?«
»Selbstverständlich. Und wenn dort wirklich ein Verbrechen begangen wurde, dann benachrichtigen Sie mich umgehend und warten, bis ich komme.«

Er rief Fazio, Gallo und Galluzzo zu sich und teilte ihnen mit, sie müssten mit ihm in die Contrada Tre Fontane fahren und nachsehen, ob dort ein Mord begangen wurde.

»Ist es das Haus, über das ich mich informieren sollte?«, fragte Fazio erstaunt.
Gallo setzte noch eins drauf: »Dasselbe, vor dem wir den Twingo zusammengefahren haben?« Er sah seinen Chef verdutzt an.
»Ja«, antwortete der Commissario allen beiden und setzte ein bescheidenes Gesicht auf.
»Sie haben aber einen guten Riecher!«, rief Fazio bewundernd aus.

Sie hatten sich gerade erst auf den Weg gemacht, doch Montalbano war bereits genervt: genervt von der Farce, die er würde spielen müssen, indem er sich beim Anblick der Leiche überrascht gab, genervt, weil der Richter, der Gerichtsmediziner, die Spurensicherung imstande waren, erst nach Stunden am Tatort zu erscheinen, und er dadurch viel Zeit verlieren würde. Er beschloss, die Zeit etwas zu raffen.
»Gib mir das Handy«, sagte er zu Galluzzo, der vor ihm saß.
Am Steuer saß natürlich Gallo.
Er wählte die Nummer von Giudice Tommaseo.
»Hier ist Montalbano. Signor Giudice, der anonyme Anruf war kein Scherz. Wir haben in der Villa leider eine weibliche Leiche gefunden.«
Seine Mitfahrer reagierten unterschiedlich. Gallo geriet ins Schleudern, raste auf die Gegenfahrbahn, streifte einen mit Betoneisenstangen beladenen Laster, fluchte und fuhr wieder auf seine Straßenseite zurück. Galluzzo schrak hoch, riss die Augen auf, verrenkte sich über die Rückenlehne zu seinem Chef hin und glotzte ihn mit offenem Mund an. Fazio erstarrte spürbar und stierte ausdruckslos vor sich hin.

»Ich komme sofort«, sagte Giudice Tommaseo. »Sagen Sie mir genau, wo das Haus ist.«
Montalbano war immer mehr genervt und gab Gallo das Handy.
»Erklär ihm genau, wo das ist. Und dann sagst du Dottor Pasquano und der Spurensicherung Bescheid.«
Fazio machte den Mund erst wieder auf, als der Wagen hinter dem flaschengrünen Twingo hielt.
»Hatten Sie Handschuhe an?«
»Ja«, sagte Montalbano.
»Dann sollten Sie, wenn wir jetzt reingehen, sicherheitshalber alles mit bloßen Händen anfassen und so viele Fingerabdrücke hinterlassen, wie es nur geht.«
»Daran habe ich auch schon gedacht«, sagte der Commissario.
Von dem Zettel, der unter dem Scheibenwischer klemmte, war nach dem nächtlichen Unwetter nicht mehr viel übrig, die Telefonnummern waren von der Nässe ausgelöscht. Montalbano ließ ihn stecken.

»Ihr beide schaut hier unten«, sagte der Commissario zu Gallo und Galluzzo.
Er selbst ging, gefolgt von Fazio, in den oberen Stock. Im Schein des elektrischen Lichts machte der Körper der Toten weniger Eindruck auf ihn als in der vorigen Nacht, als er ihn im diffusen Licht der Taschenlampe nur undeutlich gesehen hatte: Er schien weniger wirklich, wenn auch nicht direkt künstlich. Der Leichnam war bläulich-weiß und starr und ähnelte den Gipsabdrücken der Opfer des Vulkanausbruchs von Pompeji. Die Frau lag mit dem Ge-

sicht nach unten, man konnte es also nicht sehen, aber sie musste sich heftig gegen ihren Tod gewehrt haben, blonde Haarbüschel lagen verstreut auf dem zerrissenen Leintuch, an den Schultern und direkt unter dem Nacken waren auffallende Blutergüsse, der Mörder musste seine ganze Kraft aufgewandt haben, um ihr Gesicht nach unten zu drücken, bis es so tief in der Matratze versunken war, dass kein Lufthauch mehr durchdrang.

Gallo und Galluzzo kamen aus dem Erdgeschoss nach oben.

»Unten scheint alles in Ordnung zu sein«, sagte Gallo.

Sie sah zwar aus wie ein Gipsabdruck, war und blieb aber eine ermordete junge Frau, nackt und in einer Haltung, die Montalbano plötzlich unerträglich obszön fand, eine Intimität, die von acht Polizistenaugen verletzt und entblößt wurde. Fast als wollte er der Toten ein Minimum an Persönlichkeit und Würde zurückgeben, fragte er Fazio:

»Hast du erfahren, wie sie hieß?«

»Ja. Wenn das Signora Licalzi ist, hieß sie Michela.«

Montalbano ging ins Bad, nahm den rosa Bademantel, trug ihn ins Schlafzimmer und deckte die Tote zu.

Er ging ins Erdgeschoss. Wenn sie noch am Leben wäre, hätte Michela Licalzi mit der Einrichtung der Villa noch ganz schön viel zu tun gehabt.

Im Salon lehnten in einer Ecke zwei zusammengerollte Teppiche, Sofa und Sessel waren fabrikneu und noch in Zellophan verpackt, ein Tischchen lag mit den Beinen nach oben auf einem ungeöffneten großen Karton. Das Einzige, das fertig eingeräumt zu sein schien, war eine kleine Vitrine, in der die üblichen Ausstellungsstücke hübsch angeordnet waren: zwei alte Fächer, ein paar kleine Keramikfiguren, ein geschlossener Geigenkasten, wunderschöne Muscheln von Sammlerwert.

Als Erstes trafen die Leute von der Spurensicherung ein. Questore Bonetti-Alderighi hatte Jacomuzzi, den früheren Chef der Truppe, durch den jungen Dottor Arquà aus Florenz ersetzt. Jacomuzzi war erst in zweiter Linie der Chef der Spurensicherung gewesen, in erster Linie war er ein unheilbarer Exhibitionist, allzeit bereit, sich vor Fotografen, Kameraleuten, Journalisten in Szene zu setzen. Montalbano hatte sich oft über ihn lustig gemacht und ihn »Pippo Baudo« genannt. Dass kriminaltechnische Untersuchungen einen Beitrag zu Ermittlungen leisteten, glaubte der Commissario eigentlich nicht recht: Er vertrat die Meinung, Intuition und Verstand würden früher oder später auch ohne Hilfe von Mikroskop und Analyse ans Ziel kommen. Pure Ketzerei für Bonetti-Alderighi, der sich Jacomuzzis rasch entledigt hatte. Vanni Arquà war ein Abziehbild von Harold Lloyd, stets ungekämmt, kleidete sich wie die zerstreuten Wissenschaftler in den Filmen aus den dreißiger Jahren und betrieb einen Wissenschaftskult. Montalbano mochte ihn nicht, und Arquà brachte ihm eine ebenso herzliche Antipathie entgegen.

Die Leute von der Spurensicherung erschienen vollzählig mit zwei Wagen und Sirenengeheul, als wären sie in Texas. Sie waren zu acht, alle in Zivil, und luden als Erstes Kisten und Kästchen aus dem Kofferraum, sodass man sie für einen Trupp Filmleute bei der Vorbereitung von Dreharbeiten halten konnte. Als Arquà den Salon betrat, begrüßte Montalbano ihn nicht mal, sondern machte mit dem Daumen nur ein Zeichen, dass sich das, was ihn interessierte, im oberen Stockwerk befand.

Sie waren noch gar nicht alle oben, als Montalbano Arquà rufen hörte.

»Entschuldigen Sie, Commissario, könnten Sie einen Augenblick raufkommen?«

Montalbano ließ sich Zeit. Als er das Schlafzimmer betrat, fühlte er sich vom Chef der Spurensicherung mit Blicken durchbohrt.

»War die Leiche so, als Sie sie fanden?«

»Nein«, antwortete Montalbano kalt wie ein toter Fisch. »Sie war nackt.«

»Und wo hatten Sie diesen Bademantel her?«

»Aus dem Bad.«

»Richten Sie alles so her, wie es vorher war, *perdio*! Sie haben das Gesamtbild verändert! *È gravissimo!* Eine Katastrophe!«

Wortlos trat Montalbano zu der Leiche, nahm den Bademantel und legte ihn sich über den Arm.

»*Ammazza er culo, ragazzi!* Ist das ein Klassearsch, Jungs!«

Das hatte der Fotograf der Spurensicherung gesagt, so ein widerlicher Paparazzo, dem das Hemd aus der Hose hing.

»Tu dir keinen Zwang an«, sagte der Commissario ruhig. »Er ist ja schon in Position.«

Fazio, der wusste, welche Gefahr sich hinter Montalbanos beherrschter Ruhe verbergen konnte, ging einen Schritt auf ihn zu. Der Commissario sah Arquà in die Augen: »Kapierst du jetzt, warum ich das gemacht habe, du Arschloch?«

Er verließ das Zimmer. Im Bad wusch er sich rasch das Ge-

sicht, warf den Bademantel ungefähr da hin, wo er ihn gefunden hatte, und ging zurück ins Schlafzimmer.
»Ich werde dem Questore berichten müssen«, sagte Arquà frostig. Montalbanos Stimme klang noch zehn Grad frostiger: »Ihr werdet euch hervorragend verstehen.«

»Dottore, ich geh mit Gallo und Galluzzo raus, eine rauchen. Wir stören die von der Spurensicherung nur.«
Montalbano war in Gedanken versunken und gab keine Antwort. Er ging vom Salon noch mal ins obere Stockwerk und inspizierte das kleine Zimmer und das Bad.
Im Erdgeschoss hatte er sich schon sorgfältig umgesehen, aber nicht gefunden, wonach er suchte. Der Ordnung halber warf er noch einen Blick ins Schlafzimmer, das von der Spurensicherung besetzt und auf den Kopf gestellt war, und kontrollierte, was er vorher gesehen zu haben meinte.
Vor dem Haus steckte er sich auch eine Zigarette an. Fazio war gerade mit Telefonieren fertig.
»Ich hab mir die Telefonnummer und die Adresse ihres Mannes in Bologna geben lassen«, erklärte er.
»Dottore«, fing Galluzzo an. »Wir drei haben gerade über was gesprochen, was merkwürdig ist...«
»Der Schrank im Schlafzimmer ist noch verpackt. Und unters Bett hab ich auch geschaut«, fügte Gallo hinzu.
»Und ich hab in allen anderen Zimmern nachgeschaut. Aber...«
Fazio, der gerade das Ergebnis verlauten lassen wollte, hielt inne, als sein Chef die Hand hob.
»...aber die Kleider der Signora sind nirgends zu finden«, sagte Montalbano.

Drei

Der Krankenwagen kam; kurz darauf traf auch Dottor Pasquano, der Gerichtsmediziner, ein.

»Sieh mal nach, ob die Spurensicherung im Schlafzimmer schon fertig ist«, sagte Montalbano zu Galluzzo.

»Danke«, sagte Dottor Pasquano. Seine Devise lautete: »Entweder ich oder sie«, wobei mit »sie« die Leute von der Spurensicherung gemeint waren. Schon Jacomuzzi und sein schlampiger Haufen waren ein rotes Tuch für ihn gewesen, aber dieser Dottor Arquà und seine so auffallend effizienten Mitarbeiter erst...

»*Molto travaglio?* Viel zu tun?«, fragte der Commissario den Dottore.

»Wenig. Nur fünf Leichen in einer Woche. Das hat's noch nie gegeben! Nichts los zurzeit.«

Galluzzo kam zurück und teilte mit, die Spurensicherung habe sich ins Bad und in das kleine Zimmer verlagert. Der Weg war also frei.

»Begleite den Dottore, und komm dann wieder runter«, sagte Montalbano, diesmal zu Gallo. Pasquano warf ihm einen dankbaren Blick zu, er arbeitete wirklich am liebsten allein.

Eine gute halbe Stunde später tauchte das völlig verbeulte Auto des Giudice auf, der sich erst zu bremsen entschied,

nachdem er einen der beiden Wagen der Spurensicherung gerammt hatte.
Nicolò Tommaseo stieg mit rotem Gesicht aus, sein Hals sah aus wie der eines Gehenkten und erinnerte stark an einen Truthahn.
»Diese Straße ist unmöglich! Ich hatte zwei Unfälle!«, verkündete er Gott und der Welt. Dabei wusste jedermann, dass der Giudice wie ein gedopter Hund Auto fuhr.
Montalbano hatte eine Idee, wie er ihn davon abhalten konnte, sofort raufzugehen und Pasquano zu nerven.
»Signor Giudice, ich muss Ihnen eine merkwürdige Geschichte erzählen.«
Er berichtete ihm teilweise, was tags zuvor passiert war, zeigte ihm, wie der Twingo nach dem Aufprall aussah und was von dem Zettel noch übrig war, den er geschrieben und unter den Scheibenwischer gesteckt hatte, erzählte ihm, wie er angefangen hatte, Verdacht zu schöpfen. Der anonyme Anruf in der Questura von Montelusa sei wie der Käse auf den Makkaroni gewesen.
»Was für ein merkwürdiger Zufall!«, sagte Giudice Tommaseo, zu mehr ließ er sich nicht hinreißen.
Als der Giudice den nackten Körper des Mordopfers sah, erstarrte er zu Stein. Auch der Commissario blieb wie angewurzelt stehen. Dottor Pasquano hatte es irgendwie geschafft, den Kopf der Frau zu drehen, und jetzt sah man das Gesicht, das bisher vergraben gewesen war. Die Augen waren unwirklich weit aufgerissen und drückten unerträglichen Schmerz und Entsetzen aus, aus dem Mund war Blut gesickert, sie musste sich in den Erstickungskrämpfen auf die Zunge gebissen haben.

Dottor Pasquano kam der verhassten Frage zuvor.
»Sie ist mit Sicherheit in der Nacht von Mittwoch auf Donnerstag gestorben. Nach der Obduktion kann ich Genaueres sagen.«
»Wie ist sie denn gestorben?«, fragte Tommaseo.
»Sehen Sie das nicht? Der Mörder hat ihr Gesicht nach unten in die Matratze gedrückt und festgehalten, bis sie tot war.«
»Er muss ungewöhnlich kräftig sein.«
»Nicht unbedingt.«
»Wissen Sie, ob vorher oder nachher Geschlechtsverkehr stattgefunden hat?«
»Das kann ich so nicht sagen.«
Etwas im Tonfall des Giudice machte den Commissario hellhörig, und er sah ihn an. Tommaseo war schweißgebadet.
»Vielleicht Analverkehr«, beharrte er, und seine Augen glitzerten.
Ganz kurz nur. Offenbar hatte Dottor Tommaseo insgeheim sein Vergnügen an solchen Sachen. Montalbano fiel ein, dass er irgendwo einen Satz von Manzoni gelesen hatte, in dem es um den anderen, den berühmteren Nicolò Tommaseo ging:
»*Sto Tommaseo ch'el gha on pè in sagrestia e vun in casin.* Dieser Tommaseo steht mit einem Fuß in der Sakristei und mit dem anderen im Bordell.«
Das musste ein Familienlaster sein.
»Sie hören von mir. *Buongiorno*«, verabschiedete sich Dottor Pasquano hastig, um weiteren Fragen zuvorzukommen.
»Für mich ist es das Verbrechen eines Triebtäters, der die

Signora überrascht hat, als sie ins Bett gehen wollte«, sagte Dottor Tommaseo mit fester Stimme, ohne den Blick von der Toten zu wenden.

»Aber in das Haus wurde nicht eingebrochen, Signor Giudice. Es ist doch ziemlich ungewöhnlich, dass eine nackte Frau einem Triebtäter die Tür öffnet und ihn im Schlafzimmer empfängt.«

»Wie argumentieren Sie denn! Vielleicht hat sie erst gemerkt, dass dieser Mann ein Triebtäter war, als... Verstehen Sie, was ich meine?«

»Ich würde eher von einem Verbrechen aus Leidenschaft ausgehen«, sagte Montalbano, der sich zu amüsieren begann.

»Warum nicht? Ja, warum nicht?« Tommaseo schien anzubeißen und kratzte sich den Bart. »Wir dürfen nicht vergessen, dass es eine Frau war, die anonym angerufen hat. Die betrogene Ehefrau. Apropos, wissen Sie, wo der Ehemann des Opfers zu erreichen ist?«

»Ja. Brigadiere Fazio hat die Telefonnummer«, antwortete der Commissario, dem es das Herz zusammenzog. Er hasste es, schlimme Nachrichten überbringen zu müssen.

»Er soll sie mir geben. Ich kümmere mich darum«, sagte der Giudice.

Nicolò Tommaseo war zu allem Übel auch noch ein eifriger Überbringer von Hiobsbotschaften.

»Können wir sie mitnehmen?«, fragten die Sanitäter, als sie ins Schlafzimmer kamen.

Es dauerte noch eine Stunde, bis die Leute von der Spurensicherung mit ihrer Fieselarbeit fertig waren und wieder abfuhren.

»Und was machen wir jetzt?«, wollte Gallo wissen, dem diese Frage anscheinend nicht mehr aus dem Kopf ging.
»Du machst die Tür zu, und wir fahren nach Vigàta zurück. Mir ist schon ganz schlecht vor Hunger«, sagte der Commissario.

Adelina, seine Haushälterin, hatte ihm eine wahre Delikatesse in den Kühlschrank gestellt: *salsa corallina*, eine Sauce aus Langusteneiern und Seeigeln, mit der man Spaghetti anrichtet. Er stellte Wasser auf, und während er darauf wartete, dass es kochte, rief er seinen Freund Nicolò Zito an, der Journalist bei »Retelibera« war, einem der beiden privaten Fernsehsender, die ihren Sitz in Montelusa hatten. Der andere Sender, »Televigàta«, für dessen Nachrichten Galluzzos Schwager verantwortlich war, neigte zur Regierungsfreundlichkeit, welche Regierung auch immer dran war. Deshalb hätten sich die beiden lokalen Sender – bei der Regierung, die momentan an der Macht war, und weil »Retelibera« von jeher linksorientiert war – ohne den blitzgescheiten, an Haaren und Gedanken roten Nicolò Zito mit seiner spitzen Zunge bis zur Langeweile geähnelt.
»Nicolò? Ich bin's, Montalbano. Es wurde ein Mord verübt, aber...«
»...aber ich darf nicht sagen, dass ich diese Information von dir habe.«
»Ein anonymer Anruf. Eine Frau hat heute Morgen in Montelusa in der Questura angerufen und gesagt, dass in einer kleinen Villa in der Contrada Tre Fontane ein Mord begangen wurde. Es stimmte, eine schöne, nackte junge Frau.«
»*Minchia!*«

»Sie hieß Michela Licalzi.«
»Hast du ein Foto von ihr?«
»Nein. Der Mörder hat ihre Handtasche und ihre Kleider mitgenommen.«
»Warum denn das?«
»Ich weiß es nicht.«
»Woher wisst ihr dann, dass es Michela Licalzi ist? Hat sie jemand identifiziert?«
»Nein. Wir versuchen ihren Mann zu erreichen, er lebt in Bologna.«
Zito fragte ihn nach weiteren Details, und Montalbano nannte sie ihm.

Das Wasser kochte, er warf die *pasta* hinein. Das Telefon klingelte, er zögerte einen Augenblick, unschlüssig, ob er abnehmen sollte oder nicht. Er befürchtete ein langes Gespräch, das er vielleicht nicht einfach abbrechen konnte und das die richtige Konsistenz der *pasta* gefährden würde. Es wäre katastrophal gewesen, die *salsa corallina* an einen Teller zerkochter Spaghetti zu vergeuden. Er beschloss, nicht dranzugehen. Und damit das Geklingel nicht die innere Unbeschwertheit störte, die unabdingbar war, um die *salsetta* mit allen Sinnen zu genießen, zog er sogar den Telefonstecker aus der Wand.

Eine Stunde später steckte er, mit sich zufrieden und bereit, es mit der ganzen Welt aufzunehmen, das Telefon wieder an. Er musste gleich den Hörer abnehmen.
»*Pronto.*«
»*Pronti*, Dottori? Sind Sie es wirklich selber?«

»Ich bin's wirklich selber, Catarè. Was gibt's?«
»Der Giudice Tolomeo hat nämlich angerufen.«
»Tommaseo, Catarè, aber ist schon in Ordnung. Was wollte er?«
»Persönlich mit Ihnen selber reden. Er hat bestimmt mindestens viermal angerufen. Er sagt, dass Sie ihn persönlich selber anrufen sollen.«
»In Ordnung.«
»Ah, Dottori, ich muss Ihnen was furchtbar Wichtiges mitteilen. Von der Quistura in Montilusa hat mich der Dottori Commissario angerufen, der Tontona heißt.«
»Tortona.«
»Dann halt so. Jedenfalls der. Er sagt, dass ich einen Datumsverarbeitungskurs machen soll. Wie finden Sie das?«
»Ich freu mich, Catarè. Mach den Kurs, so kannst du dich spezialisieren. Du bist der richtige Mann für einen Datumsverarbeitungskurs.«
»*Grazii*, Dottori.«

»*Pronto*, Dottor Tommaseo? Hier ist Montalbano.«
»Commissario, ich versuche schon so lange, Sie zu erreichen!«
»Tut mir Leid, ich hatte viel zu tun. Erinnern Sie sich an die Ermittlungen wegen der Wasserleiche von vor einer Woche? Ich meine, ich habe Sie vorschriftsmäßig informiert.«
»Hat sich da etwas Neues ergeben?«
»Nein, absolut nichts.«
Montalbano spürte, wie der andere verwirrt schwieg, der eben beendete Dialog ergab keinen Sinn. Wie er voraus-

gesehen hatte, hielt sich der Giudice nicht weiter dabei auf.
»Ich wollte Ihnen sagen, dass ich in Bologna den Witwer, Dottor Licalzi, ausfindig gemacht und ihm mit dem gebotenen Takt die Todesnachricht überbracht habe.«
»Wie hat er reagiert?«
»Tja, wie soll ich sagen? Merkwürdig. Er hat nicht mal gefragt, wie seine Frau, die ja schließlich blutjung war, gestorben ist. Er muss ein kalter Typ sein, er hat sich praktisch nichts anmerken lassen.«
Dottor Licalzi hatte dem Hiobsboten Tommaseo den Spaß verdorben; dem Giudice war die Enttäuschung darüber, dass er sich – wenn auch nur am Telefon – nicht an einer schönen Szene mit Geschrei und Geheule hatte ergötzen können, deutlich anzumerken.
»Jedenfalls hat er gesagt, er könne heute unter keinen Umständen aus der Klinik weg. Er muss noch operieren, und sein Vertreter ist krank. Morgen früh um sieben Uhr fünf fliegt er nach Palermo. Ich nehme also an, dass er gegen Mittag bei Ihnen im Büro sein wird. Das war es, worüber ich Sie in Kenntnis setzen wollte.«
»Ich danke Ihnen, Giudice.«

Als Gallo ihn mit dem Streifenwagen ins Büro fuhr, teilte er ihm mit, dass Germanà auf Fazios Anweisung hin den kaputten Twingo geholt und in die Werkstatt des Kommissariats gebracht hatte.
»Sehr gut.«
Der Erste, der zu ihm ins Büro kam, war Mimì Augello.
»Ich will nicht über Dienstliches mit dir reden. Über-

morgen, also am Sonntag ganz früh, fahre ich zu meiner Schwester. Willst du mitkommen? Dann siehst du François mal wieder. Abends sind wir wieder da.«

»Ich hoffe, ich schaffe es.«

»Versuch's doch. Meine Schwester hat durchblicken lassen, dass sie mit dir reden will.«

»Über François?«

»Ja.«

Montalbano wurde nervös; das wäre ein schönes Dilemma, wenn Augellos Schwester und ihr Mann ihm mitteilen würden, dass sie den Kleinen nicht länger bei sich behalten könnten.

»Ich werde mein Möglichstes tun, Mimì. Danke.«

»*Pronto*, Commissario Montalbano? Hier ist Clementina Vasile Cozzo.«

»Wie schön, Sie zu hören, Signora!«

»Antworten Sie nur mit Ja oder Nein. War ich gut?«

»Sehr gut, ja.«

»Antworten Sie weiterhin nur mit Ja oder Nein. Kommen Sie heute Abend gegen neun zu mir zum Essen?«

»Ja.«

Fazio erschien mit triumphierender Miene im Büro des Commissario.

»Wissen Sie was, Commissario? Ich hab' mich was gefragt. Wenn man den Zustand der Villa bedenkt, die anscheinend nur gelegentlich bewohnt wurde, wo könnte Signora Licalzi da geschlafen haben, wenn sie aus Bologna nach Vigàta kam? Ich hab einen Kollegen von der Questura in

Montelusa angerufen, der für den Personenverkehr in den Hotels zuständig ist, und jetzt weiß ich's. Signora Michela Licalzi hat immer im Hotel Jolly in Montelusa gewohnt. Ihre Ankunft wurde vor sieben Tagen registriert.«

Fazio war ihm zuvorgekommen. Der Commissario hatte vorgehabt, Dottor Licalzi in Bologna anzurufen, sobald er wieder im Büro war, aber dann war er abgelenkt worden, Mimì Augellos Bemerkung über François hatte ihn durcheinander gebracht.

»Fahren wir gleich hin?«, fragte Fazio.

»Warte mal.«

Ein völlig unmotivierter Gedanke blitzte ihm durch den Kopf und hinterließ einen hauchfeinen Geruch nach Schwefel, mit dem sich normalerweise der Teufel parfümierte. Er ließ sich von Fazio Licalzis Telefonnummer geben, schrieb sie auf einen Zettel, wählte und steckte den Zettel ein.

»*Pronto*, Ospedale Maggiore? Hier spricht Commissario Montalbano, Vigàta. Ist Professor Emanuele Licalzi zu sprechen?«

»Bleiben Sie bitte am Apparat.«

Er wartete diszipliniert und geduldig. Als sich seine Geduld gerade verflüchtigen wollte, meldete sich der Telefonvermittler wieder.

»Professor Licalzi ist gerade im OP. Versuchen Sie es doch in einer halben Stunde noch mal.«

»Ich rufe ihn von unterwegs an«, sagte er zu Fazio. »Nimm ja das Handy mit!«

Er rief Giudice Tommaseo an und teilte ihm mit, was Fazio herausgefunden hatte.

»Ach ja, das habe ich Ihnen gar nicht gesagt«, sagte Tommaseo da. »Ich habe ihn um die Telefonnummer seiner Frau hier bei uns gebeten. Er sagte, er wüsste sie nicht, und sie hätte immer ihn angerufen.«

Der Commissario bat ihn, einen Durchsuchungsbefehl vorzubereiten, er würde Gallo gleich schicken, um ihn abzuholen.

»Fazio, hast du erfahren, was Dottor Licalzis Spezialität ist?«

»*Sissi*, Dottore. Er ist Knochenklempner.«

Auf halbem Weg zwischen Vigàta und Montelusa rief der Commissario noch mal in Bologna im Ospedale Maggiore an. Er musste nicht lange warten, dann meldete sich eine energische, aber höfliche Stimme.

»Licalzi, ja bitte?«

»Entschuldigen Sie, wenn ich störe, Professore. Ich bin Commissario Salvo Montalbano aus Vigàta. Ich ermittle in dem Mordfall. Bitte nehmen Sie mein tief empfundenes Beileid entgegen.«

»Danke.«

Kein Wort mehr, kein Wort weniger. Der Commissario begriff, dass immer noch er an der Reihe war.

»*Ecco*, Dottore, Sie sagten dem Giudice heute, Sie wüssten nicht, unter welcher Telefonnummer Ihre Frau hier zu erreichen war.«

»So ist es.«

»Wir können diese Nummer nicht ausfindig machen.«

»Es gibt doch wohl keine tausend Hotels zwischen Montelusa und Vigàta!«

Professor Licalzi war wirklich sehr kooperativ.

»Verzeihen Sie, wenn ich noch mal nachhake. Hatten Sie denn für den absoluten Notfall nicht…«
»Ich glaubte nicht, dass sich ein solcher Notfall hätte ereignen können. Wie auch immer, in Vigàta lebt ein entfernter Verwandter von mir, zu dem die arme Michela Kontakt aufgenommen hatte.«
»Könnten Sie mir sagen…«
»Er heißt Aurelio Di Blasi. Und jetzt entschuldigen Sie mich, ich muss wieder in den OP. Morgen gegen Mittag bin ich im Kommissariat.«
»Eine letzte Frage noch. Haben Sie Ihrem Verwandten gesagt, was passiert ist?«
»Nein. Wozu? Hätte ich das tun sollen?«

Vier

»So eine elegante und schöne Frau, eine feine Dame!«, rief Claudio Pizzotta aus, der sorgfältig gekleidete sechzigjährige Direktor des Hotels Jolly in Montelusa. »Ist ihr etwas zugestoßen?«

»Das wissen wir ehrlich gesagt noch nicht. Wir haben aus Bologna einen Anruf von ihrem Mann bekommen, er macht sich Sorgen.«

»*Eh già.* Signora Licalzi hat, soweit mir bekannt ist, das Hotel am Mittwochabend verlassen, und seitdem haben wir sie nicht mehr gesehen.«

»Haben Sie sich dabei gar nichts gedacht? Es ist Freitag Abend, wenn ich mich nicht irre.«

»*Eh, già.*«

»Hatte sie Bescheid gegeben, dass sie außer Haus bleiben würde?«

»Nein. Aber sehen Sie, Commissario, die Signora steigt seit mindestens zwei Jahren bei uns ab. So hatten wir genug Zeit, ihren Tagesrhythmus kennen zu lernen. Der, wie soll ich sagen, eher unüblich ist. Signora Michela ist eine Frau, die nicht unbemerkt bleibt, verstehen Sie? Und etwas hat mir immer schon besondere Sorgen gemacht.«

»Ach ja? Was denn?«

»*Beh*, die Signora besitzt viel kostbaren Schmuck. Ketten,

Ohrringe, Armbänder, Ringe … Ich habe sie mehrmals gebeten, ihn bei uns im Safe zu deponieren, aber das hat sie immer abgelehnt. Sie bewahrt ihn in einer Art Beutel auf, Handtaschen benutzt sie nicht. Sie hat jedes Mal gesagt, ich könne ganz beruhigt sein, sie würde den Schmuck nicht im Zimmer lassen, sondern mitnehmen. Doch ich befürchtete auch einen *scippo*. Aber sie lächelte nur, da war einfach nichts zu machen.«

»Sie haben den ungewöhnlichen Tagesrhythmus der Signora angedeutet. Könnten Sie das genauer erklären?«

»Selbstverständlich. Die Signora geht gern sehr spät zu Bett. Sie kommt oft erst im Morgengrauen zurück.«

»Allein?«

»Immer.«

»Betrunken? Angeheitert?«

»Niemals. Zumindest hat das der Nachtportier gesagt.«

»Sagen Sie mal, wie kommen Sie dazu, mit dem Nachtportier über Signora Licalzi zu sprechen?«

Claudio Pizzotta schoss die Schamröte ins Gesicht. Anscheinend hatte er schon mit Signora Michela geliebäugelt.

»Commissario, Sie verstehen doch … So eine schöne Frau und allein … Dass man da ein bisschen neugierig wird, ist doch ganz normal.«

»Weiter. Erklären Sie mir diesen Tagesrhythmus.«

»Die Signora schläft durch bis gegen Mittag und will unter keinen Umständen gestört werden. Wenn sie sich wecken lässt, bestellt sie das Frühstück aufs Zimmer und beginnt zu telefonieren und selbst Anrufe entgegenzunehmen.«

»Telefoniert sie viel?«

»Nun ja, ich habe eine endlos lange Einheitenliste.«

»Wissen Sie, wen sie angerufen hat?«
»Das könnte man in Erfahrung bringen. Aber das ist eine langwierige Angelegenheit. Man muss am Telefon im Zimmer nur die Null vorwählen, dann kann man sogar in Neuseeland anrufen.«
»Und was die empfangenen Gespräche angeht?«
»*Mah*, was soll ich da sagen. Wenn die Telefonistin das Gespräch angenommen hat, leitet sie es ins Zimmer weiter. Es gibt nur eine Möglichkeit.«
»Nämlich?«
»Dass jemand anruft und seinen Namen hinterlässt, wenn die Signora nicht im Hotel ist. In diesem Fall bekommt der Portier ein besonderes Formular, das er ins Schlüsselfach legt.«
»Isst die Signora im Hotel zu Mittag?«
»Selten. Sie werden verstehen, nach so einem gehaltvollen späten Frühstück... Aber es ist schon vorgekommen. Und der Oberkellner hat mir mal erzählt, wie sich die Signora bei Tisch verhält, wenn sie zu Mittag isst.«
»Entschuldigen Sie, das habe ich jetzt nicht verstanden.«
»Das hier ist ein viel besuchtes Hotel, Geschäftsleute, Politiker, Unternehmer. Und alle probieren es natürlich früher oder später. Kleine Blicke, Lächeln, mehr oder weniger deutliche Einladungen. Das Nette bei der Signora, hat mir der Oberkellner gesagt, ist, dass sie nicht die beleidigte Schöne spielt, sondern die Blicke und das Lächeln erwidert... Aber wenn es dann zur Sache kommen soll – Fehlanzeige. Sie gehen alle leer aus.«
»Wann verlässt sie nachmittags gewöhnlich das Haus?«
»Gegen sechzehn Uhr. Und kommt sehr spät in der Nacht zurück.«

»Sie muss in Montelusa und Vigàta einen großen Bekanntenkreis haben.«
»Das meine ich auch.«
»Ist es schon mal vorgekommen, dass sie länger als eine Nacht außer Haus war?«
»Ich glaube nicht. Das hätte mir der Portier gemeldet.«
Gallo und Galluzzo kamen und wedelten mit dem Durchsuchungsbefehl.
»Welche Zimmernummer hat Signora Licalzi?«
»Hundertachtzehn.«
»Ich habe einen Durchsuchungsbefehl.«
Direttore Pizzotta setzte eine beleidigte Miene auf.
»Aber Commissario! Eine solche Formalität wäre doch nicht nötig gewesen! Sie hätten doch nur zu fragen brauchen, dann hätte ich ... Ich begleite Sie hinauf.«
»Nein, danke«, sagte Montalbano barsch.
Direttore Pizzottas Gesicht wechselte von beleidigt zu tödlich beleidigt.
»Ich hole den Schlüssel«, sagte er reserviert.
Kurz darauf kam er mit dem Schlüssel und einem Stapel Zettel wieder, alles Mitteilungen von eingegangenen Telefonanrufen.
»*Ecco*«, sagte er und gab, weiß der Himmel warum, Fazio den Schlüssel und Gallo die Telefonnotizen. Er neigte zackig, *alla tedesca*, den Kopf vor Montalbano, wandte sich um und entfernte sich steif wie eine hölzerne Marionette.

Im Zimmer Nummer hundertachtzehn roch es intensiv nach dem unsterblichen Chanel No. 5, auf einer Reisetruhe fielen zwei Koffer und ein Beutel von Vuitton ins

Auge. Montalbano öffnete den Schrank: fünf Haute-Couture-Kleider, drei Paar künstlich verschlissene Jeans; im Schuhfach fünf Paar Schuhe mit sehr hohen Absätzen von Magli, drei Paar sportliche flache Schuhe. Die ebenfalls sündhaft teuren T-Shirts waren mit äußerster Sorgfalt zusammengelegt; die Unterwäsche, in einer eigenen Schublade nach Farben sortiert, bestand nur aus luftigen Höschen.

»Da ist nichts drin«, sagte Fazio, der inzwischen die beiden Koffer und den Beutel inspiziert hatte.

Gallo und Galluzzo, die das Bett und die Matratze umgedreht hatten, schüttelten den Kopf; beeindruckt von der Ordnung, die im Zimmer herrschte, machten sie sich daran, alles wieder aufzuräumen.

Auf dem kleinen Schreibtisch lagen Briefe, Zettel, ein Notizbuch und ein Stapel von Mitteilungen eingegangener Anrufe, der noch um einiges dicker war als der, den der Direttore Gallo gegeben hatte.

»Die Sachen hier brauchen wir«, sagte der Commissario zu Fazio. »Schau auch in die Schubladen, nimm alle Unterlagen mit.«

Fazio fischte eine Plastiktüte aus der Hosentasche, die er immer dabeihatte, und steckte alles hinein.

Montalbano ging ins Bad. Alles blitzblank, in perfekter Ordnung. Auf der Ablage Lippenstift von Idole, Make-up von Shiseido, eine Magnumflasche Chanel und Ähnliches mehr. Ein rosa Bademantel, bestimmt weicher und teurer als der in der Villa, war ordentlich aufgehängt.

Er ging ins Schlafzimmer zurück und läutete nach dem Zimmermädchen. Kurz darauf klopfte es, und Montalbano

sagte »herein«. Die Tür ging auf, und es erschien eine magere Frau um die Vierzig, die beim Anblick der vier Männer erstarrte, blass wurde und mit dünner Stimme fragte:
»Sind Sie von der Polizei?«
Der Commissario musste lachen. Wie viele Jahrhunderte polizeilichen Machtmissbrauchs waren nötig gewesen, um die Sinne einer Sizilianerin derart zu schärfen, dass sie einen Polizisten blitzschnell als solchen identifizierte?
»Ja, das sind wir«, sagte er lächelnd.
Das Zimmermädchen errötete und senkte den Blick.
»Ich bitte um Entschuldigung.«
»Kennen Sie Signora Licalzi?«
»Warum, was ist mit ihr?«
»Sie hat seit ein paar Tagen nichts von sich hören lassen. Wir suchen sie.«
»Und dazu nehmen Sie ihre Unterlagen mit?«
Diese Frau war nicht zu unterschätzen. Montalbano beschloss, ihr ein kleines Zugeständnis zu machen.
»Wir fürchten, dass ihr etwas passiert sein könnte.«
»Ich hab ihr so oft gesagt, dass sie aufpassen soll«, sagte das Zimmermädchen. »Sie war immer mit einer halben Milliarde im Beutel unterwegs!«
»So viel Geld hatte sie dabei?«, fragte Montalbano erstaunt.
»Ich rede nicht von Geld, sondern von dem Schmuck, den sie besitzt. Und bei dem Leben, das sie führt! Sie kommt spät zurück, steht spät auf...«
»Das wissen wir schon. Kennen Sie sie gut?«
»Natürlich. Seit sie das erste Mal mit ihrem Mann herkam.«
»Können Sie mir was über ihren Charakter sagen?«

»Wissen Sie, sie hat nie Scherereien gemacht. Sie war nur auf eines fixiert: auf ihre Ordnung. Wenn wir ihr Zimmer sauber machten, hat sie aufgepasst, dass jedes Ding wieder an seinen Platz kam. Die Zimmermädchen der Vormittagsschicht schickten ein Stoßgebet zum Himmel, bevor sie mit der Arbeit in der Hundertachtzehn anfingen.«
»Eine letzte Frage: Haben Ihre Kolleginnen von der Vormittagsschicht Ihnen jemals gesagt, dass die Signora nachts Besuch von einem Mann hatte?«
»Nein, nie. Und wir haben einen Blick für so was.«

Während der gesamten Rückfahrt nach Vigàta beschäftigte den Commissario eine Frage: Wenn die Signora eine Ordnungsfanatikerin war, warum war dann das Bad in der Villa in Tre Fontane, wo sogar der rosa Bademantel einfach achtlos auf den Boden geworfen war, so unordentlich?

Beim Abendessen (fangfrischer Kabeljau, mit zwei Lorbeerblättern gegart und am Tisch mit Salz, Pfeffer und Öl aus Pantelleria gewürzt, und ein Teller zartes *tinnirùme*, das angetan war, Magen und Darm zu neuem Leben zu erwecken) unterrichtete der Commissario Signora Vasile Cozzo vom Stand der Dinge.
»Ich glaube zu verstehen«, sagte Signora Clementina, »dass die eigentliche Frage folgende ist: Warum hat der Mörder die Kleider, den Slip, die Schuhe und den Beutel der Ärmsten mitgenommen?«
»*Già*«, lautete Montalbanos Kommentar, weiter sagte er nichts. Er wollte den Gedankenfluss der Signora nicht stören, die das Problem auf Anhieb erfasst hatte.

»Über solche Dinge«, sagte die alte Dame, »weiß ich vom Fernsehen ein bisschen Bescheid.«
»Lesen Sie keine Krimis?«
»Selten. Und was ist überhaupt ein Krimi? Was ist eine Detektivgeschichte?«
»Na ja, es gibt eine eigene literarische Gattung, die...«
»Natürlich. Aber ich mag keine Etiketten. Soll ich Ihnen einen schönen Krimi erzählen? Also, da wird ein Mann, nachdem er viele Abenteuer erlebt hat, Oberhaupt einer Stadt. Doch nach und nach erkranken seine Untertanen an einem mysteriösen Leiden, einer Art Pest. Dieser Signore fängt also an nachzuforschen, um die Ursache der Krankheit herauszufinden. Er forscht und forscht und entdeckt dabei, dass er selbst die Wurzel des Übels ist, und bestraft sich.«
»Ödipus«, sagte Montalbano mehr zu sich selbst.
»Ist das nicht eine schöne Detektivgeschichte? Aber zurück zu unserem Thema. Warum nimmt ein Mörder die Kleider seines Opfers mit? Die erste Antwort lautet: Damit es nicht identifiziert werden kann.«
»Das trifft in unserem Fall nicht zu«, sagte der Commissario.
»Stimmt. Doch wenn wir in dieser Richtung überlegen, kommt es mir vor, als folgten wir der Fährte, auf die uns der Mörder setzen will.«
»Wie meinen Sie das?«
»Lassen Sie es mich erklären. Wer all die Sachen mitgenommen hat, will uns glauben machen, dass jedes einzelne Stück von diesen Sachen gleichermaßen wichtig für ihn ist. Wir sollen die Sachen als ein Ganzes betrachten. Aber das ist es nicht.«

»*Già*«, sagte Montalbano noch mal; er empfand immer tiefere Bewunderung und fürchtete immer mehr, mit irgendeiner unpassenden Bemerkung den Faden dieser Gedankengänge zu zerreißen.
»Dabei ist allein der Beutel wegen der Juwelen, die er enthält, eine halbe Milliarde wert. Wenn also ein gewöhnlicher Dieb den Beutel gestohlen hat, dann heißt das für ihn, dass er sein Tagwerk erledigt hat. Richtig?«
»Richtig.«
»Aber was hat ein gewöhnlicher Dieb für ein Interesse daran, die Kleider mitzunehmen? Gar keines. Wenn er also Kleider, Slip und Schuhe mitgenommen hat, denken wir natürlich, dass es sich nicht um einen gewöhnlichen Dieb handelt. Aber es ist ein gewöhnlicher Dieb, der bezweckt, für einen nicht gewöhnlichen, einen andersartigen Dieb gehalten zu werden. Warum? Vielleicht hat er es getan, um die Karten zu mischen, er wollte den Beutel stehlen, der natürlich wertvoll ist, aber er hat einen Mord begangen und deshalb versucht, sein wahres Ziel zu kaschieren.«
»Richtig«, sagte Montalbano, ohne gefragt worden zu sein.
»Also weiter. Vielleicht hat der Dieb noch andere Wertsachen aus der Villa mitgenommen, von denen wir gar nichts wissen.«
»Kann ich mal telefonieren?«, fragte der Commissario, dem plötzlich etwas eingefallen war.
Er rief in Montelusa im Jolly an und ließ sich mit Claudio Pizzotta, dem Direttore, verbinden.
»Ach, Commissario, wie grauenvoll! Schrecklich! Wir haben gerade in ›Retelibera‹ gehört, dass die arme Signora Licalzi ...«

Nicolò Zito hatte die Nachricht gesendet, und er hatte vergessen, sich den Kommentar des Journalisten zu der Geschichte anzuhören.
»Auch ›Televigàta‹ hat darüber berichtet«, fügte Direttore Pizzotta, halb echt befriedigt, halb in gespielter Trauer, hinzu.
Galluzzo hatte sich um seinen Schwager gekümmert.
»Was soll ich denn machen, Dottore?«, fragte der Direttore verängstigt.
»Ich verstehe nicht.«
»Mit diesen Journalisten. Die belagern mich. Sie wollen ein Interview. Sie haben erfahren, dass die arme Signora bei uns abgestiegen war…«
Von wem sollten sie das erfahren haben, wenn nicht vom Direttore selbst? Vor seinem inneren Auge sah der Commissario, wie Pizzotta telefonisch die Journalisten zu sich bestellt und ihnen erklärt, wie und warum er interessante Enthüllungen über die Tote machen könne, die schön und jung und vor allem nackt gewesen sei, als man sie gefunden habe…
»Machen Sie, was Sie wollen. Sagen Sie, hatte Signora Michela gewöhnlich etwas von ihrem Schmuck angelegt? Besaß sie eine Armbanduhr?«
»Natürlich legte sie ihren Schmuck an, allerdings diskret. Warum hätte sie ihn sonst von Bologna nach Vigàta mitnehmen sollen? Und was die Uhr angeht, sie trug immer eine wundervolle Piaget am Handgelenk, dünn wie ein Blatt Papier.«
Montalbano dankte, legte auf und teilte Signora Clementina mit, was er gerade erfahren hatte. Die Signora dachte eine Weile darüber nach.

»Jetzt muss festgestellt werden, ob es sich um einen nolens volens zum Mörder gewordenen Dieb oder um einen Mörder handelt, der sich als Dieb ausgeben will.«
»Vom Gefühl her glaube ich nicht an diese Geschichte mit dem Dieb.«
»Man tut nicht gut daran, auf sein Gefühl zu vertrauen.«
»Signora Clementina, Michela Licalzi war doch nackt, sie hatte gerade geduscht, ein Dieb hätte die Geräusche gehört und wäre erst später ins Haus eingedrungen.«
»Woher wollen Sie denn wissen, dass der Dieb nicht schon im Haus war, als die Signora zurückkam? Sie kommt herein, und der Dieb versteckt sich. Als sich die Signora unter die Dusche stellt, denkt der Dieb, das sei der richtige Augenblick. Er kommt aus seinem Versteck, stiehlt, was es zu stehlen gibt, wird jedoch von der Signora überrascht. Wie der Dieb reagiert, wissen wir ja. Und möglicherweise hatte er nicht mal die Absicht, sie zu töten.«
»Aber wie sollte dieser Dieb ins Haus gekommen sein?«
»So, wie Sie hineingekommen sind, Commissario.«
Treffer, versenkt. Montalbano entgegnete nichts.
»Jetzt zu den Kleidern«, fuhr Signora Clementina fort. »Wenn er sie mitgenommen hat, um Augenwischerei zu betreiben, ist das eine Sache. Aber wenn der Mörder sie verschwinden lassen musste, dann steht das auf einem anderen Blatt. Was war an den Kleidern so wichtig?«
»Sie konnten eine Gefahr für ihn bedeuten, zu seiner Identifizierung führen«, sagte der Commissario.
»Ja, ganz recht, Commissario. Aber sie bedeuteten sicher keine Gefahr, als die Signora sie trug. Sie müssen erst danach dazu geworden sein. Aber wie?«

»Möglicherweise hatten sie Flecken«, meinte Montalbano zweifelnd. »Vielleicht vom Blut des Mörders. Obwohl …«
»Obwohl …?«
»Obwohl im Schlafzimmer nirgends Blut war. Ein bisschen war auf dem Leintuch, es war Signora Michela aus dem Mund geflossen. Aber vielleicht waren es andere Flecken. Von Erbrochenem, nur so zum Beispiel.«
»Oder von Sperma, nur so zum Beispiel«, sagte Signora Vasile Cozzo und errötete.

Es war zu früh, um nach Marinella heimzufahren, und so beschloss Montalbano, noch im Kommissariat vorbeizuschauen und sich zu erkundigen, ob es Neuigkeiten gab.
»*Ah dottori! Ah dottori!*«, rief Catarella sofort, als er den Commissario sah. »Sie sind hier? Es haben mindestens zehn Leute angerufen! Alle wollten Sie selber persönlich sprechen! Ich hab ja nicht gewusst, dass Sie noch kommen, da hab ich allen gesagt, sie sollen morgen früh noch mal anrufen! *Che feci, mali o beni, dottori?* Wie hab ich das gemacht, Dottori, gut oder schlecht?«
»Gut hast du das gemacht, Catarè, denk dir nichts. Weißt du denn, was sie wollten?«
»Das waren alles Leute, die gesagt haben, dass sie Bekannte von der Toten sind.«
Fazio hatte die Plastiktüte mit den Schriftstücken, die sie im Zimmer hundertachtzehn beschlagnahmt hatten, auf Montalbanos Schreibtisch gelegt. Daneben lagen die Zettel mit den notierten Gesprächen, die Direttore Pizzotta Gallo ausgehändigt hatte. Der Commissario setzte sich hin, nahm als Erstes das Notizbuch aus der Tüte und blätterte es

durch. Michela Licalzi hatte hier genauso Ordnung gehalten wie in ihrem Hotelzimmer: Notizen, zu erledigende Telefonate, Orte, zu denen sie wollte – alles war klar und genau vermerkt.

Dottor Pasquano hatte gesagt – und darin war Montalbano mit ihm einig –, dass die Frau in der Nacht von Mittwoch auf Donnerstag getötet worden war. Er sah sich also als Erstes die Seite vom Mittwoch an, dem letzten Lebenstag von Michela Licalzi. Sechzehn Uhr Möbelgeschäft Rotondo anrufen; sechzehn Uhr dreißig Emanuele anrufen; siebzehn Uhr Termin Gärtnerei Todaro; achtzehn Uhr Anna; zwanzig Uhr Abendessen bei Vassallos.

Doch die Signora hatte auch für Donnerstag, Freitag und Samstag Termine vereinbart, nicht wissend, dass jemand sie daran hindern würde, sie einzuhalten. Für Donnerstag war, ebenfalls am Nachmittag, ein Treffen mit Anna geplant, mit der sie zu Loconte (in Klammern: Vorhänge) wollte, um dann den Abend bei einem Essen mit einem gewissen Maurizio zu beschließen. Am Freitag wollte sie mit dem Elektriker Riguccio sprechen, wieder Anna treffen und dann zum Ehepaar Cangialosi zum Abendessen gehen. Auf der Seite vom Samstag war lediglich vermerkt: sechzehn Uhr dreißig Flug von Punta Ràisi nach Bologna.

Es war ein großformatiges Notizbuch, im Telefonverzeichnis waren für jeden Buchstaben des Alphabets drei Seiten vorgesehen: Allerdings standen da so viele Telefonnummern, dass die Signora manchmal die Nummern zweier verschiedener Personen in dieselbe Zeile hatte schreiben müssen.

Montalbano legte das Notizbuch beiseite und nahm die anderen Unterlagen aus der Tüte. Nichts von Interesse, nur Rechnungen und Quittungen: Jede einzelne für den Bau und die Einrichtung der Villa ausgegebene Lira war akribisch genau eingetragen. In einem karierten Heft hatte Signora Michela sämtliche Ausgaben aufgeführt, sie schien für einen Besuch von der Steuerfahndung gewappnet. Es gab ein Scheckheft der Banca Popolare di Bologna, von dem nur die Durchschläge übrig waren. Montalbano fand auch eine Bordkarte für den Flug Bologna-Rom-Palermo von vor sechs Tagen und ein Rückflugticket Palermo-Rom-Bologna für Samstag, sechzehn Uhr dreißig.

Nicht mal der Schatten eines persönlichen Briefes, einer privaten Notiz. Er beschloß, seine Arbeit zu Hause fortzusetzen.

Fünf

Jetzt musste er sich nur noch die Zettel anschauen, auf denen die eingegangenen Gespräche vermerkt waren. Der Commissario begann mit denen, die Michela in dem kleinen Schreibtisch in ihrem Hotelzimmer verwahrt hatte. Es waren an die vierzig, und Montalbano sortierte sie nach den Namen der jeweiligen Anrufer. Am Schluss gab es drei Stapel, die höher waren als die anderen. Eine Frau, Anna, telefonierte tagsüber und hinterließ für gewöhnlich eine Nachricht für Michela, sie solle zurückrufen, sobald sie wach oder wieder im Hotel sei. Ein Mann, Maurizio, hatte sich zwei- oder dreimal vormittags gemeldet, meist aber zog er es vor, spät in der Nacht anzurufen, und immer bat er dringend um Rückruf. Auch der Dritte war ein Mann, er hieß Guido und rief, ebenfalls nachts, aus Bologna an; doch im Gegensatz zu Maurizio hinterließ er keine Nachricht.
Direttore Pizzotta hatte Gallo zwanzig Zettel gegeben: lauter Anrufe, seit Michela Mittwochnachmittag das Hotel verlassen hatte, bis zur Nachricht von ihrem Tod. Doch Mittwochvormittag, in der Zeit, zu der Signora Licalzi zu schlafen pflegte, hatte gegen halb elf besagter Maurizio nach ihr gefragt, wie kurz darauf auch Anna. Gegen neun Uhr abends, ebenfalls am Mittwoch, wollte Signora Vassallo mit Michela sprechen; sie rief eine Stunde später wie-

der an. Anna hatte sich kurz vor Mitternacht noch einmal gemeldet.

Um drei Uhr früh am Donnerstag hatte Guido aus Bologna telefoniert. Um halb elf hatte Anna angerufen (die anscheinend nicht wusste, dass Michela in dieser Nacht nicht ins Hotel zurückgekehrt war); um elf hatte ein gewisser Loconte den Termin am Nachmittag bestätigt. Mittags, ebenfalls am Donnerstag, hatte Signor Aurelio Di Blasi angerufen, der nicht lockerließ und sich fast alle drei Stunden meldete, bis Freitagabend um sieben. Guido aus Bologna hatte Freitag früh um zwei Uhr wieder angerufen. Annas Anrufe wurden seit Donnerstagmorgen immer hektischer: Sie brachen Freitagabend ab, fünf Minuten bevor »Retelibera« den Fund der Leiche gemeldet hatte.

Irgendetwas stimmte nicht, Montalbano konnte es nicht lokalisieren, und das bereitete ihm Unbehagen. Er stand auf, ging in die Veranda, die direkt auf den Strand hinausführte, zog die Schuhe aus und lief über den Sand bis ans Meer. Er krempelte seine Hosenbeine hoch und lief am Wasser entlang, das ab und zu über seine Füße schwappte. Das wiegende Geräusch der Brandung half ihm, seine Gedanken zu ordnen. Und plötzlich wusste er, was ihm keine Ruhe ließ. Er lief zurück ins Haus, nahm das Notizbuch und schlug die Seite vom Mittwoch auf. Michela hatte vermerkt, dass sie um zwanzig Uhr zu den Vassallos zum Abendessen kommen sollte. Aber warum hatte Signora Vassallo sie dann abends um neun und um zehn im Hotel zu erreichen versucht? War Michela der Einladung nicht gefolgt? Oder hatte jene Signora Vassallo, die angerufen hatte, nichts mit den Vassallos zu tun, die sie zum Essen eingeladen hatten?

Er sah auf die Uhr, Mitternacht war vorüber. Er fand die Angelegenheit zu wichtig, als dass er jetzt an gute Manieren hätte denken können. Im Telefonbuch standen drei Vasallos. Er wählte die erste Nummer, die sich gleich als die richtige erwies.

»Bitte entschuldigen Sie. Hier ist Commissario Montalbano.«

»Commissario! Ich bin Ernesto Vassallo. Ich wollte morgen früh zu Ihnen kommen. Meine Frau ist fix und fertig, ich musste schon den Arzt rufen. Gibt es was Neues?«

»Nichts. Ich muss Sie etwas fragen.«

»Ich stehe Ihnen natürlich zur Verfügung. Die arme Michela...«

Montalbano fiel ihm ins Wort.

»Ich habe in ihrem Notizbuch gelesen, dass Signora Licalzi am Mittwochabend zu Ihnen zum Essen...«

Diesmal unterbrach Ernesto Vassallo ihn.

»Sie ist nicht gekommen, Commissario! Wir haben lange gewartet. Sie kam nicht. Sie hat nicht mal angerufen, dabei ist sie sonst so gewissenhaft! Wir haben uns Sorgen gemacht, wir fürchteten, sie sei krank, wir haben ein paarmal im Hotel angerufen, auch bei ihrer Freundin Anna Tropeano haben wir sie zu erreichen versucht, aber Anna sagte, sie wüsste nichts, sie hatte Michela gegen sechs getroffen, sie waren eine halbe Stunde zusammen gewesen, dann war Michela gegangen und hatte zu Anna noch gesagt, sie wolle ins Hotel, sich umziehen und dann zu uns fahren.«

»Ich bin Ihnen wirklich dankbar. Kommen Sie morgen früh nicht ins Kommissariat, ich habe jede Menge Termine, kommen Sie nachmittags, wann es Ihnen passt. *Buonanotte.*«

Wo er schon mal dabei war, konnte er auch weitermachen. Er fand den Namen von Aurelio Di Blasi im Telefonbuch und wählte die Nummer. Der erste Klingelton war noch nicht vorbei, als am anderen Ende bereits der Hörer abgenommen wurde.

»*Pronto? Pronto*? Bist du das? Bist du's?«

Die Stimme eines Mannes mittleren Alters, atemlos und besorgt.

»Hier ist Commissario Montalbano.«

»Ah.«

Montalbano merkte, dass der Mann zutiefst enttäuscht war. Wessen Anruf hatte er um die Zeit wohl so sehnlich erwartet?

»Signor Di Blasi, Sie haben bestimmt schon von der armen …«

»Ich weiß, ich weiß, es war ja im Fernsehen.«

Die Enttäuschung war spürbarem Verdruss gewichen.

»*Ecco*, ich wollte wissen, warum Sie von Donnerstagmittag bis Freitagabend fortwährend versucht haben, Signora Licalzi im Hotel zu erreichen.«

»Was soll daran so besonders sein? Ich bin ein entfernter Verwandter von Michelas Mann. Wenn sie wegen der Villa hier war, hielt sie sich an mich, wenn sie Rat oder Hilfe brauchte. Ich bin Bauingenieur. Am Donnerstag habe ich angerufen, um sie zu uns zum Abendessen einzuladen, aber der Portier sagte, die Signora sei in der Nacht zuvor nicht ins Hotel zurückgekommen. Der Portier kennt mich, er vertraut mir. Da habe ich mir Sorgen gemacht. Finden Sie das so ungewöhnlich?«

Jetzt klang Ingegnere Di Blasi ironisch und aggressiv. Der

Commissario hatte den Eindruck, dass dem Mann die Nerven blank lagen.
»Nein«, sagte er und legte auf.
Es war nicht nötig, Anna Tropeano anzurufen, was sie erzählen würde, wusste er bereits, weil Signor Vassallo es schon vorweggenommen hatte. Er würde die Tropeano ins Kommissariat vorladen. Eines war inzwischen sicher: Michela Licalzis Spuren verloren sich am Mittwochabend gegen sieben Uhr; im Hotel war sie nie angekommen, obwohl sie ihrer Freundin gegenüber geäußert hatte, dass sie dorthin wollte.
Montalbano war nicht müde, und so legte er sich mit einem Buch ins Bett, einem Roman von Denevi, einem argentinischen Schriftsteller, den er sehr mochte.

Als seine Augen vor Müdigkeit allmählich immer kleiner wurden, klappte er das Buch zu und löschte das Licht. Wie so oft vor dem Einschlafen dachte er an Livia. Und saß plötzlich aufrecht im Bett und war hellwach. *Gesù*, Livia! Er hatte sich seit der Gewitternacht, als er so getan hatte, als wäre die Leitung unterbrochen worden, nicht mehr bei ihr gemeldet. Das hatte Livia bestimmt nicht geglaubt, schließlich hatte sie seitdem nicht wieder angerufen. Das musste er auf der Stelle wieder gutmachen.
»*Pronto*? Wer ist denn da?«, fragte Livia mit schlaftrunkener Stimme.
»Ich bin's, Liebling, Salvo.«
»Lass mich gefälligst schlafen!«
Klick. Montalbano hielt noch eine Weile den Hörer in der Hand.

Es war schon halb neun, als er am nächsten Morgen ins Kommissariat kam; Michelas Unterlagen hatte er dabei. Nachdem Livia nicht mit ihm hatte reden wollen, war er ganz unruhig geworden und hatte kein Auge mehr zugetan. Anna Tropeano vorzuladen war nicht nötig, Fazio teilte ihm gleich mit, dass die Frau seit acht Uhr auf ihn warte.

»Hör zu, ich will alles über einen Bauingenieur aus Vigàta wissen, er heißt Aurelio Di Blasi.«

»Alles alles?«, fragte Fazio.

»Alles alles.«

»Alles alles heißt für mich auch Gerüchte, was man so redet.«

»*Macari pi mia significa la stessa cosa.* Das heißt es für mich auch.«

»Und wie viel Zeit habe ich?«

»Menschenskinder, Fazio, machst du jetzt einen auf Gewerkschaftsverhandlung? Zwei Stunden reichen, und das ist noch zu viel!«

Fazio musterte seinen Chef beleidigt, und als er ging, sagte er nicht mal *bongiorno.*

Unter normalen Umständen war Anna Tropeano bestimmt eine schöne Frau um die dreißig: tiefschwarzes Haar, dunkle Haut, große leuchtende Augen, hoch gewachsen und üppig. Doch als sie jetzt vor dem Commissario stand, ließ sie die Schultern hängen, ihre Augen waren verquollen und gerötet, der Teint leicht grau.

»Darf ich rauchen?«, fragte sie, sobald sie saß.

»Natürlich.«

Sie steckte sich eine Zigarette an, ihre Hände zitterten. Sie versuchte, ein Lächeln zustande zu bringen.

»Ich hatte vor einer Woche aufgehört. Aber seit gestern Abend habe ich mindestens drei Päckchen geraucht.«

»Ich danke Ihnen, dass Sie von sich aus gekommen sind. Ich habe viele Fragen an Sie.«

»Bitte.«

Innerlich seufzte der Commissario erleichtert. Anna war eine starke Frau, es würde keine Tränen und Ohnmachtsanfälle geben. Tatsache war, dass ihm diese Frau gleich gefallen hatte, als sie zur Tür hereingekommen war.

»Meine Fragen mögen Ihnen vielleicht merkwürdig vorkommen, aber ich bitte Sie, sie trotzdem zu beantworten.«

»Natürlich.«

»Verheiratet?«

»Wer?«

»Sie.«

»Nein, bin ich nicht. Und auch nicht getrennt oder geschieden. Und auch nicht in festen Händen, falls Sie das meinen. Ich lebe allein.«

»Warum?«

Montalbano hatte sie zwar vorgewarnt, aber Anna zögerte einen Moment, eine so persönliche Frage zu beantworten.

»Ich glaube, ich hatte keine Zeit, an mich selbst zu denken. Commissario, ein Jahr, bevor ich promovieren wollte, starb mein Vater. Herzinfarkt, er war sehr jung. Ein Jahr nach meiner Promotion verlor ich meine Mutter, ich musste mich um meine kleine Schwester Maria, die jetzt neunundzwanzig und in Mailand verheiratet ist, und um meinen

Bruder Giuseppe kümmern, der in Rom bei einer Bank arbeitet und siebenundzwanzig ist. Ich bin einunddreißig. Doch abgesehen davon denke ich, dass ich dem Richtigen nicht begegnet bin.«

Sie war nicht gereizt, sie schien sogar ein bisschen ruhiger: Dass der Commissario nicht gleich zur Sache gekommen war, hatte ihr eine Art Atempause verschafft. Montalbano hielt es für besser, ihr noch ein wenig Zeit zu lassen.

»Leben Sie hier in Vigàta im Haus Ihrer Eltern?«

»Ja, Papa hatte es gekauft. Es ist eine Art kleine Villa, direkt am Ortseingang von Marinella. Sie ist zu groß für mich geworden.«

»Ist es das Haus gleich nach der Brücke rechts?«

»Genau.«

»Da fahre ich mindestens zweimal am Tag vorbei. Ich wohne auch in Marinella.«

Anna Tropeano sah ihn etwas irritiert an. Das war vielleicht ein seltsamer Polizist!

»Arbeiten Sie?«

»Ja, ich unterrichte am Naturwissenschaftlichen Gymnasium in Montelusa.«

»Was unterrichten Sie?«

»Physik.«

Montalbano sah sie voller Bewunderung an. Als Schüler war er in Physik nie eine Leuchte gewesen: Hätte er seinerzeit so eine Lehrerin gehabt, wäre er womöglich in Einsteins Fußstapfen getreten.

»Wissen Sie, wer sie umgebracht hat?«

Anna Tropeano schrak zusammen und sah den Commissario mit flehendem Blick an: Es ging uns doch so gut, warum setzt du dir jetzt die Maske des Bullen auf, der schlimmer ist als ein Jagdhund? Lässt du denn nie locker? schien sie zu fragen.

Montalbano verstand die Frage im Blick der Frau, er lächelte und breitete schicksalsergeben die Arme aus, als wollte er sagen: Das ist mein Job.

»Nein«, sagte fest und entschieden Anna Tropeano.

»Irgendein Verdacht?«

»Nein.«

»Signora Licalzi kehrte normalerweise in den frühen Morgenstunden ins Hotel zurück. Ich wüsste gern von Ihnen …«

»Sie war bei mir. Bei mir zu Hause. Wir haben fast jeden Abend miteinander gegessen. Wenn sie woanders eingeladen war, kam sie danach noch zu mir.«

»Was haben Sie gemacht?«

»Was zwei Freundinnen eben machen. Wir redeten, sahen fern, hörten Musik. Oder taten gar nichts und genossen einfach die Nähe der anderen.«

»Hatte sie Freundschaften mit Männern?«

»Ja, ein paar. Aber es war nicht so, wie es vielleicht aussah. Michela war ein sehr ernsthafter Mensch. Wenn die Männer sie so ungezwungen, so frei erlebten, missverstanden sie das. Und waren zwangsläufig enttäuscht.«

»Gab es jemanden, der besonders aufdringlich war?«

»Ja.«

»Wie heißt er?«

»Das sage ich Ihnen nicht. Sie werden es leicht selbst herausfinden.«

»Signora Licalzi war ihrem Mann also absolut treu.«

»Das habe ich nicht gesagt.«
»Was heißt das?«
»Es heißt das, was ich eben gesagt habe.«
»Kannten Sie sich schon lange?«
»Nein.«
Montalbano sah sie an, stand auf und trat ans Fenster. Fast wütend steckte sich Anna ihre vierte Zigarette an.
»Der Ton, den der letzte Teil unseres Gesprächs angenommen hat, gefällt mir nicht«, sagte der Commissario, ohne sich umzudrehen.
»Mir auch nicht.«
»Frieden?«
»Frieden.«
Montalbano wandte sich um und lächelte sie an. Anna erwiderte das Lächeln. Aber nur ganz kurz, dann hob sie den Finger wie eine Schülerin, sie wollte etwas fragen.
»Können Sie mir, falls das kein Geheimnis ist, sagen, wie sie umgebracht wurde?«
»Haben sie das im Fernsehen nicht gesagt?«
»Nein, weder in ›Retelibera‹ noch in ›Televigàta‹. Sie haben nur berichtet, dass sie gefunden wurde.«
»Ich dürfte es Ihnen eigentlich nicht sagen. Aber für Sie mache ich eine Ausnahme. Sie wurde erstickt.«
»Mit einem Kissen?«
»Nein, man hat ihr Gesicht in die Matratze gedrückt.«
Anna begann zu schwanken wie ein Baumwipfel, in den der Wind fährt. Der Commissario ging hinaus und kam kurz darauf mit einer Flasche Wasser und einem Glas wieder. Anna trank, als wäre sie gerade aus der Wüste zurückgekehrt.

»Was wollte sie nur in der Villa, *Dio mio*?«, fragte sie mehr sich selbst.
»Waren Sie jemals in dem Haus?«
»Natürlich. Fast jeden Tag, mit Michela.«
»Hat die Signora manchmal dort geschlafen?«
»Soviel ich weiß, nicht.«
»Aber im Bad war ein Bademantel, auch Handtücher und Cremes.«
»Ich weiß. Michela hatte es extra eingerichtet. Wenn sie im Haus war, um es in Ordnung zu bringen, war sie zum Schluss natürlich voller Staub und Zement. Also duschte sie, bevor sie ging.«
Montalbano fand, dass es inzwischen Zeit für einen Tiefschlag war, aber es widerstrebte ihm, er mochte ihr nicht so weh tun.
»Sie war völlig nackt.«
Es war, als stünde Anna plötzlich unter Starkstrom, sie riss die Augen weit auf, versuchte zu sprechen, brachte aber kein Wort heraus. Montalbano füllte ihr Glas noch mal auf.
»Wurde sie ... wurde sie vergewaltigt?«
»Ich weiß es nicht. Der Gerichtsmediziner hat mich noch nicht angerufen.«
»Warum ist sie nur in diese verdammte Villa und nicht ins Hotel gefahren?«, fragte Anna wieder verzweifelt.
»Der Mörder hat ihre Kleider, ihren Slip und ihre Schuhe mitgenommen.«
Anna sah ihn ungläubig an, als hätte ihr der Commissario ein Lügenmärchen erzählt.
»Warum denn das?«

Montalbano gab keine Antwort.
»Er hat auch den Beutel mit allem, was darin war, mitgenommen«, fuhr er fort.
»Das kann man schon eher verstehen. Michela hatte ihren ganzen Schmuck in dem Beutel, und sie hatte viel kostbaren Schmuck. Wenn der Kerl, der sie erstickt hat, ein Dieb war und überrascht...«
»Augenblick. Signor Vassallo sagte mir, dass sich seine Frau Sorgen gemacht hat, weil Michela nicht zum Abendessen kam, und Sie angerufen hat.«
»Das stimmt. Und ich vermutete sie bei ihnen. Als Michela und ich uns trennten, sagte sie, sie würde noch ins Hotel fahren und sich umziehen.«
»Apropos, was hatte sie an?«
»Sie war ganz in Jeans gekleidet, auch die Jacke, und trug Slipper.«
»Aber im Hotel ist sie nie angekommen. Jemand oder etwas muss sie dazu gebracht haben, es sich anders zu überlegen. Hatte sie ein Handy?«
»Ja, sie hatte es immer in ihrem Beutel dabei.«
»Es könnte also sein, dass jemand sie auf dem Weg ins Hotel angerufen hat. Und dass sie auf diesen Anruf hin in die Villa gefahren ist.«
»Das kann auch ein Trick gewesen sein.«
»Von wem? Von dem Dieb bestimmt nicht. Oder haben Sie schon mal von einem Dieb gehört, der den Besitzer des Hauses, das er gerade ausraubt, dorthin bestellt?«
»Haben Sie festgestellt, ob in der Villa etwas fehlt?«
»Die Piaget der Signora auf jeden Fall. Ansonsten weiß ich von nichts. Mir ist nicht bekannt, was es in der Villa an

Wertvollem gab. Alles wirkt aufgeräumt, nur das Bad ist unordentlich.«

Anna machte ein erstauntes Gesicht.

»Unordentlich?«

»Ja, stellen Sie sich vor, der rosa Bademantel lag achtlos auf dem Boden. Sie hatte gerade geduscht.«

»Commissario, Sie zeichnen hier ein bestimmtes Bild, das mich ganz und gar nicht überzeugt.«

»Nämlich?«

»Nämlich dass Michela in die Villa gefahren ist, um dort einen Mann zu treffen, und es so eilig hatte, mit ihm ins Bett zu gehen, dass sie den Bademantel einfach fallen und liegen ließ.«

»Das ist doch plausibel, oder?«

»Bei anderen Frauen schon, bei Michela nicht.«

»Kennen Sie einen gewissen Guido, der sie jede Nacht aus Bologna angerufen hat?«

Er hatte auf gut Glück gezielt, aber ins Schwarze getroffen. Anna Tropeano wandte verlegen den Blick ab.

»Sie sagten doch gerade, die Signora sei treu gewesen?«

»Ja.«

»Ihrem einzigen Seitensprung?«

Anna nickte.

»Können Sie mir sagen, wie er heißt? Sie würden mir einen Gefallen tun, so spare ich Zeit. Erfahren werde ich den Namen sowieso, keine Sorge. Also?«

»Er heißt Guido Serravalle und ist Antiquar. Ich weiß weder Telefonnummer noch Adresse.«

»Danke, das reicht mir schon. Michelas Mann kommt gegen Mittag hierher. Möchten Sie ihn treffen?«

»Ich?! Wozu denn das? Ich kenne ihn doch gar nicht.«
Der Commissario musste keine weiteren Fragen stellen, Anna fuhr von sich aus fort.
»Michela und Dottor Licalzi haben vor zweieinhalb Jahren geheiratet. Sie wollte die Hochzeitsreise nach Sizilien machen. Bei dieser Gelegenheit haben wir uns aber noch nicht kennen gelernt. Das war später, als sie, in der Absicht, die Villa bauen zu lassen, allein noch mal herkam. Ich fuhr eines Tages mit dem Auto nach Montelusa, als mir ein Twingo entgegenkam, wir waren beide in Gedanken versunken und wären fast frontal zusammengestoßen. Wir sind ausgestiegen, haben uns gegenseitig um Entschuldigung gebeten und waren uns sympathisch. Michela kam immer allein nach Sizilien.«
Anna Tropeano wirkte müde und tat Montalbano Leid.
»Sie haben mir sehr geholfen. Danke.«
»Kann ich jetzt gehen?«
»Natürlich.«
Er reichte ihr die Hand. Anna Tropeano nahm sie und hielt sie fest.
Der Commissario spürte, wie ihn Wärme durchflutete.
»Danke«, sagte Anna.
»Wofür denn?«
»Dass ich über Michela reden konnte. Ich habe niemanden, mit dem ich … Danke. Mir ist schon leichter ums Herz.«

Sechs

Anna Tropeano war gerade erst gegangen, als die Tür von Montalbanos Zimmer sperrangelweit aufgerissen wurde und gegen die Wand krachte; Catarella hüpfte wie ein Gummiball herein.

»Wenn du noch mal so reinkommst, erschieß ich dich. Du weißt, dass ich das ernst meine«, sagte Montalbano seelenruhig.

Aber Catarella war viel zu aufgeregt, als dass ihm das Sorgen gemacht hätte.

»Dottori, ich wollte Ihnen sagen, dass mich die Quistura von Montilusa angerufen hat. Wissen Sie noch, wie ich Ihnen von diesem Datumsverarbeitungskurs erzählt hab? Der fängt am Montag früh an, und ich muss da hin. Wie macht ihr das ohne mich am Telefon?«

»Wir werden's überleben, Catarè.«

»*A dottori, dottori! Lei mi disse di non distrupparlo a mentre che parlava con la signora e io obbediente fui! Ma arrivò uno sdilluvio di tilifonate! Tutte le scrissi a sopra di questo pizzino.* Sie haben gesagt, dass ich Sie nicht stören darf, solang Sie mit der Signora reden, und ich hab gehorcht! Aber da waren ein Haufen Anrufe! Ich hab alle auf den Zettel da geschrieben.«

»Gib her und zieh ab.«

Auf einem Blatt, das schlampig aus einem Heft herausgerissen war, stand: *»Ano tilifonato Vizzalllo Guito Sera falle Losconte suo amicco Zito Rotonò Totano Ficuccio Cangelosi novamente di novo Sera falle di bolonia Cipollina Pinissi Cacomo.«*

Montalbano begann sich am ganzen Körper zu kratzen. Das musste eine merkwürdige Art von Allergie sein, aber jedes Mal, wenn er etwas zu lesen gezwungen war, das Catarella geschrieben hatte, überkam ihn ein unerträglicher Juckreiz. Mit Engelsgeduld entschlüsselte er: Vassallo, Guido Serravalle, Michelas Liebhaber aus Bologna, Loconte, der Vorhangstoffe verkaufte, sein Freund Nicolò Zito, der Möbelhändler Rotondo, Todaro, der mit der Gärtnerei, der Elektriker Riguccio, Cangialosi, der Michela zum Abendessen eingeladen hatte, noch mal Serravalle. Wer Cipollina, Pinissi und Cacomo waren – angenommen, sie hießen tatsächlich so –, wusste er nicht, aber vermutlich hatten sie angerufen, weil sie Freunde oder Bekannte des Opfers waren.

Fazio schaute zur Tür herein. »Störe ich?«

»Komm rein. Hast du die Informationen über Ingegnere Di Blasi?«

»Klar. Wäre ich sonst hier?«

Fazio erwartete sichtlich ein Lob, weil er die Auskünfte in so kurzer Zeit eingeholt hatte.

»Siehst du, jetzt hast du's sogar in einer Stunde geschafft«, sagte der Commissario nur.

Fazio machte ein finsteres Gesicht.

»Und das ist der Dank dafür?«

»Warum? Willst du etwa Dank dafür, dass du deine Pflicht tust?«

»Commissario, bei allem Respekt, aber Sie sind heute wirklich unleidlich.«

»Apropos, warum hatte ich, wenn man das so nennen will, noch nicht die Ehre und das Vergnügen, Dottor Augello im Büro zu sehen?«

»Er ist mit Germanà und Galluzzo wegen dieser Zementfabrik unterwegs.«

»Was ist denn das für eine Geschichte?«

»Wissen Sie das gar nicht? Gestern haben fünfunddreißig Arbeiter der Zementfabrik die Mitteilung bekommen, dass sie auf Kurzarbeit Null gesetzt werden sollen. Heute früh haben sie angefangen, Zoff zu machen, Radau, Steine und so. Dem Direktor wurde es mulmig, da hat er hier angerufen.«

»Und warum ist Mimì Augello hingefahren?«

»Aber wenn der Direktor ihn doch um Hilfe gebeten hat!«

»*Cristo!* Das habe ich doch schon hundertmal gesagt! Ich will nicht, dass sich irgendjemand aus dem Kommissariat in diese Dinge einmischt!«

»Aber was sollte der arme Dottore Augello denn machen?«

»Den Anruf an die Arma weiterleiten, die suhlen sich doch gern in so was! Dem Signor Direttore der Zementfabrik werden sie schon einen neuen Posten verschaffen. Wer hier in die Röhre guckt, sind doch die Arbeiter. Und wir sollen sie zusammenknüppeln?«

»Dottore, bitte verzeihen Sie mir noch mal, aber Sie sind ja wirklich ein Kommunist. Ein wütender Kommunist sind Sie.«

»Fazio, das mit dem Kommunismus ist eine fixe Idee von

dir. Ich bin kein Kommunist, wann begreifst du das endlich?«

»*Va bene*, aber Sie reden und argumentieren schon wie einer von denen.«

»Können wir die Politik jetzt mal beiseite lassen?«

»*Sissi*. Also: Di Blasi Aurelio, Sohn des verstorbenen Giacomo und der verstorbenen Carlentini Maria Antonietta, geboren in Vigàta am 3. April 1937...«

»Du machst mich ganz nervös, wenn du so redest. Du klingst wie ein Angestellter im Einwohnermeldeamt.«

»Gefällt Ihnen das nicht, Signor Dottore? Soll ich es Ihnen vorsingen? Oder als Gedicht aufsagen?«

»Du bist heute aber auch ganz schön unleidlich!«

Das Telefon klingelte.

»Wenn das so weitergeht, sitzen wir heute Nacht noch hier«, seufzte Fazio.

»*Pronti*, Dottori? Dieser Signore Càcono ist am Telefon, der hat schon mal angerufen. Was soll ich machen?«

»Stell ihn durch.«

»Commissario Montalbano? Ich bin Gillo Jàcono, wir hatten bereits das Vergnügen bei Signora Vasile Cozzo, ich bin ein ehemaliger Schüler von ihr.«

Montalbano hörte, wie eine weibliche Stimme im Hintergrund zum letzten Mal einen Flug nach Rom aufrief.

»Natürlich erinnere ich mich. Was gibt es?«

»Ich bin am Flughafen, ich habe nur ein paar Sekunden, bitte entschuldigen Sie, wenn ich mich kurz fasse.«

Der Commissario entschuldigte immer und überall bereitwillig, wenn sich jemand kurz fasste.

»Ich rufe wegen dieser Frau an, die ermordet wurde.«

»Kannten Sie sie?«

»Nein. Aber ich fuhr Mittwoch gegen Mitternacht mit meinem Wagen von Montelusa Richtung Vigàta. Dann hat der Motor angefangen zu spinnen, und ich musste sehr langsam fahren. In der Contrada Tre Fontane wurde ich von einem Twingo überholt, der kurz darauf vor einer kleinen Villa hielt. Ein Mann und eine Frau stiegen aus und gingen den Weg entlang. Sonst habe ich nichts gesehen, aber dessen, was ich gesehen habe, bin ich sicher.«

»Wann sind Sie wieder in Vigàta?«

»Nächsten Donnerstag.«

»Kommen Sie dann zu mir. Danke.«

Montalbano absentierte sich, insofern als sein Körper sitzen blieb, der Kopf aber woanders war.

»Was soll ich machen? Soll ich später noch mal kommen?«, fragte Fazio resigniert.

»Nein, nein, red nur weiter.«

»Also, wo war ich stehen geblieben? Ach ja. Bauingenieur, hat aber keine eigene Firma. Wohnhaft in Vigàta, Via Laporta Nummer acht, verheiratet mit Dalli Cardillo, Teresa, Hausfrau, aber wohlhabend. Eigentümer einer großen landwirtschaftlichen Nutzfläche in Raffadali, Provinz Montelusa, mit dazugehörigem Bauernhaus, das er renoviert hat. Er hat zwei Autos, einen Mercedes und einen Tempra. Er hat zwei Kinder, einen Sohn und eine Tochter. Die Tochter heißt Manuela, ist dreißig Jahre alt und in Holland mit einem Geschäftsmann verheiratet. Sie haben zwei Kinder, Giuliano, drei Jahre alt, und Domenico, ein Jahr alt. Sie wohnen...«

»Jetzt knall ich dir gleich eine«, sagte Montalbano.

»Warum? Was hab ich denn getan?«, fragte Fazio und stellte sich dumm. »Hatten Sie nicht gesagt, Sie wollten alles alles wissen?«
Das Telefon klingelte. Fazio stöhnte nur und verdrehte die Augen zur Decke.
»Commissario? Hier ist Emanuele Licalzi. Ich rufe aus Rom an. Das Flugzeug ist in Bologna mit zwei Stunden Verspätung gestartet, und ich habe die Maschine von Rom nach Palermo verpasst. Ich werde erst gegen drei Uhr nachmittags da sein.«
»Machen Sie sich keine Gedanken. Ich bin hier.«
Er sah Fazio an, und Fazio sah ihn an.
»Dauert der Mist noch lange?«
»Ich bin fast fertig. Der Sohn heißt Maurizio.«
Montalbano richtete sich im Stuhl auf und spitzte die Ohren.
»Er ist einunddreißig und studiert.«
»Mit einunddreißig?!«
»So ist es. Er ist anscheinend ein bisschen unterbelichtet. Er lebt bei seinen Eltern im Haus. Das ist alles.«
»Nein, ich bin sicher, dass das nicht alles ist. Sprich weiter.«
»*Beh*, das sind Gerüchte…«
»Tu dir keinen Zwang an.«
Es war offensichtlich, dass Fazio seinen Spaß hatte, in dieser Partie mit seinem Chef hatte er die besseren Karten in der Hand.
»*Dunque*. Ingegnere Di Blasi ist ein Cousin zweiten Grades von Dottor Emanuele Licalzi. Signora Michela gehörte inzwischen praktisch zur Familie Di Blasi. Und Maurizio war ganz verrückt nach ihr. Die Stadt hatte was zu lachen:

Wenn Signora Licalzi durch Vigàta spazierte, lief er mit hängender Zunge hinter ihr her.«
Maurizio war also der Name, den Anna Tropeano ihm nicht hatte nennen wollen.
»Alle, mit denen ich geredet habe«, fuhr Fazio fort, »haben gesagt, er sei *un pezzo di pane*, ein Stück Brot. Ein guter Mensch und ein bisschen einfältig.«
»*Va bene*, ich danke dir.«
»Es gibt noch was«, sagte Fazio, und es war klar, dass er den letzten Knaller abschießen wollte, den allerlautesten, wie man es bei einem Feuerwerk macht. »Sieht so aus, als wäre der Junge seit Mittwoch Abend verschwunden. Verstehen Sie, was ich meine?«

»*Pronto*? Dottor Pasquano? Hier ist Montalbano. Gibt's was Neues?«
»Ja, einiges, ich wollte Sie gerade anrufen.«
»Sagen Sie mir alles.«
»Das Opfer hatte nicht zu Abend gegessen. Oder zumindest nur wenig, ein *panino*. Die Signora hatte einen prachtvollen Körper, innen und außen. Kerngesund, ein perfekter Mechanismus. Sie hatte weder getrunken noch Drogen eingenommen. Der Tod wurde durch Ersticken verursacht.«
»Ist das alles?«, fragte Montalbano enttäuscht.
»Nein. Sie hatte unzweifelhaft Geschlechtsverkehr.«
»Wurde sie vergewaltigt?«
»Nein, ich glaube nicht. Sie hatte heftigen, wie soll ich sagen, sehr intensiven Vaginalverkehr. Aber es ist keine Spur von Samenflüssigkeit zu finden. Dann hatte sie Analverkehr, ebenfalls heftig und ohne Samenflüssigkeit.«

»Wie kommen Sie denn darauf, dass keine Gewalt angewendet wurde?«
»Ganz einfach. Zur Vorbereitung der Analpenetration wurde ein Gleitmittel verwendet, möglicherweise so eine Feuchtigkeitscreme, wie Frauen sie im Badezimmer haben. Haben Sie schon mal gehört, dass ein Vergewaltiger dafür sorgt, dass sein Opfer keine Schmerzen empfindet? Nein, glauben Sie mir: Die Signora war einverstanden. Und jetzt auf Wiederhören, ich werde Ihnen so bald wie möglich weitere Details berichten.«
Der Commissario hatte ein hervorragendes fotografisches Gedächtnis. Er schloss die Augen, legte den Kopf in die Hände und konzentrierte sich. Und nach einer Weile sah er klar und deutlich das Döschen Feuchtigkeitscreme mit dem Deckel daneben, ganz rechts auf der Ablage in dem unordentlichen Bad in der Villa.

In der Via Laporta 8 stand an der Sprechanlage: »Ing. Aurelio Di Blasi«, weiter nichts. Er schellte, eine Frauenstimme antwortete.
»Chi è?«
Es war besser, sie nicht vorzuwarnen, die Bewohner dieses Hauses schwitzten bestimmt schon Blut und Wasser.
»Ist der Ingegnere da?«
»Nein. Aber er kommt bald. *Chi è*?«
»Ich bin ein Freund von Maurizio. Kann ich reinkommen?«
Einen Augenblick lang fühlte er sich wie ein *omo di merda*, ein Scheißkerl, aber das war sein Job.
»Oberste Etage«, sagte die Frauenstimme.

Eine Frau um die sechzig, ungekämmt und verstört, öffnete ihm die Tür des Fahrstuhls.
»Sie sind ein Freund von Maurizio?«, fragte die Frau mit banger Ungeduld.
»Ja und nein«, antwortete Montalbano und spürte, wie ihm die Scheiße bis zum Hals stand.
»Setzen Sie sich.«
Sie führte ihn in ein geschmackvoll eingerichtetes großes Wohnzimmer und wies auf einen Sessel, sie selbst setzte sich auf einen Stuhl und schaukelte, in stummer Verzweiflung, mit dem Oberkörper vor und zurück. Die Fensterläden waren geschlossen, spärliches Licht drang durch die Ritzen, und Montalbano kam sich vor wie bei einem Beileidsbesuch. Er dachte, dass auch der Tote da war, wenn auch unsichtbar, und dass er Maurizio hieß. Auf dem Tischchen lagen verstreut ein Dutzend Fotos, die alle dasselbe Gesicht zeigten, aber im Halbdunkel des Zimmers waren die Züge nicht deutlich zu erkennen. Der Commissario holte tief Luft, wie jemand, der unter Wasser gehen will und den Atem anhält, und er war wirklich kurz davor, in diesen abgrundtiefen Schmerz von Signora Di Blasis Gedanken einzutauchen.
»Haben Sie Nachricht von Ihrem Sohn?«
Es war mehr als klar, dass die Dinge tatsächlich so standen, wie Fazio ihm berichtet hatte.
»Nein. Alle suchen ihn, überall. Mein Mann, seine Freunde ... alle.«
Sie fing leise an zu weinen, die Tränen rollten ihr über das Gesicht und fielen auf ihren Rock.
»Hatte er viel Geld dabei?«

»Eine halbe Million bestimmt. Und dann hatte er noch diesen Ausweis, wie heißt der noch mal, die Scheckkarte.«
»Ich hole Ihnen ein Glas Wasser«, sagte Montalbano und stand auf.
»Bleiben Sie doch sitzen, ich gehe schon«, sagte die Frau, stand ebenfalls auf und verließ das Zimmer. Montalbano griff schnell nach einem Foto, sah es kurz an – ein Junge mit Pferdegesicht und ausdruckslosen Augen – und steckte es ein. Anscheinend hatte Ingegnere Di Blasi Abzüge machen lassen, die er verteilen wollte. Die Signora kam zurück, setzte sich aber nicht, sondern blieb in der Tür stehen. Sie war argwöhnisch geworden.
»Sie sind viel älter als mein Sohn. Wie heißen Sie noch mal?«
»Eigentlich ist Maurizio mit meinem jüngeren Bruder Giuseppe befreundet.«
Er hatte einen der häufigsten Namen Siziliens gewählt. Aber die Signora dachte schon nicht mehr darüber nach, sie setzte sich und schaukelte wieder vor und zurück.
»Sie haben also seit Mittwochabend nichts von ihm gehört?«
»Absolut nichts. Er ist in der Nacht nicht heimgekommen. Das hat es noch nie gegeben. Er ist ein einfacher Junge und ein bisschen dumm, wenn ihm jemand erzählt, dass Hunde fliegen können, glaubt er das. Und am Morgen machte mein Mann sich dann Sorgen und begann zu telefonieren. Ein Freund von ihm, Pasquale Corso, hat gesehen, wie Maurizio Richtung Bar Italia gegangen ist. Das war etwa um neun Uhr abends.«
»Hatte er ein Handy dabei?«

»Ja. Aber wer sind Sie eigentlich?«

»Gut«, sagte der Commissario und erhob sich. »Ich will nicht länger stören.«

Rasch ging er zur Tür, öffnete sie und wandte sich noch mal um.

»Wann war Michela Licalzi das letzte Mal hier?«

Die Signora wurde knallrot.

»Ich will den Namen dieser Nutte nicht hören!«, rief sie. Und schlug die Tür hinter ihm zu.

Die Bar Italia lag direkt neben dem Kommissariat; sie alle, einschließlich Montalbano, waren hier wie zu Hause. Der Besitzer saß an der Kasse: Er war ein großer breiter Mann mit finsterem Blick, der gar nicht zu ihm passte, denn er war ein herzensguter Mensch. Er hieß Gelsomino Patti.

»Was darf ich Ihnen bringen lassen, Commissario?«

»Nichts, Gelsomì. Ich brauche nur eine Auskunft. Kennst du Maurizio Di Blasi?«

»Haben sie ihn gefunden?«

»Nein, noch nicht.«

»Sein Vater, der arme Kerl, war mindestens schon zehn Mal da und hat gefragt, ob es was Neues gibt. Aber was soll es schon Neues geben? Wenn er zurückkommt, dann geht er doch heim und setzt sich nicht in die Bar.«

»Aber Pasquale Corso ...«

»Commissario, mir hat der Vater auch gesagt, dass Maurizio gegen neun Uhr abends hier war. Aber er ist auf der Straße stehen geblieben, direkt hier vor der Bar, ich habe ihn von der Kasse aus genau gesehen. Er wollte schon reinkommen, aber dann hat er es sich anders überlegt, hat sein Handy

rausgeholt, eine Nummer gewählt und gesprochen. Nach einer Weile hab ich ihn dann nicht mehr gesehen. Aber er ist am Mittwochabend nicht hier reingekommen, das weiß ich bestimmt. Warum sollte ich Ihnen etwas vormachen?«
»Danke, Gelsomì. Mach's gut.«

»Dottori! Der Dottori Latte hat aus Montelusa angerufen.«
»Lattes, Catarè, mit s am Ende.«
»Dottori, ein s mehr oder weniger ist doch egal. Er hat gesagt, dass Sie ihn gleich zurückrufen sollen. Und dann hat noch Guito Serafalle angerufen. *Mi lassò il nummaro di Bolonia. Lo scrissi sopra a questo pizzino.* Er hat seine Nummer in Bolonia hinterlassen. Ich hab sie auf den Zettel da geschrieben.«
Es war inzwischen Zeit zum Essen, aber ein Telefonat konnte er schon noch erledigen.
»*Pronto*? Wer ist da?«
»Hier ist Commissario Montalbano. Ich rufe aus Vigàta an. Sind Sie Signor Guido Serravalle?«
»Ja. Commissario, ich habe schon den ganzen Vormittag versucht, Sie zu erreichen. Ich habe im Jolly angerufen, weil ich mit Michela sprechen wollte, und da habe ich erfahren...«
Eine warme, männliche Stimme, die nach Schnulzensänger klang.
»Sind Sie mit ihr verwandt?«
Es hatte sich immer als gute Taktik erwiesen, während einer Ermittlung so zu tun, als wüsste man über die Beziehungen zwischen den verschiedenen Personen, die in den Fall verwickelt waren, nicht Bescheid.

»Nein. Eigentlich...«
»Befreundet?«
»Ja, befreundet.«
»Wie sehr?«
»Entschuldigen Sie, ich verstehe nicht...«
»Wie sehr befreundet?«
Guido Serravalle zögerte mit der Antwort, und Montalbano kam ihm entgegen.
»Intim?«
»Na ja, schon.«
»Also, was gibt es?«
Wieder zögerte er. Die Methoden des Commissario brachten ihn offensichtlich aus dem Konzept.
»*Ecco*, ich wollte Ihnen sagen... mich Ihnen zur Verfügung stellen. Ich habe in Bologna ein Antiquitätengeschäft, das ich jederzeit zumachen kann. Wenn Sie mich brauchen, nehme ich ein Flugzeug und komme runter. Ich wollte... ich war sehr mit Michela verbunden.«
»Ich verstehe. Wenn ich Sie brauche, lasse ich Sie anrufen.«
Er legte auf. Leute, die unnötigerweise telefonierten, konnte er nicht ausstehen. Was hatte Guido Serravalle ihm schon zu sagen, was er nicht längst wusste?

Zu Fuß machte Montalbano sich auf den Weg zur Trattoria San Calogero, wo es immer frischen Fisch gab. Plötzlich blieb er stehen und fluchte. Er hatte vergessen, dass die Trattoria seit sechs Tagen geschlossen war, weil die Küche modernisiert wurde. Er ging zurück, setzte sich in sein Auto und fuhr Richtung Marinella. Direkt hinter der Brücke sah er das Haus, von dem er jetzt wusste, dass es Anna Tropeano gehörte. Es war stärker als er, er fuhr an den Straßenrand, bremste und stieg aus.

Es war ein hübsches zweistöckiges Haus, sehr gepflegt, mitten in einem Gärtchen. Er trat ans Tor und drückte auf den Knopf der Sprechanlage.

»Chi è?«

»Commissario Montalbano. Störe ich?«

»Nein, kommen Sie herein.«

Das Tor ging auf, und gleichzeitig wurde die Haustür geöffnet. Anna hatte sich umgezogen, ihr Gesicht war wieder rosig.

»Wissen Sie was, Dottor Montalbano? Ich war sicher, dass ich Sie im Lauf des Tages wiedersehen würde.«

Sieben

»Waren Sie gerade beim Mittagessen?«
»Nein, ich mag nichts essen. Und dann so allein... Michela kam fast jeden Tag zu mir zum Essen. Sie hat selten im Hotel zu Mittag gegessen.«
»Darf ich Ihnen einen Vorschlag machen?«
»Kommen Sie doch erst mal rein.«
»Möchten Sie zu mir nach Hause kommen? Es ist ganz nah, am Meer.«
»Aber Ihre Frau... Wenn ich so unangemeldet...«
»Ich lebe allein.«
Anna Tropeano überlegte keine Sekunde.
»Setzen Sie sich schon ins Auto, ich komme gleich.«
Während der Fahrt schwiegen sie. Montalbano war noch immer überrascht, dass er sie eingeladen hatte, und Anna wunderte sich bestimmt über sich selbst, dass sie die Einladung angenommen hatte.
Samstag war der Tag, den die Haushälterin Adelina einer gründlichen Reinigung der Wohnung widmete, und der Commissario war sehr froh, als er sie so blank geputzt vorfand.
Einmal hatte er an einem Samstag ein befreundetes Pärchen eingeladen, aber Adelina war an jenem Tag nicht gekommen. Am Ende musste die Frau seines Freundes, als

sie decken wollte, erst einen Berg schmutziger Socken und zu waschender Unterhosen vom Tisch räumen.
Als würde sie das Haus schon lange kennen, war Anna auf die Veranda hinausgegangen und hatte sich auf die Bank gesetzt, um aufs nahe Meer hinauszuschauen. Montalbano stellte ihr den Klapptisch und einen Aschenbecher hin. Er ging in die Küche. Adelina hatte eine große Portion *nasello* in den Backofen gestellt, und im Kühlschrank stand die dazugehörige Sauce aus Sardellen und Essig bereit.
Er kehrte in die Veranda zurück. Anna rauchte und schien mit jeder Minute, die verstrich, immer ruhiger zu werden.
»Wie schön es hier ist.«
»Möchten Sie ein bisschen *nasello al forno*?«
»Commissario, seien Sie mir nicht böse, aber mein Magen ist wie zugeschnürt. Ich trinke einfach ein Glas Wein, während Sie essen.«

In einer halben Stunde hatte der Commissario die Dreierportion *nasello* verdrückt, und Anna hatte zwei Gläser Wein getrunken.
»Er ist wirklich gut«, sagte Anna und goss sich noch ein Glas ein.
»Mein Vater macht … machte ihn selber. Möchten Sie einen Kaffee?«
»Da sage ich nicht Nein.«
Der Commissario öffnete eine Dose Yaucono, bereitete die *napoletana* vor und stellte sie aufs Gas. Dann ging er auf die Veranda zurück.
»Bitte nehmen Sie diese Flasche weg. Sonst trinke ich sie noch ganz aus«, sagte Anna.

Montalbano gehorchte. Der Kaffee war fertig, und er servierte ihn. Anna trank genüsslich in kleinen Schlucken.
»Er ist stark und vorzüglich. Wo kaufen Sie ihn?«
»Ich kaufe ihn nicht. Ein Freund schickt mir ab und zu eine Dose aus Puerto Rico.«
Anna schob ihre Tasse weg und steckte sich die zwanzigste Zigarette an.
»Was haben Sie mir zu sagen?«
»Es gibt Neuigkeiten.«
»Nämlich?«
»Maurizio Di Blasi.«
»Sehen Sie? Ich habe Ihnen den Namen heute Morgen nicht genannt, weil ich sicher war, dass Sie ihn schnell rauskriegen würden, alle in der Stadt machten sich über ihn lustig.«
»War er in Michela verliebt?«
»Mehr als das. Michela war für ihn zu einer Obsession geworden. Ich weiß nicht, ob man Ihnen gesagt hat, dass Maurizio nicht ganz in Ordnung ist. Er bewegt sich auf einer Grenze zwischen Normalität und geistiger Störung. Schauen Sie, es gibt zwei Episoden, die...«
»Erzählen Sie.«
»Einmal sind Michela und ich zum Essen in ein Restaurant gegangen. Nach einer Weile kam Maurizio, begrüßte uns und setzte sich an den Nebentisch. Er aß kaum etwas und starrte unentwegt Michela an. Und dann fing er plötzlich an zu sabbern, ich musste mich fast übergeben. Er sabberte, glauben Sie mir, der Speichel floss ihm aus dem Mundwinkel. Wir mussten gehen.«
»Und die zweite Episode?«
»Ich war in die Villa gefahren, um Michela zu helfen. Abends

duschte sie und kam dann nackt in den Salon herunter. Es war sehr heiß. Sie mochte es, durchs Haus zu gehen und nichts anzuhaben. Sie setzte sich in einen Sessel, und wir fingen an zu plaudern. Plötzlich hörte ich draußen eine Art Stöhnen. Ich wandte mich um, da sah ich Maurizio, der mit dem Gesicht am Fenster klebte. Bevor ich ein Wort sagen konnte, machte er ganz gekrümmt ein paar Schritte nach hinten. Da begriff ich, dass er masturbierte.«

Sie machte eine Pause, betrachtete das Meer und seufzte.

»Armer Kerl«, sagte sie leise.

Einen Augenblick lang war Montalbano ganz ergriffen. Venus' großer Schoß. Diese einzigartige, ganz und gar weibliche Fähigkeit, zutiefst zu verstehen, sich in Gefühle hineinzuversetzen, gleichzeitig Mutter und Geliebte, Tochter und Ehefrau sein zu können. Er legte seine Hand auf Annas Hand und sie zog sie nicht zurück.

»Wissen Sie, dass er verschwunden ist?«

»Ja, ich weiß. Am selben Abend wie Michela. Aber...«

»Aber?«

»Commissario, kann ich offen zu Ihnen sprechen?«

»Warum, was haben wir denn bisher gemacht? Und tun Sie mir einen Gefallen, nennen Sie mich Salvo.«

»Wenn Sie Anna zu mir sagen.«

»Einverstanden.«

»Sie und Ihre Kollegen irren, wenn Sie denken, Maurizio könnte Michela umgebracht haben.«

»Sagen Sie mir einen vernünftigen Grund dagegen.«

»Es geht nicht um Vernunft. Schauen Sie, die Leute reden nicht gern mit euch von der Polizei. Aber wenn Sie, Salvo, von Doxa eine Meinungsumfrage, wie man das nennt, machen lassen, wird ganz Vigàta Ihnen sagen, dass es Maurizio nicht für einen Mörder hält.«

»Anna, es gibt auch etwas anderes, was ich Ihnen noch nicht erzählt habe.«

Anna schloss die Augen. Sie ahnte, dass das, was der Commissario ihr sagen wollte, schwer zu sagen und schwer zu hören war.

»Ich bin bereit.«

»Dottor Pasquano, der Gerichtsmediziner, ist zu einigen Ergebnissen gekommen, die ich Ihnen jetzt sagen werde.«

Er sprach, ohne sie anzusehen, den Blick starr aufs Meer gerichtet. Er ersparte ihr keine Einzelheiten.

Anna hörte zu, das Gesicht in den Händen, die Ellbogen auf den Tisch gestützt. Als der Commissario fertig war, stand sie auf, sie war leichenblass.

»Ich gehe ins Bad.«

»Ich zeige es Ihnen.«

»Ich finde allein hin.«

Kurz darauf hörte Montalbano, wie sie sich übergab. Er sah auf die Uhr, er hatte noch eine Stunde Zeit bis zur Ankunft von Emanuele Licalzi. Außerdem konnte der Herr Knochenklempner aus Bologna ruhig ein bisschen warten.

Anna kam zurück; sie sah entschlossen aus und setzte sich neben Montalbano.

»Salvo, was heißt für diesen Arzt das Wort ›einverstanden‹?

»Dasselbe wie für dich und mich: dass sie es auch wollte.«

»Aber manchmal kann es auch den Anschein haben, man sei einverstanden, nur weil man keine Möglichkeit hat, sich zu wehren.«

»Stimmt.«
»Also frage ich dich: Kann das, was der Mörder Michela angetan hat, nicht doch gegen ihren Willen geschehen sein?«
»Aber es gibt Details, die...«
»Lass sie beiseite. Vor allem wissen wir nicht mal, ob der Mörder eine lebende Frau oder eine Leiche missbraucht hat. Und auf jeden Fall hat er jede Menge Zeit gehabt, um alles so herzurichten, dass die Polizei sich verfranst.«
Ohne es zu merken, waren sie zum Du übergegangen.
»Du denkst an etwas Bestimmtes und sagst es nicht.«
»Damit habe ich kein Problem«, sagte Montalbano. »Momentan spricht alles gegen Maurizio. Das letzte Mal wurde er um neun Uhr abends vor der Bar Italia gesehen. Er hat telefoniert.«
»Mit mir.«
Der Commissario sprang buchstäblich von der Bank auf.
»Was wollte er?«
»Er wollte wissen, wo Michela ist. Ich sagte ihm, dass wir uns kurz nach sieben getrennt hätten, dass sie ins Jolly wollte und dann zu den Vassallos zum Abendessen.«
»Und er?«
»Er hat das Gespräch abgebrochen, ohne sich von mir zu verabschieden.«
»Das kann ein Punkt zu seinen Ungunsten sein. Er hat sicher auch bei den Vassallos angerufen. Er erreicht Michela nirgends, aber er ahnt, wo sie sein könnte, und macht sie ausfindig.«
»In der Villa.«
»Nein. In der Villa kamen sie kurz nach Mitternacht an.«

Diesmal sprang Anna auf.
»Das hat mir ein zuverlässiger Zeuge gesagt«, fuhr Montalbano fort.
»Hat er Maurizio erkannt?«
»Es war dunkel. Er hat nur gesehen, wie ein Mann und eine Frau aus dem Twingo gestiegen und Richtung Villa gegangen sind. Als Maurizio und Michela im Haus sind, schlafen sie miteinander. Plötzlich hat Maurizio, von dem jeder sagt, er sei psychisch labil, einen Anfall.«
»Nie und nimmer würde Michela...«
»Wie hat deine Freundin darauf reagiert, dass Maurizio hinter ihr her war?«
»Sie war genervt, manchmal hatte sie auch tiefes Mitleid mit ihm, das...«
Sie unterbrach sich, sie hatte begriffen, worauf Montalbano hinauswollte. Plötzlich verlor ihr Gesicht seine Frische, in ihren Mundwinkeln wurden Falten sichtbar.
»Aber es gibt manches, was nicht stimmig ist«, fuhr Montalbano fort, der litt, als er sie leiden sah. »Zum Beispiel: Wäre Maurizio fähig gewesen, direkt nach dem Mord eiskalt die falsche Spur mit den Kleidern und dem Diebstahl des Beutels zu legen?«
»Nie im Leben!«
»Das eigentliche Problem sind nicht die Umstände des Mordes, sondern herauszufinden, wo Michela von dem Zeitpunkt an, als ihr euch getrennt habt, bis zu dem Augenblick, als sie von dem Zeugen gesehen wurde, gewesen ist und was sie gemacht hat. Fast fünf Stunden, das ist nicht wenig. Und jetzt gehen wir, Dottor Emanuele Licalzi hat sich angekündigt.«

Als sie ins Auto stiegen, spielte Montalbano seinen letzten Trumpf aus.
»Ich bin nicht so sicher, was die Einhelligkeit der Antworten bei deiner Doxa-Umfrage über Maurizios Unschuld angeht. Mindestens eine Person hätte ernsthafte Zweifel.«
»Wer denn?«
»Sein Vater, Ingegnere Di Blasi. Sonst hätte er uns eingeschaltet, um seinen Sohn zu finden.«
»Es ist ganz normal, dass du alle Möglichkeiten in Betracht ziehst. Ach ja, mir ist noch was eingefallen. Als Maurizio mich anrief, um nach Michela zu fragen, habe ich ihm gesagt, er solle sie direkt auf dem Handy anrufen. Er antwortete, er habe es versucht, aber ihr Gerät sei ausgeschaltet gewesen.«

An der Tür des Kommissariats stieß er fast mit Galluzzo zusammen, der gerade gehen wollte.
»Na, zurück von eurem heroischen Unternehmen?«
Fazio hatte ihm anscheinend von Montalbanos Wutanfall am Morgen erzählt.
»*Sissi*«, antwortete er ganz verlegen.
»Ist Dottor Augello im Büro?«
»*Nonsi.*«
Galluzzo wurde immer verlegener.
»Und wo ist er? Verprügelt er jetzt andere Streikende?«
»Er ist im Krankenhaus.«
»Was ist los? Was ist denn passiert?«, fragte Montalbano besorgt.
»Er hat einen Stein an den Kopf gekriegt. Sie haben ihn mit drei Stichen genäht. Aber sie wollten ihn noch zur Beo-

bachtung dabehalten. Sie haben mir gesagt, ich soll gegen acht heute Abend wiederkommen. Wenn alles in Ordnung ist, bring ich ihn dann nach Haus.«
Der Schwall von Flüchen, den der Commissario ausstieß, wurde von Catarella unterbrochen.
»*Ah, dottori dottori*! Erst hat der Dottori Latte mit dem S am Ende zweimal angerufen. Er sagt, dass Sie ihn persönlich sofort zurückrufen müssen. Dann waren noch mehr Anrufe, die ich auf den Zettel da geschrieben hab.«
»Wisch dir den Arsch damit ab.«

Dottor Emanuele Licalzi war ein schmächtiger Mann um die sechzig, mit Goldrandbrille und ganz in Grau gekleidet. Er schien direkt von der Reinigung, vom Friseur, von der Maniküre zu kommen: wie aus dem Ei gepellt.
»Wie sind Sie hergekommen?«
»Vom Flughafen, meinen Sie? Mit einem Mietwagen, ich habe fast drei Stunden gebraucht.«
»Waren Sie schon im Hotel?«
»Nein. Mein Koffer ist im Auto. Ich fahre später hin.«
Wie machte er das nur, dass er keine einzige Falte hatte?
»Sollen wir gleich zur Villa fahren? Wir können uns während der Fahrt unterhalten, dann sparen Sie Zeit.«
»Wie Sie wollen, Commissario.«
Sie nahmen den Mietwagen des Dottore.
»Hat einer ihrer Liebhaber sie umgebracht?«
Emanuele Licalzi redete nicht lange um den heißen Brei herum.
»Das können wir noch nicht sagen. Sicher ist, dass sie wiederholt Geschlechtsverkehr hatte.«

Der Dottore zeigte keine Regung, er saß seelenruhig am Steuer, als wäre die Tote nicht seine Frau gewesen.
»Wie kommen Sie darauf, dass sie hier einen Liebhaber hatte?«
»Weil sie in Bologna einen hatte.«
»Ah.«
»Ja, Michela hat mir gesagt, wie er heißt, Serravalle, glaube ich, ein Antiquar.«
»Ziemlich ungewöhnlich.«
»Sie hat mir alles erzählt, Commissario. Sie hatte großes Vertrauen zu mir.«
»Und Sie? Haben Sie Ihrer Frau auch alles erzählt?«
»Natürlich.«
»Eine vorbildliche Ehe«, spöttelte der Commissario.
Montalbano fühlte sich manchmal hoffnungslos von den neuen Lebensweisen überholt, er war altmodisch, die offene Ehe bedeutete für ihn, dass ein Mann und eine Frau sich gegenseitig Hörner aufsetzten und auch noch die Frechheit besaßen, sich zu erzählen, was sie über oder unter der Bettdecke taten.
»Nicht vorbildlich«, korrigierte Dottor Licalzi gelassen, »aber vorteilhaft.«
»Für Michela? Für Sie?«
»Für beide.«
»Können Sie das genauer erklären?«
»Natürlich.«
Er bog rechts ab.
»Wo fahren Sie denn hin?«, fragte der Commissario. »Hier kommen Sie nicht nach Tre Fontane.«
»Entschuldigung«, sagte der Dottore und setzte zu einem

komplizierten Wendemanöver an. »Aber ich war seit zweieinhalb Jahren, seit ich geheiratet habe, nicht mehr hier in der Gegend. Um das Haus hat Michela sich gekümmert, ich kenne es nur von Fotos. Apropos Fotos, ich habe ein paar Aufnahmen von Michela im Koffer, vielleicht können Sie sie brauchen.«

»Wissen Sie was? Es könnte sein, dass die Ermordete gar nicht Ihre Frau ist.«

»Soll das ein Witz sein?«

»Nein. Niemand hat sie offiziell identifiziert, und niemand, der sie tot gesehen hat, kannte sie. Wenn wir hier fertig sind, werde ich mit dem Gerichtsmediziner wegen der Identifizierung reden. Wie lange haben Sie vor zu bleiben?«

»Zwei, drei Tage höchstens. Michela nehme ich nach Bologna mit.«

»Dottore, ich stelle Ihnen jetzt eine Frage und komme dann nicht mehr auf das Thema zurück. Wo waren Sie am Mittwochabend, und was haben Sie gemacht?«

»Mittwoch? Im Krankenhaus, ich habe bis spät abends operiert.«

»Sie sprachen von Ihrer Ehe.«

»Ach ja. Ich habe Michela vor drei Jahren kennen gelernt. Sie hatte ihren Bruder, der jetzt in New York lebt, in die Klinik gebracht, er hatte eine ziemlich komplizierte Fraktur am rechten Fuß. Sie hat mir sofort gefallen, sie war sehr schön, aber vor allem war ich von ihrem Charakter fasziniert. Immer war sie bereit, die Dinge von ihrer besten Seite zu sehen. Sie hat beide Eltern verloren, als sie noch keine fünfzehn war, und lebte dann bei einem Onkel, der sie, um auch ja nichts zu verpassen, eines Tages vergewaltigte. Kurz – sie suchte verzweifelt einen Platz, wo sie unterkommen konnte. Jahrelang war sie die Geliebte eines Industriellen, der sie dann mit einer Summe abgefunden hat, von der sie mehr oder weniger leben konnte. Michela hätte jeden Mann haben können, den sie wollte, aber eigentlich empfand sie es als demütigend, ausgehalten zu werden.«

»Hatten Sie sie gebeten, Ihre Geliebte zu werden, und Michela hat abgelehnt?«

Zum ersten Mal zeichnete sich auf Emanuele Licalzis unbewegtem Gesicht eine Art Lächeln ab.

»Sie sind auf dem Holzweg, Commissario. Ach ja, Michela sagte mir, dass sie hier einen flaschengrünen Twingo gekauft hat, um mobil zu sein. Was ist aus ihm geworden?«

»Er hatte einen Unfall.«

»Michela konnte noch nie fahren.«

»In diesem Fall trifft die Signora keine Schuld. Der Wagen wurde angefahren, als er ordnungsgemäß an der Zufahrt zur Villa abgestellt war.«

»Woher wissen Sie das?«

»Wir von der Polizei waren es. Aber wir wussten noch nicht...«

»Was für eine merkwürdige Geschichte.«

»Ich erzähle sie Ihnen ein anderes Mal. Tatsächlich hat dieser Unfall dazu geführt, dass wir die Leiche fanden.«

»Meinen Sie, ich kann den Wagen zurückbekommen?«

»Ich glaube nicht, dass etwas dagegen spricht.«

»Könnte ich ihn jemandem in Vigàta überlassen, der mit Gebrauchtwagen handelt?«

Montalbano antwortete nicht, das Schicksal des flaschengrünen Autos war ihm scheißegal.

»Da links ist die Villa, nicht wahr? Ich glaube, ich erkenne sie vom Foto her.«
»Das ist sie.«
Dottor Licalzi fuhr eine elegante Schleife, hielt an dem Weg, stieg aus und betrachtete das Haus mit der gleichgültigen Neugierde eines zufällig vorbeikommenden Touristen.
»Hübsch. Was machen wir hier?«
»Das weiß ich auch nicht«, sagte Montalbano schlecht gelaunt. Dottor Licalzi verstand sich darauf, ihm auf den Wecker zu gehen. Er beschloss, ihm einen gehörigen Schlag zu verpassen.
»Wissen Sie was? Manche Leute glauben, dass Maurizio Di Blasi, der Sohn Ihres Cousins, des Ingegnere, Ihre Frau erst vergewaltigt und dann umgebracht hat.«
»Tatsächlich? Ich kenne ihn nicht, als ich vor zweieinhalb Jahren hier war, studierte er in Palermo. Mir wurde gesagt, er sei ein bedauernswerter Trottel.«
Montalbano war bedient.
»Gehen wir rein?«
»Warten Sie, sonst vergesse ich es noch.«
Er öffnete den Kofferraum, holte einen supereleganten Koffer heraus und entnahm ihm einen großen Umschlag.
»Die Fotos von Michela.«
Montalbano steckte ihn ein. Der Dottore zog gleichzeitig einen kleinen Schlüsselbund aus der Hosentasche.
»Sind die von der Villa?«, fragte Montalbano.
»Ja. Ich wusste, wo Michela sie zu Hause aufbewahrte. Es sind die Zweitschlüssel.«
Jetzt kriegt er gleich einen Tritt, dachte der Commissario.

»Sie haben noch nicht zu Ende erzählt, warum Ihre Ehe sowohl für Sie als auch für die Signora von Vorteil war.«

»*Beh*, für Michela war unsere Ehe vorteilhaft, weil sie mit einem reichen, wenn auch dreißig Jahre älteren Mann verheiratet war, für mich war sie von Vorteil, weil ich Gerüchte zum Schweigen bringen konnte, die mir zu einem Zeitpunkt, als ich mich gerade auf einen großen Karrieresprung vorbereitete, möglicherweise geschadet hätten. Man sagte, ich sei homosexuell geworden, weil ich seit etwa zehn Jahren mit keiner Frau mehr gesehen worden war.«

»Und hat es gestimmt, dass Sie nicht mehr mit Frauen zusammen waren?«

»Was sollte ich mit ihnen, Commissario? Mit fünfzig wurde ich impotent. Unheilbar.«

Acht

»Hübsch«, sagte Dottor Licalzi, nachdem er einen Blick in den Salon geworfen hatte.
Fiel ihm denn nichts anderes ein?
»Hier ist die Küche«, sagte der Commissario und fügte hinzu: »Bezugsfertig.«
Plötzlich war er furchtbar wütend auf sich selbst. Warum war ihm dieses »bezugsfertig« entschlüpft? Was sollte das? Er kam sich vor wie ein Immobilienmakler, der einem potenziellen Käufer die Wohnung zeigte.
»Daneben ist das Bad. Schauen Sie sich's an«, sagte er ruppig.
Der Dottore bemerkte den Ton nicht oder tat, als bemerke er ihn nicht, öffnete die Tür zum Badezimmer, steckte kurz den Kopf hinein und schloss sie wieder.
»Hübsch.«
Montalbano spürte, wie seine Hände zitterten. Deutlich sah er die Schlagzeile vor sich: COMMISSARIO DI POLIZIA DREHT DURCH UND FÄLLT ÜBER EHEMANN DES OPFERS HER.
»Im oberen Stock ist ein kleines Gästezimmer, ein großes Bad und ein Schlafzimmer. Gehen Sie rauf.«
Der Dottore gehorchte, Montalbano blieb im Salon, steckte sich eine Zigarette an und zog den Umschlag mit den

Aufnahmen von Michela aus der Tasche. Strahlend schön. Das Gesicht, das er nur von Schmerz und Grauen verzerrt kannte, hatte einen heiteren, offenen Ausdruck.
Er rauchte seine Zigarette zu Ende und stellte fest, dass der Dottore noch nicht wieder heruntergekommen war.
»Dottor Licalzi?«
Keine Antwort. Schnell lief er in den oberen Stock. Der Dottore stand schluchzend, mit zuckenden Schultern, in einer Ecke des Schlafzimmers und bedeckte sein Gesicht mit den Händen.
Der Commissario war sprachlos, alles hätte er erwartet, nicht aber diese Reaktion. Er trat zu ihm und legte ihm eine Hand auf den Rücken.
»Kopf hoch.«
Der Dottore wehrte ihn ab wie ein kleines Kind und hörte nicht auf zu weinen, das Gesicht immer noch in den Händen verborgen.
»Arme Michela! Arme Michela!«
Das war nicht gespielt, die Tränen, die schmerzerfüllte Stimme waren echt.
Montalbano nahm ihn mit festem Griff am Arm.
»Kommen Sie.«
Der Dottore ließ sich führen, er setzte einen Fuß vor den anderen, ohne das Bett, das zerfetzte und blutbefleckte Leintuch anzuschauen. Er war schließlich Arzt, und es war ihm klar, was Michela in den letzten Augenblicken ihres Lebens empfunden haben musste. Aber so wie Licalzi Arzt war, war Montalbano Polizist, und er hatte, als er ihn weinen sah, sofort begriffen, dass der Dottore die Maske der Gleichgültigkeit, die er sich zugelegt hatte, nicht länger auf-

rechterhalten konnte; der Abwehrpanzer, den er gewöhnlich trug, vielleicht um den Kummer über seine Impotenz zu kompensieren, war zerbrochen.

»Verzeihen Sie«, sagte Licalzi und setzte sich in einen Sessel. »Ich dachte nicht... Es ist schrecklich, auf diese Weise zu sterben. Der Mörder hat ihr Gesicht in die Matratze gedrückt, nicht wahr?«

»Ja.«

»Ich hatte Michela sehr lieb. Wissen Sie, sie war wie eine Tochter für mich.«

Wieder liefen ihm Tränen übers Gesicht, er wischte sie fahrig mit einem Taschentuch weg.

»Warum wollte sie sich ausgerechnet hier diese Villa bauen lassen?«

»Sie hat Sizilien, ohne es zu kennen, schon immer zum Mythos erhoben. Als sie die Insel dann einmal besuchte, war sie wie verzaubert. Ich glaube, sie wollte sich ihr eigenes Refugium schaffen. Sehen Sie diese kleine Vitrine? Da sind ihre eigenen Sachen drin, lauter Krimskrams, den sie aus Bologna mitgenommen hat. Das sagt über ihre Absichten doch einiges aus, finden Sie nicht?«

»Wollen Sie nachschauen, ob etwas fehlt?«

Der Dottore stand auf und trat an die Vitrine.

»Darf ich sie öffnen?«

»Natürlich.«

Der Dottore sah lange hinein, dann hob er eine Hand, nahm den alten Geigenkasten, öffnete ihn, zeigte dem Commissario das Instrument, das darin lag, schloss den Kasten wieder, legte ihn an seinen Platz zurück und machte die Vitrine zu.

»Auf den ersten Blick scheint nichts zu fehlen.«
»Spielte Ihre Frau Geige?«
»Nein. Weder Geige noch sonst ein Instrument. Sie war von ihrem Urgroßvater mütterlicherseits aus Cremona, er war Geigenbauer. Und wenn Sie wollen, dann erzählen Sie mir jetzt alles, Commissario.«
Montalbano berichtete alles, von dem Unfall am Donnerstagmorgen bis zu dem, was er von Dottor Pasquano erfahren hatte. Als er fertig war, schwieg Emanuele Licalzi eine Weile, dann sagte er nur zwei Worte:
»Genetisches Fingerprinting.«
»Ich spreche kein Englisch.«
»Entschuldigen Sie. Ich dachte daran, dass die Kleider und die Schuhe verschwunden sind.«
»Vielleicht eine falsche Fährte.«
»Kann sein. Aber es kann auch sein, dass der Mörder gezwungen war, sie verschwinden zu lassen.«
»Weil er sie befleckt hatte?«, fragte Montalbano und dachte an die Theorie von Signora Clementina.
»Der Gerichtsmediziner sagte, er hätte keine Spuren von Samenflüssigkeit gefunden, nicht wahr?«
»Ja.«
»Und das untermauert meine Hypothese: Der Mörder wollte nicht die geringste Spur eines biologischen Musters hinterlassen, anhand dessen das so genannte Genetische Fingerprinting, die Analyse der DNS, möglich wäre. Fingerabdrücke kann man wegwischen, aber was macht man mit Sperma, Kopf- und Körperhaaren? Der Mörder hat versucht, das Terrain zu säubern.«
»*Già*«, meinte Montalbano.

»Entschuldigen Sie, aber wenn es nichts mehr zu besprechen gibt, würde ich jetzt gern fahren. Ich werde langsam ein bisschen müde.«
Der Dottore schloss die Tür ab, und Montalbano versiegelte sie wieder. Sie fuhren los.
»Haben Sie ein Handy?«
Der Dottore gab es ihm, und der Commissario rief Pasquano an und machte für zehn Uhr am nächsten Vormittag einen Termin für die Identifizierung aus.
»Kommen Sie auch?«
»Ich müsste eigentlich, aber ich kann nicht, ich habe außerhalb von Vigàta zu tun. Ich schicke Ihnen einen Kollegen, er bringt Sie hin.«
Am Ortsrand ließ er sich absetzen, er hatte das Bedürfnis, ein paar Schritte zu gehen.

»*Ah, dottori dottori!* Der Dottor Latte mit dem S am Ende hat drei Mal angerufen, er ist stinksauer, wenn Sie erlauben. Sie müssen ihn persönlich sofort selber anrufen.«
»*Pronto*, Dottor Lattes? Hier ist Montalbano.«
»*Alla grazia!* Kommen Sie sofort nach Montelusa, der Questore will Sie sprechen.«
Er legte auf. Es war wohl ernst, denn *lattes* war der ganze *mieles* abhanden gekommen.

Der Commissario wollte gerade losfahren, als er den Streifenwagen mit Galluzzo am Steuer kommen sah.
»Hast du was von Dottor Augello gehört?«
»Ja, das Krankenhaus hat angerufen, dass er entlassen wird. Ich hab ihn abgeholt und nach Haus gebracht.«

Zum Teufel mit dem Questore und seinen dringlichen Angelegenheiten. Er fuhr erst mal zu Mimì.

»Na, wie geht's, du furchtloser Verteidiger des Kapitals?«

»Es zerreißt mir fast den Kopf vor Schmerzen.«

»Dann ist es dir wenigstens eine Lehre.«

Blass und mit verbundenem Gesicht, saß Mimì Augello in einem Sessel.

»Ich hab mal einen Schlag mit einer Stange abgekriegt, wurde mit sieben Stichen genäht und hab trotzdem nicht so ausgesehen wie du.«

»Der Hieb schien dir wohl gerechtfertigt. Du wurdest verhauen und warst auch noch zufrieden damit.«

»Mimì, wenn du's drauf anlegst, kannst du wirklich saublöd sein.«

»Du auch, Salvo. Ich hätte dich heute Abend angerufen, weil ich nicht glaube, dass ich morgen in der Lage bin, mich ans Steuer zu setzen.«

»Dann fahren wir ein anderes Mal zu deiner Schwester.«

»Nein, Salvo, fahr trotzdem hin. Sie will dich unbedingt sehen.«

»Weißt du denn, warum?«

»Ich habe nicht die leiseste Ahnung.«

»Also, dann machen wir Folgendes: Ich fahre hin, aber du musst morgen früh um halb zehn nach Montelusa ins Jolly. Du holst Dottor Licalzi ab, der inzwischen angekommen ist, und bringst ihn in die Gerichtsmedizin. Einverstanden?«

»Wie geht's? Wie geht es Ihnen, mein Teuerster? Sie sehen niedergeschlagen aus. Kopf hoch! *Sursum corda*! So sagten wir in den Zeiten der Katholischen Aktion.«

Dottor Lattes quoll über vor gefährlichem Honig. Montalbano begann sich Sorgen zu machen.
»Ich sage sofort Signor Questore Bescheid.«
Er verschwand und tauchte gleich wieder auf.
»Signor Questore ist im Augenblick beschäftigt. Kommen Sie, ich bringe Sie in den kleinen Salon. Möchten Sie einen Kaffee oder sonst etwas zu trinken?«
»Nein, danke.«
Dottor Lattes schenkte ihm ein breites väterliches Lächeln und verschwand wieder. Montalbano hatte das sichere Gefühl, dass ihn der Questore zu einem langsamen und schmerzvollen Tod verurteilt hatte. Vielleicht durch die Garrotte.
Auf dem Tischchen des trostlosen kleinen Salons lagen die Wochenzeitschrift »Famiglia cristiana« und der »Osservatore Romano«, untrügliche Zeichen dafür, dass Dottor Lattes der Questura angehörte. Montalbano nahm die Zeitschrift in die Hand und fing an, einen Artikel von Susanna Tamaro zu lesen.
»Commissario! Commissario!«
Eine Hand schüttelte ihn an der Schulter. Er öffnete die Augen und sah einen Polizeibeamten.
»Signor Questore erwartet Sie.«
Gesù! Er hatte tief und fest geschlafen. Er sah auf die Uhr, es war acht, dieser Hornochse hatte ihn zwei Stunden lang antichambrieren lassen.
»*Buonasera*, Signor Questore.«
Der noble Luca Bonetti-Alderighi antwortete nicht, er sagte keinen Ton, sondern starrte auf den Bildschirm eines Computers. Der Commissario besah sich die beunruhigende Fri-

sur seines Chefs, die sehr üppig war und von einem dicken Büschel, gekringelt wie manche am Wegesrand hinterlassene Scheißhaufen, gekrönt wurde. Der Frisur dieses wahnsinnigen kriminellen Psychiaters, der die ganze Katastrophe in Bosnien angezettelt hatte, zum Verwechseln ähnlich.

»Wie hieß der noch mal?«

Zu spät merkte er, dass er, noch vom Schlaf betäubt, laut gedacht hatte.

»Wie hieß wer?«, fragte der Questore, der endlich den Blick hob und ihn ansah.

»Ist egal«, sagte Montalbano.

Der Questore sah ihn immer noch halb verächtlich, halb mitleidig an, offensichtlich stellte er beim Commissario die unmissverständlichen Symptome einer Altersdemenz fest.

»Ich will in aller Offenheit mit Ihnen reden, Montalbano. Ich schätze Sie nicht besonders.«

»Ich Sie auch nicht«, sagte der Commissario rundheraus.

»Gut. Dann ist die Situation zwischen uns ja klar. Ich habe Sie rufen lassen, um Ihnen zu sagen, dass ich Ihnen die Ermittlungen im Mordfall Licalzi entziehe. Ich habe sie Dottor Panzacchi übergeben, dem Chef der Mordkommission, dem diese Ermittlungen übrigens von Rechts wegen auch zustehen.«

Ernesto Panzacchi war ein Paladin von Bonetti-Alderighi; er hatte ihn nach Montelusa mitgebracht.

»Darf ich fragen, warum, obwohl mir die Angelegenheit völlig egal ist?«

»Sie haben unüberlegt gehandelt und damit die Arbeit von Dottor Arquà schwer behindert.«

»Hat er das in seinem Bericht geschrieben?«

»Nein, er hat es nicht im Bericht geschrieben, er wollte Ihnen großzügigerweise nicht schaden. Aber dann hat er es bereut, *si è pentito*, und mir alles gestanden.«

»Ah, diese *pentiti*!«, sagte der Commissario.

»Haben Sie was gegen *pentiti*?«

»Lassen wir das.«

Montalbano ging grußlos hinaus.

»Die Angelegenheit wird Konsequenzen haben!«, schrie Bonetti-Alderighi hinter ihm her.

Die Spurensicherung war im Kellergeschoss des Gebäudes untergebracht.

»Ist Dottor Arquà da?«

»Er ist in seinem Büro.«

Montalbano ging hinein, ohne anzuklopfen.

»*Buonasera*, Arquà. Ich bin gerade auf dem Weg zum Questore, er will mich sprechen. Ich dachte, ich erkundige mich vorher mal, ob es bei Ihnen vielleicht was Neues gibt.«

Vanni Arquà fühlte sich offensichtlich unbehaglich. Doch nachdem Montalbano gesagt hatte, er müsse erst noch zum Questore, beschloss er, so zu antworten, als wüsste er nicht, daß dem Commissario der Fall entzogen worden war.

»Der Mörder hatte alles sorgfältig gesäubert. Wir haben trotzdem viele Fingerabdrücke gefunden, aber sie haben anscheinend nichts mit dem Mord zu tun.«

»Wie das?«

»Weil sie alle von Ihnen waren, Commissario. Sie sind immer noch sehr, sehr unachtsam.«

»Ach ja, Arquà. Wussten Sie, dass Denunziation eine Sünde ist? Erkundigen Sie sich bei Dottor Lattes. Sie werden noch mal bereuen müssen.«

»*Ah dottori*! Der Signor Càcono hat schon wieder angerufen! Er hat gesagt, dass ihm was eingefallen ist, was ganz vielleicht ganz wichtig ist. Ich hab die Nummer da auf den Zettel geschrieben.«
Montalbano betrachtete das kleine viereckige Papier und spürte, wie es ihn am ganzen Körper zu jucken begann. Catarella hatte die Zahlen so geschrieben, dass die Drei auch eine Fünf oder eine Neun, die Zwei eine Vier, die Fünf eine Sechs und so weiter sein konnte.
»Catarè, was ist denn das für eine Nummer?«
»Eben die, Dottori. Die Nummer von Càcono. Da steht's doch.«
Bevor er Gillo Jàcono ausfindig machte, sprach er mit einer Bar, der Familie Jacopetti und Dottor Balzani.
Entmutigt machte er sich an seinen vierten Versuch.
»*Pronto*? Mit wem spreche ich? Hier ist Commissario Montalbano.«
»Ah, Commissario, gut, dass Sie anrufen, ich wollte gerade aus dem Haus.«
»Sie wollten mich sprechen?«
»Mir ist etwas eingefallen, ich weiß nicht, ob Sie was damit anfangen können. Der Mann, den ich gesehen habe, als er aus dem Twingo stieg und mit einer Frau Richtung Villa ging, hatte einen Koffer bei sich.«
»Sind Sie sicher?«
»Vollkommen.«

»Einen kleinen Koffer?«
»Nein, Commissario, er war ziemlich groß. Aber...«
»Ja?«
»Aber ich hatte den Eindruck, dass der Mann ihn leicht tragen konnte, als wäre nicht viel drin gewesen.«
»Ich danke Ihnen, Signor Jàcono. Melden Sie sich, wenn Sie wieder da sind.«
Er schlug die Nummer der Vassallos im Telefonbuch nach und wählte.
»Commissario! Ich war heute Nachmittag, wie ausgemacht, im Kommissariat, aber Sie waren nicht da. Ich habe eine Weile gewartet, musste dann aber weg.«
»Bitte entschuldigen Sie. Sagen Sie, Signor Vassallo, wer hat letzten Mittwochabend, als Sie Signora Licalzi zum Essen erwarteten, bei Ihnen angerufen?«
»*Beh*, ein Freund von mir aus Venedig und unsere Tochter, die in Catania lebt, aber das interessiert Sie bestimmt nicht. Aber was ich Ihnen heute Nachmittag sagen wollte – Maurizio Di Blasi hat zweimal angerufen. Kurz vor einundzwanzig und kurz nach zweiundzwanzig Uhr. Er war auf der Suche nach Michela.«

Die unerquickliche Begegnung mit dem Questore gehörte auf jeden Fall mit einem richtig guten Essen wettgemacht. Die Trattoria San Calogero war geschlossen, aber ihm fiel ein, dass ein Freund ihm erzählt hatte, direkt am Ortseingang von Joppolo Giancaxio, einem kleinen Dorf etwa zwanzig Kilometer von Vigàta landeinwärts, gebe es eine Osteria, deren Besuch sich lohne. Er setzte sich ins Auto und fand sie sofort, sie hieß La Cacciatora. Wildbret, wie der Name versprach, gab es natürlich nicht. Der Besitzer-Kassierer-Kellner, mit Fahrradlenkerschnauzbart und einer gewissen Ähnlichkeit mit *il Re galantuomo*, stellte ihm als Erstes eine üppige Portion *caponatina* hin, die vorzüglich schmeckte. »*Principio sì giolivo ben conduce* – Anfang gut, alles gut« hatte Boiardo geschrieben, und Montalbano beschloss, sich daran zu halten.

»Was darf ich Ihnen bringen?«

»Was Sie wollen.«

Il Re galantuomo wusste das Vertrauen zu würdigen und lächelte.

Als *primo* brachte er eine große Portion *maccheroni* mit einer Sauce namens *foco vivo* (einem lodernden Feuer aus Salz, Olivenöl, Knoblauch und reichlich getrocknetem rotem Peperoncino), woraufhin der Commissario eine halbe Flasche Wein trinken musste. Als *secondo* eine großzügige Portion *agnello alla cacciatora*, das angenehm nach Zwiebeln und Oregano duftete. Zum Abschluss ein Dessert aus Ricotta und ein Gläschen *anicione* zur Stärkung und Verdauungsförderung. Er zahlte die Rechnung, die ein Witz war, und Montalbano und *il Re galantuomo* schüttelten einander die Hand und lächelten sich an.

»Verzeihen Sie, wer ist der Koch?«

»*La mia signora.*«

»Meinen Glückwunsch an Ihre Gattin.«

»Ich werde es bestellen.«

Auf dem Heimweg fuhr Montalbano nicht Richtung Montelusa, sondern bog in die Straße nach Fiacca ein, sodass er nicht auf dem üblichen Weg von Vigàta, sondern von der entgegengesetzten Seite her nach Marinella kam. Er brauchte eine halbe Stunde länger, aber dafür musste er nicht an Anna Tropeanos Haus vorbei. Er wusste mit Bestimmtheit, dass er dort halten würde, da war nichts zu wollen, und er würde bei der jungen Frau eine lächerliche Figur machen. Er rief Mimì Augello an.

»Wie fühlst du dich?«

»Hundeelend.«

»Hör zu, anders als ausgemacht, bleibst du morgen früh doch zu Hause. Wir sind in der Sache zwar nicht mehr zuständig, aber ich schicke Fazio, er soll Dottor Licalzi abholen.«

»Was heißt das, wir sind nicht mehr zuständig?«

»Der Questore hat mir den Fall entzogen. Er hat ihn dem Chef der Mordkommission übertragen.«

»Und warum?«

»Darum. Soll ich deiner Schwester irgendwas ausrichten?«

»Sag ihr bloß nicht, dass ich ein Loch im Kopf hab! Sonst sieht sie mich schon auf dem Totenbett.«

»Mach's gut, Mimì.«

»*Pronto*, Fazio? Ich bin's, Montalbano.«

»Was gibt's, Dottore?«

Er trug ihm auf, alle Anrufe im Zusammenhang mit dem Fall an die Mordkommission von Montelusa weiterzuleiten, und erklärte ihm, was er mit Licalzi tun sollte.

»*Pronto*, Livia? Ich bin's, Salvo. Wie geht's?«

»Geht so.«

»Sag mal, was soll dieser Ton? Vorgestern Nacht hast du

einfach aufgelegt und mich gar nicht zu Wort kommen lassen.«
»Und du, warum rufst du mich mitten in der Nacht an?«
»Es war der einzige Moment, in dem ich Ruhe hatte!«
»Du Ärmster! Ich weise dich darauf hin, dass du, indem du mit Gewittern, Schießereien und Hinterhalten aufwartest, es geschickt hingekriegt hast, meine klare Frage vom Mittwochabend nicht zu beantworten.«
»Ich wollte dir sagen, dass ich François morgen besuche.«
»Mit Mimì?«
»Nein, Mimì kann nicht, er ist verletzt.«
»*Oddio!* Ist es schlimm?«
Livia und Mimì mochten sich.
»Lass mich doch ausreden! Er wurde von einem Stein am Kopf getroffen. *Una minchiata*, nur drei Stiche. Ich fahre also allein. Mimìs Schwester will mit mir reden.«
»Über François?«
»Worüber denn sonst?«
»*Oddio*. Es geht ihm bestimmt nicht gut. Ich rufe sie gleich an.«
»Bloß nicht, die gehen doch mit den Hühnern ins Bett! Sobald ich morgen Abend zurück bin, melde ich mich.«
»Vergiss es ja nicht. Ich kann heute Nacht bestimmt kein Auge zutun.«

Neun

Jeder Mensch, der seine Sinne beieinander hat und zumindest oberflächlich über die sizilianischen Straßenverhältnisse Bescheid weiß, würde, um von Vigàta nach Calapiano zu kommen, zuerst die Schnellstraße nach Catania nehmen, anschließend in die Straße abbiegen, die landeinwärts zu dem elfhundertzwanzig Meter hoch gelegenen Troìna führt, dann nach Gagliano wieder auf sechshunderteinundfünfzig Meter hinunterfahren, und zwar auf einer Art Feldweg, der seinen ersten und letzten Asphaltbelag fünfzig Jahre vorher, in den Anfangszeiten der regionalen Autonomie, gesehen hat, und Calapiano schließlich über eine Provinciale erreichen, die sich eindeutig weigerte, für eine solche gehalten zu werden, denn ihr ureigenstes Bestreben bestand darin, wieder zu ihrem früheren Zustand zurückzufinden und wie nach einem Erdbeben auszusehen. Doch damit nicht genug. Der Bauernhof von Mimì Augellos Schwester und ihrem Mann lag vier Kilometer außerhalb des Dorfes, und um dorthin zu gelangen, musste man sich in Serpentinen auf einem Schotterstreifen vorwärts bewegen, wo es sich sogar die Ziegen zweimal überlegten, ob sie auch nur einen ihrer vier Hufe daraufsetzen sollten. Das war sozusagen die beste Strecke, es war die Strecke, die Mimì Augello immer

fuhr und die erst im letzten Abschnitt wirklich heikel und beschwerlich war.
Montalbano wählte diese Route natürlich nicht, sondern beschloss, die Abkürzung quer über die Insel zu nehmen, sodass er schon von den ersten Kilometern an auf winzigen Sträßchen fuhr, neben denen die wenigen übrig gebliebenen Bauern ihre Arbeit unterbrachen, um verwundert diesem verwegenen Auto hinterherzuschauen. Das würden sie zu Hause aber ihren Kindern erzählen:
»*U sapìti stamatina? Un'automobili passò!* Wisst ihr was? Heute Morgen ist ein Automobil vorbeigekommen!«
Aber das war das Sizilien, das der Commissario liebte, das rauhe, mit spärlichem Grün, das Sizilien, in dem es unmöglich schien (und war) zu überleben und wo man noch immer, wenn auch immer seltener, jemanden mit Gamaschen, Schirmmütze und Gewehr über der Schulter antraf, der, zwei Finger am Schild, vom Muli aus grüßte.
Der Himmel war wolkenlos und klar und machte kein Hehl aus seiner Absicht, selbiges bis zum Abend auch zu bleiben; es war fast heiß. Trotz geöffneter Seitenfenster staute sich im Inneren des Autos ein köstlicher Duft, der den Paketen und Päckchen entströmte, unter denen die Rückbank buchstäblich verschwand. Vor der Abreise war Montalbano noch zum Cafè Albanese gefahren, wo das beste Gebäck von ganz Vigàta hergestellt wurde, und hatte zwanzig frische *cannola*, zehn Kilo *tetù, taralli, viscotti regina, mostazzoli* aus Palermo, *dolci di riposto* und *frutti di martorana* und als Krönung eine knallbunte, fünf Kilo schwere *cassata* gekauft.
Als er ankam, war Mittag schon vorbei, er schätzte, dass er über vier Stunden gebraucht hatte. Das große Bauernhaus

schien leer zu sein, nur der rauchende Schornstein verriet, dass jemand da war. Er hupte, und kurz darauf erschien Mimìs Schwester Franca in der Tür. Sie war eine blonde Sizilianerin, hatte die vierzig schon überschritten und war kräftig und hochgewachsen: Sie sah das Auto an, das sie nicht kannte, und wischte sich die Hände an der Schürze ab.

»Ich bin's, Montalbano«, sagte der Commissario, als er die Wagentür öffnete und ausstieg.

Mit einem breiten Lächeln im Gesicht lief Franca ihm entgegen und umarmte ihn.

»Und Mimì?«

»Er konnte im letzten Augenblick nicht kommen. Es tut ihm wirklich Leid.«

Franca sah ihn an. Montalbano konnte Menschen, die er schätzte, nicht anschwindeln, er verhaspelte sich, wurde rot, wandte den Blick ab.

»Ich rufe Mimì an«, sagte Franca entschieden und ging ins Haus. Irgendwie schaffte Montalbano es, sich die Pakete und die Päckchen aufzuladen, und nach einer Weile folgte er ihr.

Franca legte gerade den Hörer auf.

»Er hat noch Kopfschmerzen.«

»Bist du jetzt beruhigt? Glaub mir, es war nicht der Rede wert«, sagte der Commissario und lud Pakete und Päckchen auf dem Tisch ab.

»Was ist denn das?«, fragte Franca. »Willst du hier eine Pasticceria einrichten?«

Sie stellte die süßen Sachen in den Kühlschrank.

»Wie geht's dir, Salvo?«

»Gut. Und euch?«

»Allen gut, *ringraziando u Signuri*. Und François erst! Er ist in die Höhe geschossen, ganz schön groß ist er geworden.«

»Wo sind sie?«

»Draußen, auf dem Feld. Aber wenn die Glocke läutet, kommen sie alle zum Essen heim. Bleibst du über Nacht? Ich hab dir ein Zimmer zurechtgemacht.«

»Vielen Dank, Franca, aber du weißt doch, dass ich nicht kann. Ich fahre spätestens um fünf wieder ab. Ich bin ja nicht dein Bruder, der wie ein Irrer über diese Straßen rast.«

»Los, geh dich schnell waschen.«

Eine Viertelstunde später kam er erfrischt zurück, Franca deckte gerade für etwa zehn Personen den Tisch. Der Commissario dachte, das sei vielleicht der richtige Moment.

»Mimì hat gesagt, dass du mit mir reden willst.«

»Später, später«, sagte Franca schnell. »Hast du Hunger?«

»Beh, sì.«

»Magst du ein bisschen Weizenbrot? Ich habe es erst vor einer Stunde aus dem Ofen geholt. Soll ich es dir zurechtmachen?«

Ohne seine Antwort abzuwarten, schnitt sie zwei Scheiben von einem Brotlaib ab, tat Olivenöl, Salz, schwarzen Pfeffer und *pecorino* darauf, legte die beiden Scheiben aufeinander und reichte sie ihm.

Montalbano ging hinaus, setzte sich auf eine Bank neben der Tür und fühlte, wie er beim ersten Bissen vierzig Jahre jünger wurde, er war wieder ein kleiner Junge, so hatte ihm auch seine Großmutter das Brot immer zurechtgemacht.

Man musste es unter dieser Sonne essen, durfte dabei an

nichts denken und nur genießen, dass man eins war mit dem Körper, mit der Erde, mit dem Duft des Grases. Kurz darauf hörte er Geschrei und sah drei Kinder kommen, die Fangen spielten und sich dabei schubsten und gegenseitig ein Bein stellten. Es waren der neunjährige Giuseppe, sein Bruder Domenico, der nach seinem Onkel Mimì hieß und genauso alt war wie François, und François selbst.
Der Commissario staunte, als er ihn sah: Er war der größte von allen geworden, der lebhafteste und frechste. Wie, zum Teufel, konnte er sich in den knapp zwei Monaten, die er ihn nicht gesehen hatte, dermaßen verändert haben?
Er lief ihm mit offenen Armen entgegen. François erkannte ihn und blieb wie angewurzelt stehen, während seine Spielkameraden zum Haus gingen. Montalbano kniete sich hin, die Arme immer noch ausgebreitet.
»*Ciao*, François.«
Der Junge ging hastig weiter und wich ihm aus, indem er einen Bogen um ihn machte.
»*Ciao*«, sagte er.
Der Commissario sah ihn im Haus verschwinden. Was war denn los? Warum hatte er in den Augen des Kindes keine Freude gesehen? Er tröstete sich damit, dass es sich vielleicht um einen kindlichen Groll handelte, wahrscheinlich hatte François sich von ihm vernachlässigt gefühlt.

Die Plätze an den beiden Tischenden waren für den Commissario und Francas Mann Aldo Gagliardo bestimmt, der sehr wortkarg war und seinem Namen alle Ehre machte, weil er wirklich von kräftiger Statur war. Rechts saß Franca, dann kamen die drei Kinder, François war am weitesten entfernt, er saß neben Aldo. Links hatten drei Jungen um die zwanzig Platz genommen, Mario, Giacomo und Ernst. Die beiden Ersteren waren Studenten, die sich mit Feldarbeit ihr Brot verdienten, der dritte, ein Deutscher auf Reisen, erzählte Montalbano, er hoffe, noch ein Vierteljahr bleiben zu können. Das Mittagessen, *pasta col sugo di sasizza* und als zweiten Gang *sasizza alla brace*, ging ziemlich schnell vonstatten, Aldo und seine drei Gehilfen wollten bald wieder an ihre Arbeit. Alle stürzten sich auf die süßen Sachen, die der Commissario mitgebracht hatte. Dann standen sie auf ein Zeichen Aldos hin auf und verließen das Haus.

»Ich mach dir noch einen Kaffee«, sagte Franca. Montalbano war nervös, er hatte gesehen, wie Aldo, bevor er hinausging, mit seiner Frau einen flüchtigen Blick des Einverständnisses gewechselt hatte. Franca servierte dem Commissario den Kaffee und setzte sich vor ihn hin.

»Es ist eine ernste Sache«, schickte sie voraus.

In diesem Augenblick kam François herein, entschlossen, die Hände an der Hosennaht und zu Fäusten geballt. Er blieb vor Montalbano stehen, sah ihn streng und fest an und sagte mit zitternder Stimme:

»Du bringst mich nicht von meinen Brüdern weg.«

Er wandte sich um und stürzte hinaus. Das war ein schwerer Schlag für Montalbano, sein Mund war wie ausgetrocknet. Er sagte das Erste, was ihm durch den Kopf ging, und das war leider Schwachsinn:

»Wie gut er Italienisch gelernt hat!«

»Was ich dir sagen wollte, hat der Kleine schon gesagt«, sagte Franca. »Und wir beide, ich und Aldo, haben wirklich

nichts anderes getan, als von Livia und dir zu reden, wie gut es ihm bei euch gehen wird und wie sehr ihr ihn lieb habt und immer lieb haben werdet. Es war nichts zu machen. Vor einem Monat ist ihm das plötzlich in den Sinn gekommen, mitten in der Nacht. Ich habe geschlafen, und dann habe ich gemerkt, wie mich jemand am Arm berührt. Es war François.
›Bist du krank?‹
›Nein.‹
›Was ist denn dann?‹
›Ich hab Angst.‹
›Wovor denn?‹
›Dass Salvo kommt und mich holt.‹
Manchmal fällt ihm das mitten im Spiel oder beim Essen ein, und dann wird er ganz düster, sogar richtig böse.«
Franca redete weiter, aber Montalbano hörte sie nicht mehr. Er hing in Gedanken einer Erinnerung nach, als er genauso alt wie François gewesen war, sogar ein Jahr jünger. Seine Großmutter lag im Sterben, seine Mutter war schwer krank geworden (aber das alles verstand er erst später), und um sich besser um sie kümmern zu können, hatte ihn der Vater zu einer seiner Schwestern gebracht, Carmela, die mit dem Besitzer eines billigen, schlampigen Ladens, einem sanften und freundlichen Mann namens Pippo Sciortino, verheiratet war. Sie hatten keine Kinder. Nach einiger Zeit kam sein Vater, um ihn wieder abzuholen, mit schwarzer Krawatte und einem ebenfalls schwarzen breiten Band am linken Arm, das wusste er noch ganz genau. Aber er hatte sich geweigert.
»Ich geh nicht mit! Ich bleibe bei Carmela und Pippo. Ich heiße Sciortino.«

Er sah noch das traurige Gesicht des Vaters, die verlegenen Gesichter von Pippo und Carmela vor sich.
»... weil Kinder keine Pakete sind, die man heute hier und morgen da abstellt«, sagte Franca abschließend.

Auf dem Rückweg fuhr er die bequemere Straße und war schon um neun Uhr abends in Vigàta. Er wollte zu Mimì Augello.
»Du siehst schon besser aus.«
»Heute Nachmittag konnte ich wenigstens schlafen. Franca kann man nichts vormachen, stimmt's? Sie hat mich ganz besorgt angerufen.«
»Sie ist eine sehr, sehr kluge Frau.«
»Worüber wollte sie mit dir sprechen?«
»Über François. Es gibt ein Problem.«
»Hat der Kleine sie alle lieb gewonnen?«
»Woher weißt du das? Hat deine Schwester dir das gesagt?«
»Mit mir hat sie nicht geredet. Aber ist das so schwer zu verstehen? Ich hab mir schon gedacht, dass es so enden würde.«
Montalbano setzte ein finsteres Gesicht auf.
»Ich verstehe ja, dass dir das wehtut«, sagte Mimì, »aber wer sagt denn, dass es nicht vielleicht ein Glück ist?«
»Für François?«
»Auch. Aber vor allem für dich. Du bist nicht für das Vatersein geschaffen, auch nicht als Vater eines Adoptivkindes.«

Gleich hinter der Brücke sah er, dass die Lichter in Annas Haus noch an waren. Er hielt am Straßenrand und stieg aus.
»Chi è?«

»Salvo.«

Anna öffnete ihm die Tür und führte ihn ins Esszimmer. Sie hatte gerade einen Film gesehen, machte den Fernseher aber sofort aus.

»Magst du einen Schluck Whisky?«

»Ja. Pur.«

»Bist du traurig?«

»Ein bisschen.«

»Das ist nicht leicht zu verdauen.«

»Eh, no.«

Er dachte einen Augenblick über Annas Worte nach: Es ist nicht leicht zu verdauen. Aber woher wusste sie von François?

»Entschuldige, Anna, aber woher weißt du das?«

»Es kam um acht in den Nachrichten.«

Wovon redete sie eigentlich?

»In welchem Sender?«

»›Televigàta‹. Sie haben gesagt, dass der Questore die Ermittlungen im Mordfall Licalzi dem Chef der Mordkommission übertragen hat.«

Montalbano musste lachen.

»Das ist mir doch egal! Ich meinte etwas ganz anderes!«

»Dann sag, was dich bedrückt.«

»Lieber ein andermal.«

»Hast du Michelas Mann getroffen?«

»Ja, gestern Nachmittag.«

»Hat er dir von seiner platonischen Ehe erzählt?«

»Wusstest du das?«

»Ja, sie hat es mir gesagt. Weißt du, Michela hing sehr an ihm. Wenn sie sich unter diesen Bedingungen einen Geliebten genommen hat, war sie ihm nicht wirklich untreu. Der Dottore wusste Bescheid.«

In einem anderen Zimmer klingelte das Telefon, Anna ging dran und kam aufgeregt zurück.

»Eine Freundin hat angerufen. Anscheinend ist dieser Chef der Mordkommission vor einer halben Stunde bei Ingegnere Di Blasi erschienen und hat ihn nach Montelusa in die Questura mitgenommen. Was wollen sie von ihm?«

»Ganz einfach – wissen, wo Maurizio steckt.«

»Aber dann verdächtigen sie ihn ja schon!«

»Das liegt doch nahe, Anna. Und Dottor Ernesto Panzacchi, der Chef der Mordkommission, ist ein Mann nahe liegender Schlussfolgerungen. Also, danke für den Whisky und gute Nacht.«

»Was, gehst du schon?«

»Entschuldige, aber ich bin müde. Wir sehen uns morgen.«

Plötzlich hatte ihn schlechte Laune gepackt, zäh und schwer.

Mit einem Fußtritt stieß er die Haustür auf und rannte gleich ans Telefon.

»Salvo, *ma che minchia*! Was soll denn dieser Scheiß?! Bist ja ein netter Freund!«

Er erkannte die Stimme von Nicolò Zito, dem Journalisten von »Retelibera«, mit dem ihn eine aufrichtige Freundschaft verband.

»Ist es wahr, dass du den Fall nicht mehr hast? Ich habe es nicht berichtet, weil ich erst eine Bestätigung von dir wollte. Aber wenn es stimmt, warum hast du mir dann nichts gesagt?«

»Tut mir Leid, Nicolò, das ist gestern spät abends passiert. Und heute Morgen bin ich schon früh weg, ich habe François besucht.«
»Soll ich im Fernsehen was bringen?«
»Nein, danke. Ah ja, als Entschädigung erzähl ich dir was, was du bestimmt noch nicht weißt. Dottor Panzacchi hat den Bauingenieur Aurelio Di Blasi aus Vigàta zur Vernehmung in die Questura mitgenommen.«
»Hat er sie umgebracht?«
»Nein, sie verdächtigen seinen Sohn Maurizio, er ist in derselben Nacht verschwunden, in der die Licalzi ermordet wurde. Er, der Junge, war total in sie verknallt. Ach ja, noch was. Der Ehemann des Opfers ist in Montelusa, im Hotel Jolly.«
»Salvo, wenn sie dich bei der Polizei rausschmeißen, stell ich dich ein. Schau dir die Spätnachrichten an. Und danke, ja? Tausend Dank.«
Montalbanos schlechte Laune verschwand, noch während er den Hörer auflegte.
Das hatte Dottor Ernesto Panzacchi jetzt davon: Um Mitternacht würde alle Welt über sein Tun und Lassen Bescheid wissen.

Er hatte überhaupt keine Lust zu essen. Er zog sich aus und duschte ausgiebig. Er zog frische Unterwäsche an. Jetzt kam ein schwieriges Kapitel.
»Livia.«
»Ach, Salvo, ich warte schon so lange auf deinen Anruf! Wie geht es François?«
»Sehr gut, er ist groß geworden.«

»Hast du gesehen, was er für Fortschritte gemacht hat? Er spricht jede Woche, wenn ich ihn anrufe, besser Italienisch. Er kann sich gut verständlich machen, nicht wahr?«
»Zu gut.«
Livia achtete nicht darauf, eine andere Frage lag ihr schon auf den Lippen.
»Was wollte Franca?«
»Sie wollte mit mir über François sprechen.«
»Ist er zu lebhaft? Gehorcht er nicht?«
»Livia, es geht um etwas anderes. Vielleicht war es ein Fehler, dass wir ihn so lange bei Franca und ihrem Mann gelassen haben. Der Kleine hat sie lieb gewonnen, er hat gesagt, dass er nicht mehr von ihnen weg will.«
»Hat er dir das gesagt?«
»Ja, spontan.«
»Spontan! Bist du blöd!«
»Warum?«
»Weil die ihm gesagt haben, dass er so mit dir reden soll! Sie wollen ihn uns wegnehmen! Sie brauchen eine kostenlose Arbeitskraft für ihren Hof, diese Schufte!«
»Livia, das ist doch absurd.«
»Nein, es ist so, wie ich es sage! Sie wollen ihn behalten! Und du bist froh, dass du ihn dort lassen kannst!«
»Livia, jetzt sei doch mal vernünftig.«
»Ich bin vernünftig, mein Lieber, sehr vernünftig! Und ich werde es euch schon noch zeigen, dir und diesen beiden Kinderdieben!«
Sie legte auf. Ohne sich etwas überzuziehen, setzte sich der Commissario in die Veranda, steckte sich eine Zigarette an und ließ der Melancholie, die er schon seit Stun-

den spürte, endlich freien Lauf. François war längst verloren, da konnte Franca die Entscheidung noch so sehr Livia und ihm überlassen. Was Mimìs Schwester gesagt hatte, war die nackte und grausame Wahrheit: Kinder sind keine Pakete, die man heute hier und morgen da abstellt. Man kann ihre Gefühle nicht einfach außer Acht lassen. Avvocato Rapisarda, der Anwalt, der sich in seinem Namen um das Adoptionsverfahren kümmerte, hatte gesagt, es werde sich mindestens noch sechs weitere Monate hinziehen. Und François hätte reichlich Zeit, um in der Familie Gagliardo tiefe Wurzeln zu schlagen. Livia hatte Hirngespinste, wenn sie meinte, Franca habe ihm die Worte, die er sagen sollte, in den Mund gelegt. Er, Montalbano, hatte François' Blick gesehen, als er ihm entgegenging und ihn umarmen wollte. Jetzt erinnerte er sich genau an diese Augen: Angst und kindlicher Hass waren darin. Er konnte die Gefühle des Jungen ja auch verstehen: Er hatte schon seine Mutter verloren und fürchtete, nun auch seine neue Familie zu verlieren. Im Grunde genommen waren Livia und er ja nur ganz kurz mit dem Kind zusammen gewesen, ihr Bild war bald verblasst. Montalbano fühlte, dass er es nie und nimmer übers Herz bringen würde, François ein weiteres Trauma zuzufügen. Er hatte kein Recht dazu. Und Livia auch nicht. Der Junge war für immer verloren. Er selbst, Montalbano, wäre einverstanden, wenn er bei Aldo und Franca bliebe, die ihn gern adoptieren würden. Jetzt war ihm kalt, er stand auf und ging hinein.

»Dottore, haben Sie geschlafen? Ich bin's, Fazio. Ich wollte Ihnen sagen, dass wir heute Nachmittag eine Sitzung hatten. Wir haben dem Questore einen Protestbrief geschrieben. Alle haben ihn unterschrieben, Dottor Augello als Erster. Ich lese ihn vor: ›Die Unterzeichneten, Mitarbeiter des Commissariato di Pubblica Sicurezza in Vigàta, missbilligen …‹«

»Warte mal, habt ihr ihn schon abgeschickt?«

»Ja, Dottore.«

»Was seid ihr doch für Hornochsen! Ihr hättet mir ja was sagen können, bevor ihr ihn abschickt!«

»Warum? Vorher oder nachher ist doch egal, oder?«

»Weil ich euch überredet hätte, einen solchen Scheiß nicht zu machen!«

Er unterbrach die Verbindung und war wirklich stocksauer.

Es dauerte lange, bis er einschlafen konnte. Und eine Stunde nachdem er eingeschlafen war, wachte er wieder auf, schaltete das Licht ein und setzte sich halb im Bett auf. Eine Art Blitz hatte ihn dazu gebracht, die Augen zu öffnen. Bei dem Lokaltermin in der Villa mit Dottor Licalzi war etwas gewesen, ein Wort oder ein Ton … irgendein Missklang. Was war es? Er raunzte sich selbst an: »Das kann dir doch scheißegal sein! Der Fall gehört dir nicht mehr!«

Er löschte das Licht und legte sich wieder hin.

»Wie François«, fügte er bitter hinzu.

Zehn

Am nächsten Morgen war das Personal im Kommissariat fast komplett: Augello, Fazio, Germanà, Gallo, Galluzzo, Giallombardo, Tortorella und Grasso. Nur Catarella fehlte, allerdings entschuldigt, weil er zur ersten Lektion des Computerkurses in Montelusa war. Alle zogen lange Gesichter, wie drei Tage Regenwetter, mieden Montalbano, als wäre er ansteckend, und sahen ihm möglichst nicht in die Augen.

Ihnen war doppelte Schmach zugefügt worden, erstens durch den Questore, der ihrem Chef den Fall nur entzogen hatte, weil er ihm eins auswischen wollte, zweitens durch ihren Chef selbst, der so böse auf ihren Protestbrief an den Questore reagiert hatte. Er hatte es ihnen nicht nur nicht gedankt – so war er halt, der Commissario –, sondern hatte sie auch noch als Hornochsen betitelt, wie Fazio erzählt hatte.

Es waren also alle da, aber alle langweilten sich tödlich, denn, abgesehen vom Mordfall Licalzi, war seit zwei Monaten nichts Anständiges mehr passiert. Zum Beispiel hatten die Familien Cuffaro und Sinagra, die beiden Mafiasippen, die sich gegenseitig das Terrain streitig machten und in schöner Regelmäßigkeit eine Leiche pro Monat lieferten (das eine Mal einen Cuffaro und das nächste Mal einen

Sinagra), seit einiger Zeit offenbar die Begeisterung verloren. Und zwar seit Giosuè Cuffaro verhaftet worden war, seine Verbrechen blitzschnell bereute und Peppuccio Sinagra in den Knast brachte, der verhaftet wurde, seine Verbrechen blitzschnell bereute und dafür sorgte, dass Antonio Smecca, ein Cousin der Cuffaros, hinter Schloss und Riegel kam, der seine Verbrechen blitzschnell bereute und Cicco Lo Càrmine von den Sinagras Scherereien machte, der...
Die einzige Knallerei, die in Vigàta zu hören gewesen war, lag einen Monat zurück und fand statt, als beim Fest für San Gerlando ein Feuerwerk veranstaltet wurde.
»Die Bosse sind alle im Gefängnis!«, hatte Questore Bonetti-Alderighi während einer überfüllten Pressekonferenz triumphierend verkündet.
Und die Fünf-Sterne-Bosse vertreten sie hervorragend, dachte der Commissario.
An jenem Vormittag löste Grasso, der Catarellas Posten übernommen hatte, Kreuzworträtsel, Gallo und Galluzzo spielten *scopa*, Giallombardo und Tortorella eine Partie Dame, die anderen lasen oder starrten die Wand an. Kurzum – alle arbeiteten wie die Irren.
Auf seinem Tisch fand Montalbano einen Berg zu unterschreibender Schriftstücke und zu erledigender Akten vor. Eine subtile Rache seiner Leute?

Die unerwartete Bombe explodierte um eins, als der Commissario, dem der rechte Arm schon lahmte, überlegte, ob er zum Essen gehen sollte.
»Dottore, da ist eine Signora, Anna Tropeano, die Sie sprechen will. Sie macht einen ziemlich aufgeregten Ein-

druck«, sagte Grasso, der an diesem Vormittag Telefondienst hatte.
»Salvo! *Dio mio!* In den Schlagzeilen der Nachrichten haben sie gemeldet, dass Maurizio umgebracht wurde!«
Im Kommissariat gab es keinen Fernseher, Montalbano schoss aus seinem Zimmer, um in die Bar Italia hinüberzulaufen.
Fazio fing ihn ab.
»Dottore, was ist denn los?«
»Maurizio Di Blasi ist umgebracht worden!«
Gelsomino, der Barbesitzer, und zwei Kunden starrten mit offenem Mund auf den Fernseher, in dem ein Reporter von »Televigàta« über den Vorfall sprach.
»... und während dieser langen nächtlichen Vernehmung von Ingegnere Aurelio Di Blasi gelangte Dottor Ernesto Panzacchi, der Chef der Mordkommission, zu der Annahme, dass sich dessen Sohn, der dringend des Mordes an Michela Licalzi verdächtigt wurde, in Raffadali im Landhaus der Familie Di Blasi versteckt haben könnte. Der Ingegnere behauptete jedoch, sein Sohn habe sich nicht dorthin geflüchtet, denn er selbst habe ihn tags zuvor dort gesucht. Gegen zehn Uhr heute Vormittag fuhr Dottor Panzacchi mit sechs Beamten nach Raffadali und begann das ziemlich große Haus gründlich zu durchsuchen. Plötzlich sah einer der Beamten, wie ein Mann über den Abhang eines kahlen Hügels dicht hinter dem Haus rannte. Dottor Panzacchi und seine Leute machten sich an die Verfolgung und entdeckten eine Höhle, in der Di Blasi sich versteckt hatte. Dottor Panzacchi brachte seine Beamten in Stellung und forderte den Mann auf, mit erhobe-

nen Händen herauszukommen. Plötzlich trat Di Blasi vor, wobei er: ›Bestraft mich! Bestraft mich!‹ schrie und drohend eine Waffe schwang. Einer der Beamten feuerte auf der Stelle, und der junge Maurizio Di Blasi stürzte, von einer Garbe in die Brust getroffen, zu Boden. Der geradezu dostojewskische beschwörende Ruf ›Bestraft mich!‹ ist mehr als ein Geständnis. Ingegnere Aurelio Di Blasi wurde aufgefordert, sich einen Anwalt zu nehmen. Auf ihm lastet der Verdacht der Beihilfe zur Flucht des Sohnes, die ein so tragisches Ende genommen hat.«
Als ein Foto von dem Pferdegesicht des armen Jungen erschien, verließ Montalbano die Bar und ging ins Kommissariat zurück.
»Wenn dir der Questore nicht den Fall entzogen hätte, wäre der arme Kerl bestimmt noch am Leben!«, sagte Mimì wütend.
Montalbano gab keine Antwort, ging in sein Büro und schloss die Tür. Im Bericht des Journalisten steckte ein ganz gewaltiger Widerspruch. Wenn Maurizio Di Blasi bestraft werden wollte, wenn er diese Strafe so sehnlich wünschte, wozu hatte er dann eine Waffe in der Hand, mit der er die Polizisten bedrohte? Ein bewaffneter Mann, der die Pistole auf diejenigen richtet, die ihn verhaften wollen, wünscht keine Bestrafung, sondern versucht, sich der Verhaftung zu entziehen und zu fliehen.
»Ich bin's, Fazio. Kann ich reinkommen, Dottore?«
Erstaunt sah der Commissario, dass mit Fazio auch Augello, Germanà, Gallo, Galluzzo, Giallombardo, Tortorella und sogar Grasso eintraten.
»Fazio hat mit einem Freund geredet, der bei der Mordkom-

mission von Montelusa arbeitet«, sagte Mimì Augello und machte Fazio ein Zeichen, er solle selbst erzählen.
»Wissen Sie, was das für eine Waffe war, mit der der Junge Dottor Panzacchi und seine Leute bedroht hat?«
»Nein.«
»Ein Schuh. Sein rechter Schuh. Bevor er gestürzt ist, hat er ihn noch auf Panzacchi werfen können.«

»Anna? Hier ist Montalbano. Ich hab's gehört.«
»Er kann es nicht gewesen sein, Salvo! Ich weiß es! Das ist alles ein tragischer Irrtum! Du musst was tun!«
»Ich rufe nicht deshalb an. Kennst du Signora Di Blasi?«
»Ja. Wir haben uns ab und zu unterhalten.«
»Fahr gleich zu ihr. Ich mache mir Sorgen. Ich möchte nicht, dass sie jetzt allein ist, wo ihr Mann im Gefängnis sitzt und ihr Sohn gerade umgebracht wurde.«
»Ich fahre sofort hin.«

»Dottore, darf ich Ihnen was sagen? Mein Freund von der Mordkommission in Montelusa hat noch mal angerufen.«
»Und gesagt, dass die Geschichte mit dem Schuh nur ein Scherz war.«
»Genau. Es stimmt also.«
»Hör zu, ich geh jetzt nach Haus. Ich glaube, ich bleibe heute Nachmittag in Marinella. Wenn ihr was braucht, könnt ihr mich dort erreichen.«
»Dottore, Sie müssen etwas tun!«
»Jetzt reicht's mir aber, verdammt noch mal!«

Als er die Brücke hinter sich gelassen hatte, fuhr er möglichst schnell geradeaus weiter, denn er hatte keine Lust, auch von Anna noch zu hören, dass er unbedingt etwas unternehmen müsste.
Mit welchem Recht? Hier bin ich, der Ritter ohne Furcht und Tadel! Hier bin ich, Robin Hood, Zorro und der Rächer der Nacht, alle in einer Person: Salvo Montalbano!
Der Appetit von vorhin war ihm vergangen, er füllte ein Tellerchen mit grünen und schwarzen Oliven, schnitt sich eine Scheibe Brot ab und wählte, während er knabberte, Zitos Nummer.
»Nicolò? Hier ist Montalbano. Weißt du, ob der Questore eine Pressekonferenz veranstalten will?«
»Sie ist für morgen Nachmittag um fünf angesetzt.«
»Gehst du hin?«
»Natürlich.«
»Du musst mir einen Gefallen tun. Frag Panzacchi, was das für eine Waffe war, mit der Maurizio Di Blasi sie bedroht hat. Und wenn er es dir gesagt hat, fragst du ihn, ob er sie dir zeigen kann.«
»Was steckt denn dahinter?«
»Das sage ich dir zu gegebener Zeit.«
»Salvo, darf ich was sagen? Wir alle hier sind überzeugt, dass Maurizio Di Blasi noch am Leben wäre, wenn du die Ermittlungen weiter geleitet hättest.«
Erst Mimì, jetzt auch noch Nicolò.
»Verpisst euch doch alle!«
»Danke, ich wollte gerade aufs Klo gehen. Denk dran, dass wir die Pressekonferenz live übertragen.«

Er setzte sich in die kleine Veranda, das Buch von Danevi in der Hand. Aber er konnte sich nicht konzentrieren. Ein Gedanke flirrte ihm durch den Kopf, derselbe, den er schon in der letzten Nacht gehabt hatte: Was war das Seltsame, Unstimmige nur gewesen, das er beim Lokaltermin in der Villa mit dem Dottore gesehen oder gehört hatte?

Die Pressekonferenz begann Schlag fünf, Bonetti-Alderighi war ein Pünktlichkeitsfanatiker (»sie ist die Höflichkeit der Könige«, sagte er immer wieder, sobald sich ihm die Gelegenheit dazu bot, sein Quäntchen Adel war ihm anscheinend zu Kopf gestiegen, und er sah sich mit gekröntem Haupt).

Zu dritt saßen sie hinter einem kleinen Tisch mit grünem Tischtuch, der Questore in der Mitte, zu seiner Rechten Panzacchi, zu seiner Linken Dottor Lattes. Hinter ihnen, stehend, die sechs Beamten, die an der Aktion teilgenommen hatten. Während die Beamten ernst und abgespannt aussahen, drückten die Gesichter der drei Chefs maßvolle Zufriedenheit aus, maßvoll deshalb, weil ein Toter im Spiel war.

Der Questore ergriff als Erster das Wort; er beschränkte sich darauf, Ernesto Panzacchi zu loben (»ein Mann, dem eine glänzende Zukunft bestimmt ist«), sich selbst bedachte er mit ein paar anerkennenden Worten für seine Entscheidung, die Ermittlungen dem Chef der Mordkommission übergeben zu haben, der »den Fall in vierundzwanzig Stunden lösen konnte, während andere Leute mit ihren antiquierten Methoden wer weiß wie lange dazu gebraucht hätten«.

Montalbano saß vor dem Fernseher und sah zu, ohne zu reagieren, nicht einmal im Geiste.

Dann ging das Wort an Ernesto Panzacchi, der exakt wiederholte, was der Commissario schon in dem Bericht von »Televigàta« gehört hatte. Über Details ließ er sich nicht aus, anscheinend wollte er schnell weg.

»Hat noch jemand Fragen?«, fragte Dottor Lattes.

Einer hob den Finger.

»Ist es sicher, dass der Junge ›bestraft mich‹ geschrien hat?«

»Absolut sicher. Zwei Mal. Alle haben es gehört.«

Er wandte sich um und sah die sechs Polizisten an, die zum Zeichen der Bestätigung den Kopf senkten: Sie wirkten wie Marionetten, die an Fäden bewegt wurden.

»Und in welchem Ton!«, setzte Panzacchi noch eins drauf. »Ganz verzweifelt.«

»Was wird dem Vater vorgeworfen?«, fragte ein zweiter Journalist.

»Begünstigung«, sagte der Questore.

»Und vielleicht auch noch etwas anderes«, fügte Panzacchi mit geheimnisvoller Miene hinzu.

»Beihilfe zum Mord?«, wagte ein dritter zu fragen.

»Das habe ich nicht gesagt«, sagte Panzacchi barsch.

Schließlich meldete sich Nicolò Zito.

»Mit welcher Waffe hat Maurizio Di Blasi Sie bedroht?«

Die Journalisten, die nicht wussten, was geschehen war, merkten natürlich nichts, aber der Commissario sah deutlich, wie die sechs Beamten erstarrten und dem Chef der Mordkommission das schmale Lächeln aus dem Gesicht verschwand. Nur der Questore und der Chef des Stabes zeigten keine besondere Reaktion.

»Mit einer Handgranate«, sagte Panzacchi.

»Und wo soll er die hergehabt haben?«, hakte Zito nach.

»Nun, sie ist ein Überbleibsel aus dem Krieg, allerdings funktionstüchtig. Wir können uns vorstellen, wo er sie möglicherweise gefunden hat, das muss jedoch noch geprüft werden.«

»Können Sie sie uns zeigen?«

»Sie ist bei der Spurensicherung.«

Damit war die Pressekonferenz zu Ende.

Um halb sieben rief Montalbano Livia an. Das Telefon läutete lange, ohne dass abgenommen wurde. Er machte sich allmählich Sorgen. War sie vielleicht krank? Er rief Giovanna an, Livias Freundin und Arbeitskollegin, deren Nummer er hatte. Giovanna erzählte ihm, Livia sei wie immer zur Arbeit gekommen, aber sie, Giovanna, fand, sie sei sehr blass und nervös gewesen. Livia hatte ihr auch gesagt, sie habe den Telefonstecker herausgezogen, weil sie nicht gestört werden wolle.

»Wie geht's denn mit euch beiden?«, fragte Giovanna.

»Ich würde sagen, nicht allzu gut«, antwortete Montalbano diplomatisch.

Was der Commissario auch tat, ob er ein Buch las oder, eine Zigarette rauchend, aufs Meer hinausschaute, unversehens tauchte, deutlich und hartnäckig, immer wieder die Frage auf: Was hatte er in der Villa gesehen oder gehört, das nicht stimmte?

»*Pronto*, Salvo? Hier ist Anna. Ich komme gerade von Signora Di Blasi. Gut, dass du mich hingeschickt hast. Du verstehst, Verwandte und Freunde machen natürlich einen großen Bogen um eine Familie, in der der Vater verhaftet und der Sohn ein Mörder ist. Diese Mistkerle!«

»Wie geht's der Signora?«

»Wie soll's ihr schon gehen? Sie hatte einen Nervenzusammenbruch, ich musste den Arzt rufen. Jetzt fühlt sie sich besser, auch weil der Anwalt, den ihr Mann sich genommen hat, sie angerufen und gesagt hat, der Ingegnere würde bald entlassen.«

»Werfen sie ihm keine Beihilfe vor?«

»Das weiß ich nicht. Anklagen werden sie ihn wohl schon, aber sie lassen ihn erst mal raus. Kommst du vorbei?«

»Ich weiß nicht, ich muss mal sehen.«

»Salvo, du musst was tun. Maurizio war unschuldig, da bin ich ganz sicher, sie haben ihn ermordet.«

»Anna, das ist doch völlig aus der Luft gegriffen.«

»*Pronti*, Dottori? Sind Sie es wirklich selber? Hier ist Catarella. Der Mann von der toten Frau hat angerufen. Er hat gesagt, dass Sie ihn persönlich im Tscholli anrufen sollen, heute Abend gegen zehn.«

»Danke. Wie war dein erster Kurstag?«

»*Beni, dottori, beni.* Ich hab alles verstanden. Der Lehrer hat mir ein Kompliment gemacht. Er hat gesagt, es gibt nicht viele Leute so wie mich.«

Der geniale Einfall kam Montalbano kurz vor acht, und er verlor keine Sekunde, ihn in die Tat umzusetzen. Er stieg ins Auto und fuhr nach Montelusa.

»Nicolò ist auf Sendung«, sagte eine Sekretärin, »aber er ist gleich fertig.«

Keine fünf Minuten später kam Zito herein; er war ganz außer Atem.
»Na, bist du zufrieden? Hast du die Pressekonferenz gesehen?«
»Ja, Nicolò, und ich glaube, wir haben ins Schwarze getroffen.«
»Sag mal, warum ist diese Handgranate eigentlich so wichtig?«
»Sollte man eine Handgranate unterschätzen?«
»Los, sag schon, worum es geht.«
»Ich kann noch nicht. Vielleicht kommst du bald von selbst drauf, aber das ist dann deine Sache, und ich hab dir nichts gesagt.«
»Also, was soll ich in den Nachrichten tun oder sagen? Deshalb bist du doch hier, oder? Du bist eh schon längst mein heimlicher Regisseur.«
»Wenn du es machst, schenk ich dir was.«
Er zog eines von Michelas Fotos, die ihm Dottor Licalzi gegeben hatte, aus dem Jackett und reichte es ihm.
»Du bist der einzige Journalist, der weiß, wie die Signora lebend ausgesehen hat. In der Questura von Montelusa haben sie keine Fotos: Ausweise, Führerschein, Pass, falls einer da war, waren in dem Beutel, und der Mörder hat sie mitgenommen. Du kannst es deinen Zuschauern zeigen, wenn du willst.«
Nicolò Zito verzog den Mund.
»Dann muss der Gefallen, den ich dir tun soll, ziemlich groß sein. Schieß los.«
Montalbano stand auf und ging an die Tür, um das Büro des Journalisten abzuschließen.

»Nein«, sagte Nicolò.
»Was nein?«
»Nein zu allem, worum du mich bitten willst. Wenn du die Tür abschließt, lasse ich mich auf gar nichts ein.«
»Wenn du mir hilfst, werde ich dir sämtliche Anhaltspunkte liefern, um eine Bombe auf nationaler Ebene platzen zu lassen.«
Zito antwortete nicht, er war hin und her gerissen, ein Hasenfuß mit Löwenherz.
»Was soll ich tun?«, fragte er schließlich leise.
»Du sollst sagen, dass dich zwei Zeugen angerufen haben.«
»Existieren sie?«
»Der eine ja, der andere nein.«
»Sag mir nur, was der echte Zeuge gesagt hat.«
»Beide. Entweder – oder.«
»Ist dir eigentlich klar, dass ich aus dem Journalistenverband fliege, wenn rauskommt, dass ich einen Zeugen erfunden habe?«
»Natürlich. Und in diesem Fall darfst du sagen, dass ich derjenige war, der dich dazu überredet hat. Dann schicken sie mich auch nach Hause, und wir bauen Saubohnen an.«
»Also, wir machen es so: Erst sagst du, was mit dem falschen Zeugen ist. Wenn die Sache machbar ist, erzählst du mir auch von dem echten.«
»Einverstanden. Heute Nachmittag hat dich nach der Pressekonferenz einer angerufen, der ganz nah bei der Stelle, wo sie Maurizio Di Blasi erschossen haben, auf der Jagd war. Er hat gesagt, es sei nicht so gewesen, wie von Panzacchi dargestellt. Dann hat er wieder aufgelegt, ohne seinen Namen zu nennen. Er hatte eindeutig Angst. Du erwähnst diesen Vor-

fall nur flüchtig und erklärst souverän, dass du ihm nicht zu viel Bedeutung beimessen willst, weil es sich ja um einen anonymen Anruf handelt, und dass es dir deine journalistische Pflicht verbietet, anonyme Unterstellungen zu verbreiten.«

»Aber gesagt habe ich es bereits.«

»Entschuldige, Nicolò, aber ist das bei euch Journalisten nicht gang und gäbe – den Stein zu werfen und die Hand zu verstecken?«

»Zu diesem Thema sage ich dir nachher noch etwas. Also, was ist jetzt mit dem echten Zeugen?«

»Er heißt Gillo Jàcono, aber du gibst nur seine Initialen an, G. J. und basta. Dieser Signore hat letzten Mittwoch kurz nach Mitternacht gesehen, wie der Twingo bei der Villa vorfuhr und Michela und ein Unbekannter ausstiegen und in aller Ruhe Richtung Haus gingen. Der Mann hatte einen Koffer dabei. Einen Koffer, kein Köfferchen. Und jetzt ist die Frage folgende: Warum hatte Maurizio Di Blasi einen Koffer dabei, als er Signora Licalzi vergewaltigen wollte? Hatte er für den Fall, dass er das Bett schmutzig machte, Bettzeug zum Wechseln dabei? Und weiter: Haben die Leute von der Mordkommission den Koffer irgendwo gefunden? In der Villa war er jedenfalls nicht, das ist sicher.«

»Ist das alles?«

»Das ist alles.«

Nicolò klang kühl, Montalbanos Vorwurf hinsichtlich der Gepflogenheiten der Journalisten hatte anscheinend gesessen.

»Apropos journalistische Pflicht. Heute Nachmittag hat

mich nach der Pressekonferenz ein Jäger angerufen, um mir zu sagen, es sei nicht so gewesen, wie man es dargestellt habe. Aber da er seinen Namen nicht nennen wollte, habe ich die Nachricht nicht gebracht.«

»Du verarschst mich.«

»Ich rufe die Sekretärin und spiele dir die Aufnahme des Gesprächs vor«, sagte der Journalist und erhob sich.

»Entschuldige, Nicolò. Ist nicht nötig.«

Elf

Montalbano wälzte sich die ganze Nacht im Bett, ohne einschlafen zu können. Er sah das Bild des getroffenen Maurizio vor sich, wie er noch den Schuh auf seine Verfolger schleudern konnte, diese zugleich komische und verzweifelte Geste eines armen gehetzten Kerls. »Bestraft mich!«, hatte er geschrien, und alle deuteten diesen Ruf flugs auf eine möglichst einleuchtende und beruhigende Weise, bestraft mich, weil ich geschändet und gemordet habe, bestraft mich für meine Sünde. Aber wenn er in diesem Augenblick etwas ganz anderes hatte sagen wollen? Was war ihm durch den Kopf gegangen? Bestraft mich, weil ich anders bin, bestraft mich, weil ich zu sehr geliebt habe, bestraft mich dafür, dass ich geboren wurde: Das konnte man endlos weiterspinnen, und hier machte der Commissario einen Punkt, sei es, weil er solche Entgleisungen in eine Feld-, Wald- und Wiesenphilosophie gar nicht mochte, sei es, weil er plötzlich begriffen hatte, dass die einzige Möglichkeit, dieses quälende Bild und diesen Schrei zu bannen, nicht ein vages Grübeln, sondern die Auseinandersetzung mit den Tatsachen war. Und dafür gab es nur einen Weg, einen einzigen. Nun konnte er endlich zwei Stunden schlafen.

»Alle«, sagte er zu Mimì Augello, als er ins Kommissariat kam.
Fünf Minuten später standen alle bei ihm im Zimmer.
»Macht es euch bequem«, sagte Montalbano. »Das ist keine offizielle Angelegenheit, sondern eine Sache unter Freunden.«
Mimì und zwei oder drei Weitere setzten sich, die anderen blieben stehen. Grasso, der Catarella vertrat, lehnte sich an den Türpfosten und lauschte mit einem Ohr Richtung Telefon.
»Gestern hat Dottor Augello, nachdem ich gerade erfahren hatte, dass Di Blasi erschossen wurde, etwas zu mir gesagt, was mich getroffen hat. Er hat ungefähr Folgendes gesagt: Wenn du die Ermittlungen leiten würdest, wäre der Junge jetzt noch am Leben.
Ich hätte antworten können, dass der Questore mir den Fall entzogen hat und ich daher nicht verantwortlich bin. Formal ist das richtig. Aber Dottor Augello hatte Recht. Als der Questore mich zu sich zitiert und mich angewiesen hat, im Mordfall Licalzi nicht weiter zu ermitteln, war ich zu stolz. Ich habe nicht protestiert, ich habe mich nicht gewehrt, ich habe ihm nur zu verstehen gegeben, dass er mich am Arsch lecken kann. Damit habe ich das Leben eines Menschen verspielt. Weil von euch ganz sicher keiner auf einen armen Teufel geschossen hätte, der nicht ganz richtig im Kopf ist.«
So hatten sie ihn noch nie reden hören, sie musterten ihn verwirrt und hielten den Atem an.
»Heute Nacht habe ich darüber nachgedacht und eine Entscheidung getroffen. Ich übernehme den Fall wieder.«

Applaus von allen Seiten. Montalbano verpackte seine Rührung natürlich in Spott.

»Ich hab euch doch schon gesagt, dass ihr Hornochsen seid, oder wollt ihr das noch mal hören?«

»Die Ermittlungen«, fuhr er fort, »sind inzwischen abgeschlossen. Wir müssen uns also, wenn ihr alle einverstanden seid, sozusagen unter Wasser vorwärtsbewegen, nur das Periskop darf rausschauen. Ich muss euch warnen: Wenn Montelusa das erfährt, könnte es passieren, dass jeder von uns ernsthafte Schwierigkeiten kriegt.«

»Commissario Montalbano? Hier ist Emanuele Licalzi.«

Montalbano fiel ein, dass Catarella ihm am Abend vorher gesagt hatte, der Dottore habe angerufen. Er hatte es vergessen.

»Bitte entschuldigen Sie, aber gestern Abend war...«

»Um Himmels willen, ich bitte Sie. Außerdem hat sich die Situation zwischen gestern Abend und heute geändert.«

»Inwiefern?«

»Insofern, als mir gestern am späten Nachmittag versichert wurde, ich könne Mittwochmorgen mit der armen Michela nach Bologna. Heute früh bekam ich einen Anruf von der Questura, und man hat mir gesagt, es müsse verschoben werden, die Trauerfeier könne erst am Freitag stattfinden. Da habe ich beschlossen, abzureisen und Donnerstagabend wiederzukommen.«

»Dottore, Sie wissen bestimmt schon, dass der Fall...«

»Ja, natürlich, aber es geht nicht um den Fall. Erinnern Sie sich, dass wir von dem Wagen sprachen, dem Twingo? Kann ich wegen des Verkaufs schon mit jemandem reden?«

»Dottore, wir machen Folgendes. Ich lasse den Wagen persönlich zu einem Mechaniker unseres Vertrauens bringen, wir haben den Schaden verursacht, und wir bezahlen ihn auch. Wenn Sie möchten, kann ich unserem Mechaniker den Auftrag geben, einen Käufer zu suchen.«
»Sie sind ein netter Mensch, Commissario.«
»Eine Frage noch: Was haben Sie mit der Villa vor?«
»Die werde ich auch verkaufen.«

»Ich bin's, Nicolò. *Quod erat demonstrandum.*«
»Und das heißt?«
»Giudice Tommaseo hat mich für heute Nachmittag um vier vorgeladen.«
»Und was will er von dir?«
»Du bist unmöglich! Erst legst du mir diese Schlinge um den Hals, und dann mangelt's dir an Fantasie? Er wird mich beschuldigen, ich hätte der Polizei wertvolle Zeugenaussagen vorenthalten. Und wenn er dann erfährt, dass ich von einem der beiden Zeugen gar nicht weiß, wer es ist, dann sitze ich schön in der Scheiße, der ist doch fähig und locht mich ein!«
»Halt mich auf dem Laufenden.«
»Klar! Dann besuchst du mich einmal in der Woche und bringst mir Orangen und Zigaretten.«

»Hör mal, Galluzzo, ich müsste mit deinem Schwager reden, dem Journalisten von ›Televigàta‹.«
»Ich verständige ihn sofort, Commissario.«
Galluzzo wollte schon gehen, aber die Neugierde war stärker als er.

»Aber wenn es was ist, was ich auch wissen darf...«
»Gallù, du darfst nicht nur, du musst es sogar wissen. Ich brauche deinen Schwager, er muss in der Licalzi-Geschichte mit uns zusammenarbeiten. Da wir nicht offen arbeiten können, brauchen wir Unterstützung durch die privaten Sender. Es muss so aussehen, als würden sie aus Eigeninitiative tätig, verstehst du, was ich meine?«
»Vollkommen.«
»Glaubst du, dein Schwager ist bereit, uns zu helfen?«
Galluzzo musste lachen.
»Dottore, wenn Sie den bitten, im Fernsehen zu sagen, man hätte herausgefunden, dass der Mond aus Ricotta besteht, dann sagt er das. Wissen Sie eigentlich, dass er furchtbar neidisch ist?«
»Auf wen denn?«
»Auf Nicolò Zito, Dottore. Er sagt, dass Sie Zito so respektvoll behandeln.«
»Das stimmt. Gestern Abend hat Zito mir einen Gefallen getan, und jetzt sitzt er in der Patsche.«
»Und mit meinem Schwager wollen Sie das genauso machen?«
»Wenn er mag...«
»Sagen Sie mir, was Sie von ihm wollen, kein Problem.«
»Dann sag du ihm, was er tun muss. *Ecco*, nimm das hier mit. Es ist ein Foto von Michela Licalzi.«
»*Mìzzica*, war die schön!«
»Dein Schwager müsste in der Redaktion ein Foto von Maurizio Di Blasi haben, ich glaube, ich habe es gesehen, als sie über seine Erschießung berichteten. In den Dreizehn-Uhr-Nachrichten und auch in den Abendnachrichten muss dein

Schwager die beiden Fotos nebeneinander zeigen, in ein und demselben Bildausschnitt. Er muss sagen, dass es eine zeitliche Lücke von fünf Stunden gibt, und zwar zwischen halb acht am Mittwochabend, als Michela Licalzi sich von einer Freundin trennte, und kurz nach Mitternacht, als sie gesehen wurde, wie sie in Begleitung eines Mannes zu ihrem Haus ging, und dein Schwager deshalb gern wüsste, ob jemand über den Aufenthalt von Michela Licalzi in diesen Stunden Auskunft geben kann. Noch besser: ob und wo jemand sie in dieser Zeit in Begleitung von Maurizio gesehen hat. Klar?«

»Völlig klar.«

»Ab sofort biwakierst du bei ›Televigàta‹.«

»Was heißt das?«

»Das heißt, dass du dort bleibst, als wärst du ein Redakteur. Sobald jemand auftaucht und etwas melden will, sollen sie ihn gleich zu dir bringen, rede du mit ihm. Und dann berichtest du mir.«

»Salvo? Hier ist Nicolò Zito. Ich muss dich noch mal stören.«

»Neuigkeiten? Haben die Carabinieri dich am Wickel?«

Nicolò hatte anscheinend überhaupt keine Lust auf einen kleinen Scherz.

»Kannst du umgehend in die Redaktion kommen?«

Montalbano staunte nicht schlecht, als er in Nicolòs Büro Avvocato Orazio Guttadauro antraf, einen umstrittenen Strafrechtler, Verteidiger aller Mafiosi inner- und außerhalb der Provinz.

»*La billizza del commissario Montalbano*, unser Prachtstück!«, rief der Avvocato, als er ihn eintreten sah. Nicolò schien ein bisschen verlegen.
Der Commissario sah den Journalisten fragend an: Warum hatte er ihn im Beisein von Guttadauro angerufen? Zito sprach die Antwort laut aus:
»Der Avvocato ist der Signore, der auf der Jagd war und gestern angerufen hat.«
»Ah«, meinte der Commissario. Je weniger man mit Guttadauro redete, desto besser war es, er war nicht gerade der Typ, mit dem man gern sein Brot teilte.
»Ich habe mich bei den Worten, die unser verehrter Redakteur hier«, begann der Avvocato in demselben Ton, in dem er auch vor Gericht redete, »zu meiner Definition im Fernsehen benutzt hat, wie ein Wurm gefühlt!«
»*Oddio*, was habe ich denn gesagt?«, fragte Nicolò besorgt.
»Folgende Ausdrücke haben Sie benutzt: unbekannter Jäger und anonymer Anrufer.«
»Schon, aber was ist daran Beleidigendes? Es gibt ja auch den Unbekannten Soldaten...«
»...und den anonymen venezianischen Meister«, sagte Montalbano, der sich zu amüsieren begann.
»Also so was!«, fuhr der Avvocato fort, als hätte er nicht gehört. »Orazio Guttadauro stillschweigend der Feigheit bezichtigt? Das war unerträglich, und jetzt bin ich hier.«
»Aber warum sind Sie zu uns gekommen? Es wäre doch Ihre Pflicht gewesen, nach Montelusa zu Dottor Panzacchi zu gehen und ihm zu sagen...«
»Sie scherzen wohl, junger Mann?! Panzacchi war zwanzig Meter von mir entfernt und hat eine völlig andere Ge-

schichte erzählt! Von uns beiden glauben die doch ihm! Wissen Sie, wie viele meiner Schützlinge, unbescholtene Bürger, durch das verlogene Geschwätz eines Polizisten oder eines *carrabbinere* kompromittiert und angeklagt wurden? Hunderte!«

»Sagen Sie, Avvocato, worin unterscheidet sich Ihre Version des Tatbestands denn von der Dottor Panzacchis?«, fragte Zito, der es vor Neugierde nicht mehr aushielt.

»In einem Detail, Verehrtester.«

»Nämlich?«

»Dass der junge Di Blasi unbewaffnet war.«

»O nein! Das glaube ich nicht. Sie wollen behaupten, die Leute von der Mordkommission hätten kaltblütig geschossen, aus purem Vergnügen, einen Menschen umzubringen?«

»Ich habe lediglich gesagt, dass Di Blasi unbewaffnet war, aber die anderen hielten ihn für bewaffnet, denn er hatte etwas in der Hand. Es war eben ein schreckliches Missverständnis.«

»Was hatte er denn in der Hand?«

Nicolò Zitos Stimme war scharf geworden.

»Einen seiner Schuhe, mein Freund.«

Während der Redakteur in seinem Stuhl zusammensank, fuhr der Avvocato fort.

»Ich hielt es für meine Pflicht, diesen Umstand der Öffentlichkeit zur Kenntnis zu bringen. Ich denke, meine hohe Bürgerpflicht...«

Da begriff Montalbano Guttadauros Spiel. Es war kein Mafiamord, und deshalb schädigte er mit seiner Zeugenaussage keinen seiner Schützlinge; er verschaffte sich den Ruf

des mustergültigen Bürgers und brachte gleichzeitig die Polizei ins Gerede.
»Ich hatte ihn auch am Tag vorher gesehen«, sagte der Avvocato.
»Wen?«, fragten Zito und Montalbano wie aus einem Mund, sie waren in Gedanken versunken gewesen.
»Di Blasi junior, wen sonst? Dort ist eine gute Gegend zum Jagen. Ich habe ihn von weitem gesehen, auch ohne Fernglas. Er humpelte. Er ging in die Höhle, dann setzte er sich in die Sonne und begann zu essen.«
»Moment mal«, sagte Zito. »Verstehe ich recht, dass Sie behaupten, der junge Mann habe sich dort und nicht in seinem Haus versteckt? Das war doch ganz nah!«
»Was soll ich sonst sagen, mein lieber Zito? Ebenfalls tags zuvor, als ich am Haus der Familie Di Blasi vorbeiging, habe ich gesehen, dass die Haustür mit einem koffergroßen Riegel verschlossen war. Ich bin sicher, dass er sich nie im Haus versteckt hat, vielleicht um seine Familie nicht in Schwierigkeiten zu bringen.«
Montalbano war inzwischen von zweierlei überzeugt: Der Avvocato war bereit, den Chef der Mordkommission, auch was das Versteck des Jungen betraf, der Falschaussage zu bezichtigen; die Anklage gegen den Vater, den Ingegnere, würde daher, mit schwerem Schaden für Panzacchi, fallen gelassen. Für seine zweite Vermutung wollte der Commissario zuerst eine Bestätigung.
»Darf ich Sie was fragen, Avvocato?«
»Zu Ihren Diensten, Commissario.«
»Gehen Sie immer auf die Jagd, sind Sie nie im Gericht?«
Guttadauro grinste ihn an, und Montalbano grinste zu-

rück. Sie hatten sich verstanden. Sehr wahrscheinlich war der Avvocato noch nie in seinem Leben auf der Jagd gewesen. Diejenigen, die alles gesehen und ihn vorgeschickt hatten, mussten Freunde jener Leute sein, die Guttadauro als seine Schützlinge bezeichnete: Sie bezweckten damit, einen Skandal in der Questura von Montelusa zu inszenieren. Montalbano musste geschickt taktieren, er mochte sie nicht als Verbündete haben.

»Hat der Avvocato dir gesagt, du sollst mich anrufen?«, fragte der Commissario Nicolò.

»Ja.«

Sie wussten also alles. Sie waren im Bilde darüber, dass ihm unrecht getan worden war, sie glaubten, er sei zur Rache entschlossen, sie waren bereit, ihn zu benutzen.

»Avvocato, Sie haben bestimmt schon gehört, dass ich in dem Fall nicht ermittle, den man übrigens als abgeschlossen betrachten kann.«

»Schon, aber...«

»Es gibt kein Aber, Avvocato. Wenn Sie wirklich Ihre Bürgerpflicht erfüllen wollen, dann gehen Sie zu Giudice Tommaseo und erzählen ihm Ihre Version des Hergangs. *Buongiorno.*«

Er wandte sich um und ging hinaus. Nicolò lief hinter ihm her und packte ihn am Arm.

»Du hast es schon gewusst! Du hast das mit dem Schuh gewusst! Deswegen also sollte ich Panzacchi nach der Waffe fragen!«

»Ja, Nicolò, ich habe es gewusst. Aber ich rate dir, die Geschichte nicht für deine Nachrichtensendung zu verwenden, es gibt keinen Beweis dafür, dass es so war, wie Guttadauro erzählt, auch wenn es höchstwahrscheinlich die Wahrheit ist. Sei vorsichtig.«

»Aber wenn du selber sagst, dass es die Wahrheit ist!«

»Versuch doch zu verstehen, Nicolò. Ich gehe jede Wette ein, dass der Avvocato nicht mal weiß, wo diese Scheißhöhle ist, in der Maurizio sich versteckt hat. Er ist eine Marionette, und die Mafia hat die Fäden in der Hand. Seine Freunde haben etwas erfahren und festgestellt, dass sich das ganz gut ausnutzen lässt. Sie werfen ein Netz ins Meer und hoffen, dass Panzacchi, der Questore und Giudice Tommaseo drin hängen bleiben. Ein Aufsehen erregender Fang. Doch um das Netz an Bord zu ziehen, brauchen sie einen starken Mann, nämlich mich, der ihrer Meinung nach blind ist vor Rachegelüsten. Bist du jetzt überzeugt?«

»Ja. Und wie soll ich mich dem Avvocato gegenüber verhalten?«

»Wiederhole, was ich ihm auch schon gesagt habe. Er soll zum Giudice gehen. Du wirst sehen, er wird sich weigern. Aber was Guttadauro gesagt hat, das wiederholst du Tommaseo, Wort für Wort. Wenn er nicht blöd ist, und er ist nicht blöd, wird er verstehen, dass auch er in Gefahr ist.«

»Er hat mit der Erschießung von Di Blasi doch nichts zu tun.«

»Aber er hat die Anklage gegen seinen Vater, den Ingegnere, unterschrieben. Und die sind bereit, auszusagen, dass sich Maurizio nie in seinem Haus in Raffadali versteckt hat. Wenn Tommaseo seinen Arsch retten will, muss er Guttadauro und seine Freunde entwaffnen.«

»Wie denn?«

»Was weiß ich?«

Wo er schon mal in Montelusa war, fuhr er auch gleich zur Questura, wobei er hoffte, Panzacchi nicht zu begegnen. Er rannte ins Kellergeschoss, wo die Spurensicherung untergebracht war, und ging geradewegs ins Büro des Chefs.
»*Buongiorno*, Arquà.«
»*Buongiorno*«, sagte dieser kalt wie ein Eisberg. »Kann ich Ihnen behilflich sein?«
»Ich war gerade in der Gegend, da ist mir was eingefallen, was ich Sie fragen wollte.«
»Ich bin sehr beschäftigt.«
»Daran zweifle ich nicht, aber eine Minute müssen Sie mir opfern. Ich hätte gern ein paar Informationen über diese Handgranate, die Di Blasi auf die Beamten schleudern wollte.«
Arquà zeigte keine Regung.
»Dazu bin ich nicht verpflichtet.«
War es möglich, dass er sich dermaßen unter Kontrolle hatte?
»Kommen Sie, Kollege, seien Sie nett. Mir reichen drei Angaben: Farbe, Größe und Marke.«
Arquà schien ehrlich bestürzt. In seinen Augen blitzte deutlich die Frage auf, ob Montalbano nicht verrückt geworden war.
»Was, zum Teufel, reden Sie da?«
»Ich helfe Ihnen. Schwarz? Braun? Dreiundvierzig? Vierundvierzig? Mokassin? Superga? Varese?«
»Beruhigen Sie sich«, sagte Arquà, obwohl das gar nicht nötig war, aber er befolgte die Regel, dass man Verrückte ruhigstellen musste. »Kommen Sie mit.«
Montalbano folgte ihm, und sie betraten ein Zimmer mit

einem großen halbmondförmigen weißen Tisch, an dem drei Männer in weißen Kitteln hantierten.
»Caruana«, sagte Arquà zu einem der drei Männer, »zeig dem Kollegen Montalbano die Handgranate.«
Während Caruana einen Eisenschrank öffnete, fuhr Arquà fort.
»Jetzt ist sie auseinander genommen, aber als sie sie herbrachten, war sie gefährlich funktionstüchtig.«
Er nahm die Zellophantüte, die Caruana ihm reichte, und zeigte sie dem Commissario.
»Eine alte OTO, die 1940 zur Ausrüstung unseres Heeres gehörte.«
Montalbano brachte kein Wort heraus, er starrte die zerlegte Handgranate an wie der Besitzer einer gerade zu Boden gefallenen Ming-Vase.
»Haben Sie Fingerabdrücke festgestellt?«
»Viele waren verwischt, aber zwei von dem jungen Di Blasi waren deutlich zu sehen, Daumen und Zeigefinger der rechten Hand.«
Arquà stellte die Tüte auf den Tisch, legte dem Commissario eine Hand auf die Schulter und schob ihn auf den Flur hinaus.
»Sie müssen entschuldigen, es ist alles meine Schuld. Ich hätte nie gedacht, dass der Questore Ihnen den Fall entzieht.«
Er schrieb das, was er für eine vorübergehende Trübung von Montalbanos geistigen Kräften hielt, dem durch die Suspension erlittenen Schock zu. Eigentlich ein guter Junge, der Dottor Arquà.

Der Chef der Spurensicherung war zweifellos aufrichtig, überlegte Montalbano auf dem Weg nach Vigàta, so toll konnte er bestimmt nicht schauspielern. Aber wie schafft man es, eine Handgranate zu schleudern, wenn man sie nur zwischen Daumen und Zeigefinger hält? In dem Fall kann man noch froh sein, wenn es einem nur die Eier zerreißt. Arquà hätte den Abdruck eines Großteils der rechten Handfläche feststellen müssen. Wenn die Dinge so standen, wo hatten dann die Leute von der Mordkommission den Akt vollbracht, zwei Finger des bereits toten Maurizio zu nehmen und sie fest auf die Handgranate zu drücken? Kaum hatte er die Frage zu Ende gedacht, machte er kehrt und fuhr nach Montelusa zurück.

Zwölf

»Was wollen Sie?«, fragte Pasquano sofort, als er Montalbano in sein Büro kommen sah.
»Ich muss an unsere Freundschaft appellieren«, schickte der Commissario voraus.
»Freundschaft? Sind wir beide Freunde? Essen wir zusammen zu Abend? Tauschen wir Vertraulichkeiten aus?«
So war Dottor Pasquano eben, und den Commissario brachten die Worte, mit denen ihn der andere bedacht hatte, nicht im Geringsten aus der Fassung. Man musste nur die richtige Formel finden.
»*Beh*, wenn es keine Freundschaft ist, dann ist es Wertschätzung.«
»Das ja«, gab Pasquano zu.
Er hatte es richtig getroffen. Jetzt war der Weg geebnet.
»Dottore, was müssen Sie bei Michela Licalzi noch untersuchen? Gibt es Neuigkeiten?«
»Was für Neuigkeiten? Ich habe dem Giudice und dem Questore längst Bescheid gesagt, dass der Leichnam von mir aus dem Ehemann übergeben werden kann.«
»Ach ja? Wissen Sie, der Ehemann hat mir nämlich gesagt, dass ihn die Questura angerufen und ihm mitgeteilt hat, die Trauerfeier könne erst Freitagvormittag stattfinden.«
»Das ist nicht mein Bier.«

»Verzeihen Sie, Dottore, wenn ich Ihre Geduld noch weiter in Anspruch nehme. Ist am Leichnam von Maurizio Di Blasi alles normal?«

»Inwiefern?«

»*Beh*, wie ist er denn gestorben?«

»Was für eine blöde Frage! Durch eine Garbe aus einer Maschinenpistole. Die hätten ihn fast entzweigerissen und eine Büste aus ihm gemacht, die man auf eine Säule hätte stellen können.«

»Und sein rechter Fuß?«

Dottor Pasquano machte seine Augen, die sowieso schon klein waren, halb zu.

»Warum fragen Sie ausgerechnet nach seinem rechten Fuß?«

»Weil ich den linken nicht für interessant halte.«

»In der Tat. Er hatte sich verletzt, den Fuß verrenkt oder so was, er konnte seinen Schuh nicht mehr anziehen. Aber er hatte sich ein paar Tage vor seinem Tod verletzt. Und sein Gesicht war von einem Schlag geschwollen.«

Montalbano fuhr auf.

»Ist er geschlagen worden?«

»Ich weiß es nicht. Entweder hat er einen heftigen Stockhieb abgekriegt, oder er ist irgendwo gegengeknallt. Aber das waren nicht die Beamten. Auch die Prellung stammt von einem früheren Zeitpunkt.«

»Als er sich den Fuß verletzt hat?«

»Ungefähr, denke ich.«

Montalbano erhob sich und gab dem Dottore die Hand.

»Ich danke Ihnen und will nicht länger stören. Eins noch. Hat man Sie sofort informiert?«

»Worüber?«
»Darüber, dass Di Blasi erschossen wurde.«
Dottor Pasquano kniff seine Äuglein dermaßen zusammen, dass man hätte meinen können, er sei plötzlich eingeschlafen. Er antwortete nicht gleich.
»Träumen Sie sich solche Sachen nachts zusammen? Haben Ihnen das die Vögel eingezwitschert? Reden Sie mit Geistern? Nein, der Junge wurde um sechs Uhr morgens erschossen. Ich wurde gegen zehn angerufen, dass ich kommen sollte. Sie sagten, sie hätten die Durchsuchung des Hauses zuerst abschließen wollen.«
»Eine letzte Frage.«
»Mit Ihren ewigen letzten Fragen sitzen wir heute Nacht noch da.«
»Nachdem Ihnen Di Blasis Leichnam übergeben worden war, hat Sie da jemand von der Mordkommission um Erlaubnis gebeten, ihn allein untersuchen zu dürfen?«
Dottor Pasquano war erstaunt.
»Nein. Warum hätten sie das tun sollen?«

Er fuhr noch mal zu »Retelibera«, er musste Nicolò Zito über den Stand der Dinge unterrichten. Er war sicher, dass Avvocato Guttadauro schon gegangen war.
»Warum kommst du noch mal?«
»Ich sag's dir nachher, Nicolò. Wie war's noch mit dem Avvocato?«
»Ich habe es so gemacht, wie du gesagt hast. Ich habe ihn aufgefordert, zum Giudice zu gehen. Er hat geantwortet, dass er es sich überlegen würde. Aber dann hat er noch was Komisches gesagt, was gar nichts damit zu tun hatte.

Zumindest schien es so, bei diesen Leuten weiß man ja nie. ›Sie Glücklicher leben in Bildern! Heutzutage zählt das Bild, nicht das Wort.‹ Das hat er zu mir gesagt. Was bedeutet das?«
»Keine Ahnung. Weißt du was, Nicolò? Sie haben die Handgranate.«
»*Oddio*! Dann stimmt das, was Guttadauro gesagt hat, gar nicht!«
»Doch, es stimmt schon. Panzacchi ist schlau, er hat sehr geschickt vorgebaut. Die Spurensicherung untersucht eine Handgranate, die Panzacchi ihr gegeben hat, eine Handgranate, auf der Di Blasis Fingerabdrücke sind.«
»Meine Güte, ist das ein Durcheinander! Panzacchi hat sich gegen alle Seiten abgesichert! Was soll ich denn Tommaseo jetzt erzählen?«
»Was wir vereinbart haben. Nur darfst du dich nicht allzu skeptisch bezüglich der Existenz der Handgranate zeigen. Kapiert?«

Von Montelusa nach Vigàta konnte man auch auf einem einsamen Sträßchen fahren, das der Commissario sehr mochte. Diesen Weg schlug er ein, und als er an eine kleine Brücke über einen Bach kam, der seit Jahrhunderten kein Bach mehr war, sondern eine Furche voller Steine und Kiesel, hielt er an, stieg aus und bahnte sich seinen Weg zu einer mit Macchia bewachsenen Stelle, aus deren Mitte ein gewaltiger *olivo saraceno* aufragte, einer jener Olivenbäume, die schief und krumm wachsen und wie Schlangen auf dem Boden entlangkriechen, bevor sie sich gen Himmel erheben.

Er setzte sich auf einen Ast, steckte sich eine Zigarette an und begann, über die Ereignisse des Vormittags nachzudenken.

»Mimì, komm rein, mach die Tür zu, und setz dich. Ich brauche ein paar Informationen von dir.«
»Bitte.«
»Wenn ich eine Waffe beschlagnahme, was weiß ich, einen Revolver, eine Maschinenpistole, was mache ich dann damit?«
»Normalerweise gibst du sie dem Erstbesten, der dir über den Weg läuft.«
»Sitzt uns heute Morgen der Schalk im Nacken?«
»Willst du die Vorschriften wissen? Beschlagnahmte Waffen werden unverzüglich in der eigens dafür zuständigen Abteilung der Questura in Montelusa abgeliefert, wo sie registriert werden und dann in der Asservatenkammer unter Verschluss kommen. Die befindet sich, zumindest in Montelusa, gegenüber den Räumen der Spurensicherung. Reicht das?«
»Ja. Mimì, ich versuche jetzt mal eine Rekonstruktion. Wenn ich Mist rede, unterbrich mich. Also, Panzacchi und seine Leute wollen das Landhaus von Ingegnere Di Blasi durchsuchen. Er stellt fest, dass die Haupteingangstür mit einem schweren Riegel verschlossen ist.«
»Woher weißt du das?«
»Mimì, lass mich gefälligst ausreden. Ein Riegel ist ja schließlich nicht irgendein Mist. Ich weiß es eben, basta. Sie denken jedoch, dass das eine Finte sein könnte, dass der Ingegnere seinen Sohn mit Lebensmitteln versorgt und

dann eingeschlossen hat, um das Haus unbewohnt erscheinen zu lassen. Er würde ihn wieder befreien, wenn sich der Wirbel, das momentane Durcheinander, wieder gelegt hätte. Plötzlich sieht einer der Männer, wie sich Maurizio versteckt. Sie umstellen die Höhle, Maurizio kommt mit einem Gegenstand in der Hand heraus, ein Beamter, der nervöser ist als die anderen, denkt, es sei eine Waffe, schießt und tötet ihn. Als sie merken, dass der arme Kerl seinen rechten Schuh in der Hand hatte, den er nicht mehr anziehen konnte, weil sein Fuß lädiert war...«

»Woher weißt du das?«

»Mimì, hör auf, sonst hör ich auf mit Märchenerzählen. Als sie merken, dass es ein Schuh war, ist ihnen klar, dass sie bis zum Hals in der Scheiße stecken. Die brillante Operation von Ernesto Panzacchi und seines dreckigen halben Dutzends läuft Gefahr, am Ende ganz gewaltig zu stinken. Er überlegt hin und her, die einzige Möglichkeit besteht darin, zu behaupten, Maurizio sei wirklich bewaffnet gewesen. Einverstanden. Aber womit? Und da hat der Chef der Mordkommission eine tolle Idee: mit einer Handgranate.«

»Warum nicht mit einer Pistole, das wäre doch einfacher?«

»Du bist eben nicht so fit wie Panzacchi, Mimì, nimm's nicht so tragisch. Der Chef der Mordkommission weiß, dass Ingegnere Di Blasi weder einen Waffenschein besitzt noch irgendeine Waffe angemeldet hat. Aber ein Kriegssouvenir, das man jeden Tag vor Augen hat, gilt nicht mehr als Waffe. Oder man räumt es auf den Dachboden und vergisst es.«

»Darf ich was sagen? 1940 war Ingegnere Di Blasi höchstens fünf und hat den Krieg mit einer Stöpselpistole mitgemacht.«

»Und sein Vater, Mimì? Sein Onkel? Sein Cousin? Sein Großvater? Sein Urgroßvater? Sein …«

»Schon gut, schon gut.«

»Das Problem ist, wo könnte man eine Handgranate finden, die noch aus dem Krieg stammt?«

»In der Asservatenkammer der Questura«, sagte Mimì Augello ruhig.

»Ganz recht. Und zeitlich passt es auch, denn Dottor Pasquano wird erst vier Stunden nach Maurizios Tod angerufen.«

»Woher weißt du das? Schon gut, entschuldige.«

»Weißt du, wer für die Asservatenkammer verantwortlich ist?«

»Ja. Und du kennst ihn auch. Nenè Lofàro. Er hat eine Zeitlang hier bei uns Dienst getan.«

»Lofàro? Wenn ich mich recht erinnere, ist er nicht unbedingt der Typ, zu dem man sagen kann, gib mir den Schlüssel, ich brauch eine Handgranate.«

»Wir müssen feststellen, wie das vor sich gegangen ist.«

»Stell du das fest, fahr nach Montelusa. Ich kann nicht hin, die haben mich im Visier.«

»Einverstanden. Ach ja, Salvo, könnte ich morgen freinehmen?«

»Hast du mal wieder eine Nutte bei der Hand?«

»Sie ist keine Nutte, sie ist eine Freundin.«

»Kannst du denn nicht am Abend mit ihr zusammensein, wenn du hier fertig bist?«

»Ich weiß, dass sie morgen Nachmittag wieder abreist.«

»Aha, eine Ausländerin? Na gut, herzlichen Glückwunsch. Aber vorher musst du die Sache mit der Handgranate klären.«
»Keine Sorge. Nach dem Essen fahr ich in die Questura.«

Montalbano hatte Lust, eine Weile bei Anna zu sein, aber als die Brücke hinter ihm lag, fuhr er schnell weiter, nach Hause.
Im Briefkasten fand er einen großen Umschlag, der Postbote hatte ihn geknickt, damit er hineinpasste. Ein Absender stand nicht darauf. Montalbano hatte inzwischen Hunger und sah in den Kühlschrank: *polipetti alla luciana* und eine simple Sauce aus frischen Tomaten. Anscheinend hatte die Haushälterin Adelina keine Zeit oder keine Lust gehabt. Während er darauf wartete, dass das Spaghettiwasser kochte, nahm er den Umschlag in die Hand. Ein Farbkatalog von Eroservice war darin: Pornovideos für jeden besonderen oder sonderbaren Geschmack. Er zerriss ihn und warf ihn in den Mülleimer. Er aß und ging aufs Klo. Er rannte rein und rannte raus, mit offenen Hosen, es war wie in einem Slapstick von Ridolini. Warum hatte er nicht vorher schon daran gedacht? Musste er dafür erst einen Katalog für Pornovideos ins Haus bekommen? Er fand die Nummer im Telefonbuch von Montelusa.
»*Pronto*, Avvocato Guttadauro? Hier ist Commissario Montalbano. Was machen Sie gerade, essen Sie? Ja? Tut mir Leid.«
»Was gibt es, Commissario?«
»Ich habe mit einem Freund, Sie wissen ja, wie das ist, über dieses und jenes gesprochen, und er hat mir gesagt, dass

Sie eine schöne Sammlung von Videos haben, die Sie selbst drehen, wenn Sie auf die Jagd gehen.«
Endlos lange Pause. Im Hirn des Avvocato rotierte es.
»Stimmt.«
»Wären Sie bereit, mir das eine oder andere zu zeigen?«
»Wissen Sie, ich bin sehr auf meine Sachen bedacht. Aber wir könnten uns einig werden.«
»Genau das wollte ich von Ihnen hören.«
Sie verabschiedeten sich wie die besten Kumpel. Es war klar, was geschehen war. Guttadauros Freunde, sicher mehr als einer, beobachten zufällig, wie Maurizio erschossen wird. Und als sie sehen, wie ein Polizeibeamter eilig wegfährt, wird ihnen klar, dass Panzacchi eine Strategie ausgetüftelt hat, um Gesicht und Karriere zu retten. Da macht sich einer der Freunde schnell auf den Weg, um eine Videokamera zu besorgen. Und kommt rechtzeitig zurück, um zu filmen, wie die Beamten für die Fingerabdrücke des Toten auf der Handgranate sorgen. Jetzt sind Guttadauros Freunde ebenfalls im Besitz einer Bombe, wenn auch einer Bombe der anderen Art, und lassen ihn auf den Plan treten. Eine scheußliche und gefährliche Situation, aus der man unbedingt herausmusste.

»Ingegnere Di Blasi? Hier ist Commissario Montalbano. Ich müsste Sie dringend sprechen.«
»Warum?«
»Weil ich großen Zweifel an der Schuld Ihres Sohnes habe.«
»Er ist ja doch nicht mehr da.«
»Ja, Sie haben Recht, Ingegnere. Aber sein Andenken.«

»Tun Sie, was Sie meinen.«
Er hatte resigniert, war wie ein Toter, der atmete und sprach.
»In spätestens einer halben Stunde bin ich bei Ihnen.«

Er war überrascht, als Anna ihm die Tür öffnete.
»Sprich leise. Die Signora schläft endlich.«
»Was machst du denn hier?«
»Du hast mich da reingezogen. Und dann habe ich es nicht mehr übers Herz gebracht, sie allein zu lassen.«
»Wie, allein? Haben sie nicht mal eine Krankenschwester gerufen?«
»Doch schon, natürlich. Aber sie will mich. Jetzt komm rein.«
Im Wohnzimmer war es noch dunkler als beim letzten Mal, als die Signora ihn empfangen hatte. Montalbano zog es das Herz zusammen, als er Aurelio Di Blasi sah, der quer über einem Sessel lag. Er hielt seine Augen geschlossen, hatte aber gemerkt, dass der Commissario da war, denn er sagte etwas.
»Was wollen Sie?«, fragte er mit dieser schrecklichen toten Stimme.
Montalbano erklärte ihm, was er wollte. Er redete eine Stunde am Stück und beobachtete, wie der Ingegnere sich nach und nach aufrichtete, die Augen öffnete, ihn ansah und interessiert zuhörte. Er begriff, dass er dabei war, zu gewinnen.
»Hat die Mordkommission die Schlüssel zur Villa?«
»Ja«, sagte der Ingegnere mit veränderter, festerer Stimme. »Aber ich hatte ein drittes Paar Schlüssel nachmachen las-

sen, Maurizio bewahrte sie in der Schublade seines Nachtkästchens auf. Ich hole sie.«
Er schaffte es nicht, aus dem Sessel aufzustehen, der Commissario musste ihm helfen.

Er raste ins Kommissariat.
»Fazio, Gallo, Giallombardo, kommt mit.«
»Nehmen wir den Streifenwagen?«
»Nein, wir fahren mit meinem Auto. Ist Mimì Augello wieder da?«
Er war noch nicht zurück. Montalbano brauste davon, Fazio hatte noch nie erlebt, dass sein Chef so schnell fuhr. Es wurde ihm ganz anders, er traute Montalbanos Fahrkünsten nicht recht.
»Soll ich vielleicht fahren?«, fragte Gallo, der anscheinend aus demselben Grund wie Fazio beunruhigt war.
»Nervt mich nicht! Wir haben wenig Zeit.«
Von Vigàta nach Raffadali brauchte er etwa zwanzig Minuten. Hinter dem Dorf bog er in einen Feldweg ein. Der Ingegnere hatte ihm genau erklärt, wie man zu dem Haus kam. Alle erkannten es, sie hatten es immer wieder im Fernsehen gesehen.
»Jetzt gehen wir rein, ich habe die Schlüssel«, sagte Montalbano, »und durchsuchen alles gründlich. Wir haben noch ein paar Stunden Tageslicht, das müssen wir ausnutzen. Was wir suchen, müssen wir finden, bevor es dunkel wird, weil wir das elektrische Licht nicht anschalten dürfen, man könnte es von außen sehen. Klar?«
»Völlig klar«, sagte Fazio, »aber was suchen wir eigentlich?«

Der Commissario sagte es ihm und fügte hinzu:
»Ich hoffe, dass ich mich irre, ich hoffe es aufrichtig.«
»Aber wir werden Fingerabdrücke hinterlassen, wir haben keine Handschuhe dabei«, sagte Giallombardo besorgt.
»Scheißegal.«

Doch der Commissario hatte sich leider nicht geirrt. Nachdem sie eine Stunde lang gesucht hatten, rief Gallo, der in der Küche nachschaute, mit triumphierender Stimme nach ihm. Alle liefen hin. Gallo stieg mit einer ledernen Kassette in der Hand von einem Stuhl.
»Sie war auf der Kredenz hier.«
Der Commissario öffnete die Kassette: Darin lag die gleiche Handgranate wie jene, die er bei der Spurensicherung gesehen hatte, und eine Pistole, die wohl einmal zur Ausrüstung der deutschen Offiziere gehört hatte.

»Wo kommt ihr her? Was ist in der Kassette da?«, fragte Mimì, der neugierig wie eine Katze war.
»Und was hast du mir zu erzählen?«
»Lofàro hat sich einen Monat krankschreiben lassen. Seit zwei Wochen vertritt ihn ein gewisser Culicchia.«
»Den kenn ich gut«, sagte Giallombardo.
»Was ist er für ein Typ?«
»Er sitzt nicht gerade gern am Tisch und sortiert Karteikarten. Er würde seine Seele dafür verkaufen, wenn er in den aktiven Dienst zurück könnte, er will Karriere machen.«
»Seine Seele hat er schon verkauft«, sagte Montalbano.
»Was ist denn da drin?«, fragte Mimì, der immer neugieriger wurde.

»Bonbons, Mimì. Jetzt hört zu. Um wie viel Uhr macht Culicchia Feierabend? Um acht, glaube ich.«

»Stimmt«, bestätigte Fazio.

»Du, Fazio, und du, Giallombardo, ihr bringt Culicchia dazu, in mein Auto zu steigen, wenn er aus der Questura kommt. Er darf nicht wissen, worum es geht. Sobald er zwischen euch sitzt, zeigt ihr ihm die Kassette. Er hat die Kassette noch nie gesehen, er wird euch also fragen, was dieses Theater soll.«

»Sagt ihr mir vielleicht endlich, was da drin ist?«, fragte Augello wieder, aber niemand antwortete.

»Warum kennt er sie nicht?«

Die Frage war von Gallo gekommen. Der Commissario sah ihn schief an.

»Überlegt doch mal! Maurizio Di Blasi war ein bisschen zurückgeblieben und ein anständiger Kerl, er hatte bestimmt keine Freunde, die ihn mir nichts, dir nichts mit Waffen versorgt hätten. Der einzige Platz, an dem er die Handgranate gefunden haben kann, ist sein Haus auf dem Land. Aber es muss ein Beweis her, dass er sie aus dem Haus hat. Da schickt Panzacchi, der mit allen Wassern gewaschen ist, seinen Beamten nach Montelusa, wo er zwei Handgranaten und eine Pistole holen soll, die noch aus dem Krieg stammen. Eine, sagt er, hatte Maurizio in der Hand, die andere und die Pistole nimmt er mit, besorgt sich eine Kassette, lässt ein bisschen Zeit verstreichen, geht in das Haus in Raffadali und versteckt alles an einer Stelle, wo man als Erstes sucht.«

»Jetzt weiß ich, was in der Kassette ist!«, rief Mimì und schlug sich mit der Hand an die Stirn.

»Jedenfalls hat dieser Scheißkerl von Panzacchi eine absolut glaubhafte Situation geschaffen. Und wenn ihn jemand fragt, warum die anderen Waffen bei der ersten Durchsuchung nicht gefunden wurden, kann er behaupten, er und seine Leute seien unterbrochen worden, als sie Maurizio entdeckten, der sich in der Höhle versteckte.«

»Dieses Schwein«, rief Fazio empört. »Er bringt nicht nur einen Jungen um – auch wenn er nicht selbst geschossen hat, aber er ist der Chef und dafür verantwortlich –, sondern versucht auch noch, einen armen alten Mann ans Messer zu liefern, um seine eigene Haut zu retten.«

»Also, ihr habt Folgendes zu tun. Lasst diesen Culicchia auf kleiner Flamme schmoren. Sagt ihm, die Kassette wurde im Haus in Raffadali gefunden. Dann zeigt ihr ihm die Handgranate und die Pistole. Danach fragt ihr ihn, ganz nebenbei, ob alle beschlagnahmten Waffen registriert sind. Und wenn ihr fertig seid, lasst ihr ihn aussteigen, die Waffen und die Kassette behaltet ihr.«

»Ist das alles?«

»Das ist alles, Fazio. Mit dem nächsten Zug ist er dran.«

Dreizehn

»Dottore? Galluzzo ist am Telefon. Er will persönlich mit Ihnen selber reden. Was soll ich machen, Dottore? Soll ich ihn durchstellen?«

Das war zweifellos Catarella, der seinen Nachmittagsdienst versah, aber warum hatte er zweimal Dottore und nicht Dottori zu ihm gesagt?

»*Va bene*, stell ihn durch. Was gibt's, Galluzzo?«

»Commissario, bei ›Televigàta‹ hat jemand angerufen, nachdem die Fotos von Signora Licalzi und Di Blasi nebeneinander gesendet wurden, wie Sie das wollten. Dieser Signore ist hundertprozentig sicher, dass er die Signora abends gegen halb zwölf mit einem Mann gesehen hat, aber der Mann war nicht Maurizio Di Blasi. Er sagt, sie hätten vor seiner Bar gehalten, das ist die Bar, bevor man nach Montelusa reinfährt.«

»Ist er sicher, dass er sie Mittwochnacht gesehen hat?«

»Ganz sicher. Er hat mir erklärt, dass er am Montag und am Dienstag nicht in der Bar war, weil er verreist war, und donnerstags ist Ruhetag. Er hat seinen Namen und seine Adresse hinterlassen. Was soll ich machen, soll ich wiederkommen?«

»Nein, bleib noch, bis die Nachrichten um acht vorbei sind. Vielleicht meldet sich ja noch jemand.«

Die Tür wurde aufgerissen, knallte gegen die Wand, der Commissario fuhr hoch.
»*C'è primisso*? Darf ich reinkommen?«, fragte Catarella grinsend.
Es war nicht zu leugnen, dass Catarella ein problematisches Verhältnis zu Türen hatte. Angesichts seiner Unschuldsmiene bezwang Montalbano den Zorn, der ihn plötzlich gepackt hatte.
»Komm rein, was gibt's denn?«
»Grad hat jemand das Päckchen und den Brief da abgegeben, für Sie selber ganz persönlich!«
»Wie läuft's mit deinem Datumsverarbeitungskurs?«
»Sehr gut, Dottore. Aber es heißt Datenverarbeitung, Dottore.«
Montalbano sah ihm verwundert nach, als er rausging. Die waren auf dem besten Weg, ihm seinen Catarella zu verderben.
In dem Kuvert steckte ein Blatt Papier mit ein paar Zeilen, die mit der Maschine geschrieben und nicht unterzeichnet waren:
DAS IST NUR DER SCHLUSSTEIL. ICH HOFFE, DASS ER IHNEN ZUSAGT. WENN SIE DAS GANZE VIDEO INTERESSIERT, KÖNNEN SIE MICH JEDERZEIT ANRUFEN.
Montalbano fingerte an dem Päckchen herum. Eine Videokassette.

Fazio und Giallombardo hatten sein Auto; er rief Gallo zu sich, er sollte ihn mit dem Streifenwagen fahren.
»Wo soll's denn hingehen?«
»Nach Montelusa, in die Redaktion von ›Retelibera‹. Wehe

wenn du rast, wir brauchen keine Neuauflage vom letzten Donnerstag.«

Gallo machte ein finsteres Gesicht.

»*Bih*, bloß weil mir das einmal passiert ist, haben Sie schon Angst, sobald Sie ins Auto steigen!«

Sie fuhren schweigend.

»Soll ich warten?«, fragte Gallo, als sie ankamen.

»Ja, es wird nicht lange dauern.«

Nicolò Zito bat ihn in sein Büro, er war nervös.

»Wie war's mit Tommaseo?«

»Wie soll's schon gewesen sein? Er hat mich sauber zusammengeschissen, mir ist es ganz anders geworden. Er wollte die Namen der Zeugen.«

»Und? Was hast du gemacht?«

»Ich hab mich auf das Recht der Zeugnisverweigerung berufen.«

»Komm, red keinen Blödsinn, das haben wir in Italien gar nicht.«

»Zum Glück! Diejenigen, die sich in Amerika auf das Recht der Zeugnisverweigerung berufen haben, waren am Ende doch die Dummen.«

»Wie hat er denn reagiert, als er Guttadauros Namen gehört hat, das muss ihm doch Eindruck gemacht haben?«

»Er war ganz verdutzt, er schien beunruhigt. Jedenfalls hat er mich in aller Form verwarnt. Das nächste Mal bringt er mich ohne Erbarmen hinter Gitter.«

»Das war es, was ich wissen wollte.«

»Dass er mich ohne Erbarmen hinter Gitter bringt?«

»Nein, du Blödmann. Dass er weiß, dass Avvocato Guttadauro und seine Mandanten mit von der Partie sind.«

»Was wird Tommaseo deiner Meinung nach tun?«
»Er wird es dem Questore erzählen. Er hat bestimmt kapiert, dass er mit im Netz hängt, und wird versuchen, sich rauszuwinden. Sag, Nicolò, kann ich mir das Video hier anschauen?«
Er gab ihm die Kassette, Nicolò nahm sie und schob sie in seinen Videorekorder. Eine Totale zeigte einige Männer auf dem Land, die Gesichter waren nicht zu erkennen. Zwei Personen in weißen Kitteln hoben einen Körper auf eine Bahre. Unten war ein unmissverständlicher Text eingeblendet: MONDAY 14.4.97. Derjenige, der die Szene filmte, zoomte, jetzt sah man Panzacchi und Dottor Pasquano miteinander reden. Der Ton war nicht zu hören. Die beiden schüttelten einander die Hand, und der Dottore verschwand aus dem Bild. Dann vergrößerte sich das Bild so weit, dass die sechs Beamten der Mordkommission ins Blickfeld kamen, die um ihren Chef herumstanden. Panzacchi sprach ein paar Worte zu ihnen, dann verschwanden alle aus dem Bild. Ende der Vorstellung.
»*Minchia*! Scheiße!«, sagte Zito leise.
»Mach mir eine Kopie davon.«
»Das geht hier nicht, dafür muss ich in die Regie.«
»Gut, aber pass auf: Zeig es niemandem.«
Er nahm ein Blatt Papier und ein Kuvert ohne Aufdruck aus Nicolòs Schublade und setzte sich an die Schreibmaschine.
ICH HABE DIE PROBE GESEHEN. DAS BAND INTERESSIERT MICH NICHT. MACHEN SIE DAMIT, WAS SIE WOLLEN. ABER ICH RATE IHNEN, ES ZU VERNICHTEN ODER NUR IM PRIVATESTEN RAHMEN ZU BENUTZEN.
Er setzte seinen Namen nicht darunter und schrieb auch

die Adresse, die er aus dem Telefonbuch wusste, nicht hin. Zito kam zurück und gab ihm zwei Kassetten.
»Das ist das Original und das die Kopie. Sie ist so là là, weißt du, wenn man eine Kopie von einer Kopie macht...«
»Ich will ja nicht bei der Mostra di Venezia antreten. Gib mir einen großen wattierten Umschlag.«
Die Kopie steckte er ein, den Brief und das Original schob er in den Umschlag. Auch diesen adressierte er nicht.
Gallo saß im Auto und las »La Gazzetta dello Sport«.
»Weißt du, wo die Via Xerri ist? In der Nummer achtzehn ist die Kanzlei von Avvocato Guttadauro. Bring den Umschlag hin, und hol mich dann hier ab.«

Es war schon neun vorbei, als Fazio und Giallombardo wieder im Kommissariat auftauchten.
»Ah, Commissario! Das war eine Farce und ein Trauerspiel in einem!«, sagte Fazio.
»Was hat Culicchia gesagt?«
»Erst hat er was gesagt, und dann hat er nichts mehr gesagt«, erklärte Giallombardo.
»Als wir ihm die Kassette zeigten, hat er nichts kapiert. Er hat gesagt: Was ist das, soll das ein Jux sein? Ist das ein Jux? Als Giallombardo ihm mitteilte, dass wir die Kassette in Raffadali gefunden haben, sah er plötzlich ganz anders aus, er wurde immer blasser.«
»Und wie er dann die Waffen gesehen hat«, mischte sich Giallombardo ein, der auch seine Rolle spielen wollte, »hat er keine Luft mehr gekriegt, wir dachten schon, den trifft im Auto der Schlag.«
»Er hat gezittert, als hätte er Dreitagefieber. Dann ist er

plötzlich aufgestanden, über mich drübergeklettert und weggerannt«, sagte Fazio.
»Der ist gerannt wie ein gejagter Hase, er hat richtig Haken geschlagen«, sagte Giallombardo abschließend.
»Und jetzt?«, fragte Fazio.
»Wir haben einen Schuss abgefeuert, jetzt warten wir auf das Echo. Danke für alles.«
»*Dovìri.* Pflicht«, sagte Fazio trocken. Und fügte hinzu: »Wo sollen wir die Kassette hintun? In den Tresor?«
»Ja«, sagte Montalbano.
Fazio hatte in seinem Büro einen ziemlich großen Tresor, in dem keine Unterlagen, sondern beschlagnahmte Drogen und Waffen verwahrt wurden, bevor sie nach Montelusa kamen.

Die Müdigkeit überfiel ihn heimtückisch, aber er war ja auch schon fast sechsundvierzig. Er sagte Catarella Bescheid, dass er nach Hause ging, eventuelle Anrufe sollte er dorthin weiterleiten. Nach der Brücke hielt er, stieg aus und ging auf Annas Haus zu. Und wenn sie Besuch hatte? Er wollte es wenigstens versuchen.
Anna kam ihm entgegen.
»Komm doch rein!«
»Hast du Besuch?«
»Nein.«
Sie bat ihn, auf dem Sofa vor dem Fernseher, den sie leiser stellte, Platz zu nehmen, ging hinaus und kam mit zwei Gläsern wieder, einem mit Whisky für den Commissario und einem mit Weißwein für sich.
»Hast du schon gegessen?«

»Nein«, sagte Anna.
»Isst du nie?«
»Ich habe zu Mittag gegessen.«
Anna setzte sich neben ihn.
»Komm mir lieber nicht zu nahe, ich stinke«, sagte Montalbano.
»Hattest du einen anstrengenden Nachmittag?«
»Ziemlich.«
Anna streckte ihren Arm über die Lehne, Montalbano ließ seinen Kopf nach hinten sinken und legte den Nacken auf ihre nackte Haut. Er schloss die Augen. Zum Glück hatte er das Glas vorher auf den Tisch gestellt, denn er fiel augenblicklich in Tiefschlaf, als wäre der Whisky mit Opium versetzt gewesen. Nach einer halben Stunde wachte er auf und fuhr hoch, blickte verwirrt um sich, begriff und schämte sich.
»Bitte verzeih.«
»Gott sei Dank bist du aufgewacht, mir ist der Arm eingeschlafen.«
Der Commissario erhob sich.
»Ich muss gehen.«
»Ich bring dich raus.«
An der Tür legte Anna ganz selbstverständlich ihre Lippen leicht auf Montalbanos Mund.
»Schlaf gut, Salvo.«

Er duschte endlos lange, zog frische Unterwäsche und Kleidung an und wählte Livias Nummer. Das Telefon klingelte endlos, dann wurde die Verbindung automatisch unterbrochen. Was tat die gute Frau nur? Verzehrte sie sich in ihrem

Schmerz wegen der Geschichte mit François? Es war zu spät, um ihre Freundin anzurufen und von ihr etwas zu erfahren. Er setzte sich auf die Veranda und fasste nach kurzer Zeit den Entschluss, dass er, wenn er Livia nicht innerhalb der nächsten achtundvierzig Stunden ausfindig machte, alles stehen- und liegenlassen, ein Flugzeug nach Genua nehmen und wenigstens einen Tag mit ihr verbringen würde.

Als das Telefon klingelte, rannte er von der Veranda, er war sicher, dass es Livia war, die endlich anrief.
»*Pronto*? Spreche ich mit Commissario Montalbano?«
Diese Stimme hatte er schon mal gehört, aber er erinnerte sich nicht, zu wem sie gehörte.
»Ja. Wer ist da?«
»Hier ist Ernesto Panzacchi.«
Das Echo war angekommen.
»Was willst du?«
Duzten oder siezten sie sich? Aber das war unwichtig.
»Ich möchte mir dir reden. Aber nicht am Telefon. Soll ich zu dir kommen?«
Er hatte keine Lust, Panzacchi bei sich im Haus zu haben.
»Nein, ich komme zu dir. Wo wohnst du?«
»Im Hotel Pirandello.«
»Ich bin gleich da.«

Panzacchis Zimmer im Hotel war groß wie ein Salon. Außer einem Doppelbett und einem Schrank gab es zwei Sessel, einen großen Tisch mit Fernseher und Videorekorder und eine Minibar.

»Meine Familie konnte noch nicht nachkommen.«
Dann erspart sie sich wenigstens die Mühe, herzuziehen und wieder wegzuziehen, dachte der Commissario.
»Entschuldige, ich muss pinkeln.«
»Keine Sorge, im Bad ist niemand.«
»Ich muss wirklich pinkeln.«
Einer Schlange wie Panzacchi durfte man nicht trauen. Als Montalbano vom Klo zurückkam, bat Panzacchi ihn, in einem Sessel Platz zu nehmen.
Der Chef der Mordkommission war ein plumper, aber elegant gekleideter Mann mit sehr hellen Augen und Tatarenschnauzer.
»Kann ich dir was anbieten?«
»Nein.«
»Kommen wir gleich zur Sache?«, fragte Panzacchi.
»Wie du willst.«
»Also, heute Abend war ein Polizeibeamter bei mir, ein gewisser Culicchia, ich weiß nicht, ob du ihn kennst.«
»Nicht persönlich, nur dem Namen nach.«
»Er war buchstäblich in Panik. Zwei deiner Kollegen haben ihn anscheinend bedroht.«
»Das hat er gesagt?«
»Ich glaube, es so verstanden zu haben.«
»Dann hast du es missverstanden.«
»Also sag du, was los war.«
»Es ist spät, und ich bin müde. Ich bin in Raffadali ins Haus der Familie Di Blasi gegangen, habe dort angefangen zu suchen und nach kurzer Zeit eine Kassette mit einer Handgranate und einer Pistole gefunden. Die sind jetzt bei uns im Tresor.«

»*Ma perdio*! Dazu warst du nicht befugt!«, rief Panzacchi und erhob sich.
»Du bist auf dem Holzweg«, sagte Montalbano ruhig.
»Du unterschlägst Beweismittel!«
»Ich habe dir schon gesagt, dass du auf dem Holzweg bist. Wenn wir hier Befugnisse und Hierarchien bemühen, gehe ich und lasse dich in der Scheiße sitzen. Da sitzt du nämlich drin, in der Scheiße.«
Panzacchi zögerte einen Augenblick, überlegte hin und her, setzte sich wieder. Er hatte es versucht, die erste Runde hatte er verloren.
»Du müsstest mir sogar danken«, fuhr der Commissario fort.
»Wofür denn?«
»Dass ich die Kassette aus dem Haus habe verschwinden lassen. Sie sollte beweisen, dass Maurizio Di Blasi von dort die Handgranate herhatte, stimmt's? Nur hätten die Leute von der Spurensicherung nicht den Schatten eines Fingerabdrucks von Di Blasi darauf gefunden. Und wie hättest du das erklärt? Dass Maurizio Handschuhe trug? Das Gelächter kannst du dir ja vorstellen!«
Panzacchi sagte nichts; mit seinen hellen Augen starrte er den Commissario an.
»Soll *ich* weitersprechen? Deine erste Schuld – nein, was du dir hast zuschulden kommen lassen, ist mir scheißegal –, dein erster Fehler war die Hatz auf Maurizio Di Blasi, obwohl du gar nicht wusstest, ob er schuldig war. Aber du wolltest um jeden Preis eine brillante Aktion veranstalten. Wir wissen ja, was dann passiert ist, und du warst bestimmt sehr erleichtert. Unter dem Vorwand, einen deiner Beamten zu

schützen, der einen Schuh für eine Waffe gehalten hatte, hast du dir die Geschichte mit der Handgranate zurechtgebastelt, und damit sie glaubwürdiger ist, hast du die Kassette im Haus der Familie Di Blasi deponiert.«

»Das ist doch alles Geschwätz. Wenn du das dem Questore erzählst, glaubt er dir bestimmt nicht. Du verbreitest diese Gerüchte, um mich in den Dreck zu ziehen, um dich dafür zu rächen, dass dir der Fall entzogen und mir übertragen wurde.«

»Und wie gedenkst du das mit Culicchia zu regeln?«

»Er geht morgen früh mit mir zur Mordkommission. Ich zahle den Preis, den er verlangt hat.«

»Und wenn ich Giudice Tommaseo die Waffen bringe?«

»Culicchia wird sagen, dass du ihn vor ein paar Tagen um den Schlüssel für die Asservatenkammer gebeten hast. Er ist bereit zu schwören. Versuch doch zu verstehen: Er muss sich schützen. Und ich habe ihm erklärt, wie er das am besten macht.«

»Dann habe ich also verloren?«

»Sieht so aus.«

»Funktioniert dieses Videogerät?«

»Ja.«

»Leg doch mal die Kassette da ein.«

Montalbano hatte sie aus der Jackettasche geholt und reichte sie ihm. Panzacchi stellte keine Fragen und tat, wie ihm geheißen. Die Bilder erschienen, der Chef der Mordkommission sah sie sich bis zum Schluss an, dann spulte er das Band zurück, zog die Kassette heraus und gab sie Montalbano wieder. Er setzte sich und zündete sich einen halben Toscano an.

»Das ist nur der Schluss, das vollständige Band habe ich in dem Tresor, in dem auch die Waffen sind«, log Montalbano.
»Wie hast du das gemacht?«
»Ich habe nicht selbst gefilmt. In der Nähe waren zwei Leute, die alles gesehen und dokumentiert haben. Freunde von Avvocato Guttadauro, der dir wohl bekannt ist.«
»Das ist eine böse Überraschung.«
»Viel böser, als du denkst. Du hängst zwischen ihnen und mir fest.«
»Nun, ihre Beweggründe verstehe ich sehr gut, aber deine sind mir nicht so klar, wenn es nicht Rache ist, was dich treibt.«
»Jetzt versuch du mich mal zu verstehen: Ich kann unter keinen Umständen zulassen, dass der Chef der Mordkommission eine Geisel der Mafia und erpressbar ist.«
»Weißt du, Montalbano, ich wollte wirklich den guten Namen meiner Leute vor Schaden bewahren. Wenn die Presse rausgekriegt hätte, dass wir einen Mann getötet haben, der sich mit einem Schuh verteidigte – kannst du dir vorstellen, was da los gewesen wäre?«
»Und deshalb hast du Ingegnere Di Blasi mit reingezogen, der mit der ganzen Geschichte überhaupt nichts zu tun hatte?«
»Mit der Geschichte nicht, mit meinem Plan schon. Und gegen mögliche Erpressungen weiß ich mich zu wehren.«
»Das glaube ich gern. Du hältst durch, auch wenn dieser Zustand alles andere als angenehm ist, aber wie lange halten Culicchia und die anderen sechs durch, die tagtäglich unter Druck gesetzt werden? Es muss nur einer weich wer-

den, und die Geschichte fliegt auf. Und noch eine Hypothese, die sehr wahrscheinlich ist: Wenn sie es satt haben, dass du so mauerst, kann es durchaus sein, dass sie das Video öffentlich zeigen oder einem Privatsender schicken, der einen Knüller daraus macht, auch wenn er damit eine Haftstrafe riskiert. Und in diesem Fall ist auch der Questore erledigt.«

»Was soll ich tun?«

Einen Moment lang bewunderte Montalbano ihn: Panzacchi war ein knallharter und skrupelloser Spieler, aber verlieren konnte er.

»Du musst ihnen zuvorkommen, ihnen die Waffe abnehmen, die sie in der Hand haben.«

Er konnte sich eine boshafte Bemerkung, die er auch gleich bereute, nicht verkneifen:

»Und die ist kein Schuh. Rede heute Nacht noch mit dem Questore. Ihr müsst zusammen eine Lösung finden. Aber pass auf: Wenn ihr bis morgen Mittag nichts unternommen habt, dann weiß ich, was ich zu tun habe.«

Er stand auf, öffnete die Tür und ging.

»Dann weiß ich, was ich zu tun habe«, ein schöner Satz und Drohung genug. Aber was bedeutete er konkret? Gesetzt den Fall, der Chef der Mordkommission konnte den Questore und dieser wiederum Giudice Tommaseo auf seine Seite ziehen, dann war er aufgeschmissen. Aber war es denn möglich, dass in Montelusa plötzlich niemand mehr ehrlich war? Wenn ein Mensch unsympathisch ist, ist das eine Sache, eine andere ist sein Charakter, seine Integrität. Voller Zweifel und Fragen kam er in Marinella an. War es richtig gewesen, so mit Panzacchi zu reden? Würde sich der Questore überzeugen lassen, dass es ihm nicht um eine Revanche ging? Er wählte Livias Nummer. Wie üblich hob niemand ab. Er ging ins Bett, brauchte aber zwei Stunden, bis er einschlafen konnte.

Vierzehn

Er kam so offensichtlich gereizt ins Büro, dass ihm seine Leute aus dem Weg gingen, damit auch ja nichts passierte. »*Il letto è una gran cosa, se non si dorme s'arriposa* – das Bett ist zum Erholen da, ob ich nun schlafe oder wache«, lautete das Sprichwort, aber das Sprichwort stimmte nicht, der Commissario hatte nämlich im Bett erstens nur portionsweise geschlafen und sich zweitens beim Aufstehen wie nach einem Marathonlauf gefühlt.

Nur Fazio, der von allen das freundschaftlichste Verhältnis zu ihm hatte, wagte, eine Frage zu stellen:

»Gibt's was Neues?«

»Das kann ich dir erst heute Nachmittag sagen.«

Galluzzo tauchte auf.

»Commissario, ich hab Sie gestern Abend wie eine Stecknadel gesucht.«

»Hast du im Heuhaufen auch nachgeschaut?«

Galluzzo begriff, dass lange Vorreden fehl am Platz waren.

»Commissario, nach den Nachrichten um acht hat einer angerufen. Er sagt, dass Signora Licalzi am Mittwoch gegen acht, höchstens Viertel nach acht, an seiner Tankstelle gehalten und vollgetankt hat. Er hat seinen Namen und seine Adresse hinterlassen.«

»*Va bene*, wir fahren nachher schnell vorbei.«

Er war angespannt, er konnte sich nicht auf seine Unterlagen konzentrieren und sah dauernd auf die Uhr. Und wenn Mittag vorbei war und sich von der Questura bis dahin niemand gemeldet hatte?
Um halb zwölf klingelte das Telefon.
»Dottore«, sagte Grasso, »Zito ist dran.«
»Gib ihn mir.«
Im ersten Augenblick begriff er nicht, was los war.
»*Patazùn, patazùn, patazùn, zun zun zuzù*«, machte Zito.
»Nicolò?«
»*Fratelli d'Italia, l'Italia s'è desta…*«
Zito hatte aus voller Kehle die Nationalhymne angestimmt.
»Hör auf, Nicolò, ich hab keine Lust zum Blödeln.«
»Wer blödelt denn? Ich lese dir ein Kommuniqué vor, das ich vor ein paar Minuten bekommen habe. Jetzt halt dich gut fest. Damit du es weißt, es wurde uns, ›Televigàta‹ und fünf Zeitungskorrespondenten geschickt. Hör zu: QUESTURA DI MONTELUSA. DOTTORE ERNESTO PANZACCHI HAT AUS REIN PRIVATEN GRÜNDEN DARUM GEBETEN, SEINES AMTES ALS LEITER DER MORDKOMMISSION ENTHOBEN UND ZUR DISPOSITION GESTELLT ZU WERDEN. SEINEM ANTRAG WURDE STATTGEGEBEN. DOTTOR ANSELMO IRRERA WIRD EINSTWEILEN DOTTOR PANZACCHIS FREI GEWORDENE STELLE ÜBERNEHMEN. NACHDEM IN DEN ERMITTLUNGEN IM MORDFALL LICALZI EINE UNERWARTETE WENDE EINGETRETEN IST, WIRD DOTTOR SALVO MONTALBANO VOM KOMMISSARIAT IN VIGATA DIESE WIEDER ÜBERNEHMEN. GEZEICHNET: BONETTI-ALDERIGHI, QUESTORE DI MONTELUSA.

Wir haben gewonnen, Salvo!«
Montalbano dankte dem Freund und legte auf. Er empfand keine Befriedigung, die Spannung war zwar weg, die Antwort, die er wollte, hatte er bekommen, aber ihm war gar nicht wohl, er fühlte sich ziemlich elend. Er verfluchte Panzacchi von Herzen, nicht so sehr für das, was er getan hatte, sondern weil er ihn gezwungen hatte, auf eine Art und Weise zu handeln, die ihn jetzt belastete.
Die Tür wurde aufgerissen, alle drängten herein. »Dottore!«, rief Galluzzo, »gerade hat mein Schwager von ›Televigàta‹ angerufen. Es ist ein Kommuniqué gekommen...«
»Ich weiß, ich kenne es schon.«
»Jetzt kaufen wir eine Flasche Sekt und...«
Giallombardo brachte seinen Satz nicht zu Ende, sondern erstarrte unter Montalbanos Blick. Alle schlichen, leise vor sich hin grummelnd, hinaus. Was für einen gemeinen Charakter dieser Commissario hatte!

Giudice Tommaseo traute sich nicht, Montalbano ins Gesicht zu sehen, er saß vornübergebeugt am Schreibtisch und tat, als studiere er wichtige Unterlagen. Der Commissario dachte, dass sich der Giudice jetzt bestimmt wünschte, ihm möge ein Bart wachsen, der sein Gesicht ganz und gar bedeckte, bis er wie ein Schneemensch aussah, nur hatte er nicht die Statur des Yeti.
»Sie müssen verstehen, Commissario. Die Anklage wegen Besitzes von Kriegswaffen kann ich zurückziehen, das ist kein Problem, ich habe den Anwalt von Ingegnere Di Blasi schon vorgeladen. Aber die Anklage wegen Beihilfe kann ich nicht so leicht fallen lassen. Bis zum Beweis des Gegen-

teils ist Maurizio Di Blasi der geständige Mörder von Michela Licalzi. Meine Vorrechte erlauben es mir in keinster Weise …«

»*Buongiorno*«, sagte Montalbano, stand auf und verließ das Zimmer.

Giudice Tommaseo rannte ihm in den Flur nach.

»Commissario, warten Sie! Ich möchte klarstellen …«

»Es gibt wirklich nichts klarzustellen, Signor Giudice. Haben Sie mit dem Questore gesprochen?«

»Ja, lange, wir haben uns heute Morgen um acht zusammengesetzt.«

»Dann sind Ihnen sicher einige Details bekannt, die für Sie ganz belanglos sind. Zum Beispiel, dass die Art und Weise, wie die Ermittlungen im Mordfall Licalzi geführt wurden, unter aller Sau war, dass der junge Di Blasi zu neunundneunzig Prozent unschuldig ist, dass er wegen eines Missverständnisses wie ein Schwein abgeknallt wurde, dass Panzacchi alles gedeckt hat. Es gibt keinen Ausweg: Sie können den Ingegnere nicht von der Anklage wegen Waffenbesitzes freisprechen und gleichzeitig nicht gegen Panzacchi vorgehen, der ihm diese Waffen ins Haus gelegt hat.«

»Ich prüfe gerade die Position von Dottor Panzacchi.«

»Gut, prüfen Sie. Aber nehmen Sie dazu die richtige Waage, von den vielen, die Sie in Ihrem Büro haben.«

Tommaseo wollte schon etwas erwidern, überlegte es sich aber anders und schwieg.

»Eine Frage noch«, sagte Montalbano. »Warum wurde Signora Licalzis Leichnam noch nicht ihrem Mann übergeben?«

Der Giudice wurde immer verlegener, er schloss die linke

Hand zur Faust und bohrte seinen rechten Zeigefinger hinein.

»Ach, das war... ja, das war Dottor Panzacchis Idee. Er wies mich darauf hin, dass die Öffentlichkeit... na ja, erst die Entdeckung der Leiche, dann der Tod von Di Blasi, dann die Trauerfeier für Signora Licalzi, dann die Beerdigung des jungen Maurizio... Verstehen Sie?«

»Nein.«

»Es war besser, das alles zeitlich ein bisschen zu staffeln... die Leute nicht unter Druck zu setzen, Sie wissen schon, die Menschenansammlungen...«

Er redete immer noch, als der Commissario schon am Ende des Flurs angekommen war.

Als er den Justizpalast von Montelusa verließ, war es schon zwei Uhr. Anstatt nach Vigàta zurückzufahren, bog er in die Straße ein, die von Enna nach Palermo führt; Galluzzo hatte ihm genau erklärt, wo sowohl die Tankstelle als auch das Restaurant mit Bar waren, die beiden Orte, an denen Michela Licalzi gesehen worden war. Die Tankstelle, etwa drei Kilometer außerhalb von Montelusa gelegen, war geschlossen. Der Commissario fluchte, fuhr weiter und sah nach zwei Kilometern linkerhand ein Schild, auf dem BAR-TRATTORIA DEL CAMIONISTA stand. Es herrschte starker Verkehr, der Commissario wartete geduldig darauf, dass ihn endlich jemand durchließ, aber da war nichts zu machen, also fuhr er, unter grässlichem Reifengequietsche, Hupen, Fluchen und Schimpfen, einfach rüber und hielt auf dem Parkplatz der Bar.

Sie war sehr voll. Er ging an die Kasse.

»Ich möchte mit Signor Gerlando Agrò sprechen.«
»Das bin ich. Und wer sind Sie?«
»Ich bin Commissario Montalbano. Sie haben doch bei ›Televigàta‹ angerufen und gesagt...«
»*E mannaggia la buttana*! Müssen Sie ausgerechnet jetzt kommen? Sie sehen doch, wie viel ich gerade zu tun habe!«
Montalbano hatte eine Idee, die er sofort genial fand.
»Wie isst man hier denn?«
»Da sitzen lauter Fernfahrer. Haben Sie schon mal einen Fernfahrer gesehen, der sich beim Essen geirrt hätte?«
Als er fertig gegessen hatte (die Idee war nicht genial, sondern nur gut gewesen, die Küche hielt sich in einer sturen Durchschnittlichkeit und war ohne fantasievolle Höhepunkte), nach dem *caffè* und dem *anicione*, kam der Kassierer, der sich von einem Jungen vertreten ließ, an Montalbanos Tisch.
»Jetzt geht es. Kann ich mich setzen?«
»Natürlich.«
Gerlando Agrò überlegte es sich sofort anders.
»Vielleicht kommen Sie besser mit.«
Sie traten vor das Lokal.
»*Ecco*. Am Mittwochabend, gegen halb zwölf, stand ich hier draußen und habe eine Zigarette geraucht. Da habe ich diesen Twingo gesehen, der von der Straße Enna-Palermo kam.«
»Sind Sie sicher?«
»Dafür leg ich meine Hand ins Feuer. Der Wagen hielt direkt vor mir, und die Frau, die am Steuer gesessen hatte, stieg aus.«

»Würden Sie Ihre andere Hand dafür ins Feuer legen, dass es die Frau war, die Sie im Fernsehen gesehen haben?«
»Commissario, bei so einer Frau – die Ärmste – täuscht man sich doch nicht.«
»Und weiter?«
»Der Mann ist im Auto geblieben.«
»Wie konnten Sie denn sehen, dass es sich um einen Mann handelte?«
»Da waren die Scheinwerfer eines Lastwagens. Ich habe mich gewundert, weil normalerweise der Mann aussteigt und die Frau sitzen bleibt. Jedenfalls ließ sich die Frau zwei *panini* mit Salami machen, eine Flasche Mineralwasser hat sie auch noch genommen. An der Kasse saß mein Sohn Tanino, der jetzt auch dort ist. Die Signora hat gezahlt und ist die drei Stufen hier runtergegangen. Aber auf der letzten ist sie gestolpert und hingefallen. Die *panini* sind ihr aus der Hand geflogen. Ich bin die Treppe runter, um ihr aufzuhelfen, und stand direkt dem Signore gegenüber, der aus dem Auto gekommen war. ›Nichts passiert‹, sagte die Signora. Er hat sich wieder ins Auto gesetzt, sie hat sich noch mal zwei *panini* machen lassen und gezahlt, und dann sind sie Richtung Montelusa weitergefahren.«
»Sie waren sehr präzise, Signor Agrò. Sie können also versichern, dass der Mann im Fernsehen nicht der war, der mit der Signora in dem Wagen saß.«
»Hundertprozentig. Zwei völlig verschiedene Personen!«
»Wo hatte die Signora ihr Geld, in einem Beutel?«
»*Nonsi*, Commissario. Kein Beutel. Sie hatte ein Portemonnaie in der Hand.«

Nach der Anspannung vom Vormittag und dem üppigen Essen wurde er schlagartig müde. Er beschloss, nach Marinella zu fahren und ein Stündchen zu schlafen. Doch als er über die Brücke gefahren war, konnte er nicht widerstehen. Er hielt an, stieg aus und klingelte neben der Sprechanlage. Niemand antwortete. Wahrscheinlich war Anna bei Signora Di Blasi. Und vielleicht war das auch besser so.
Von zu Hause aus rief er im Kommissariat an.
»Um fünf brauche ich den Streifenwagen mit Galluzzo.«
Er wählte Livias Nummer, niemand hob ab. Er rief bei ihrer Freundin in Genua an.
»Hier ist Montalbano. Hör zu, ich mache mir allmählich ernsthaft Sorgen, Livia ist schon seit Tagen ...«
»Du brauchst dich nicht zu sorgen. Sie hat mich gerade angerufen und gesagt, dass es ihr gut geht.«
»Aber wo steckt sie denn?«
»Ich weiß nur, dass sie in der Personalabteilung angerufen und sich noch einen Tag Urlaub genommen hat.«
Er legte auf, und schon klingelte das Telefon.
»Commissario Montalbano?«
»Ja, wer spricht da?«
»Guttadauro. Hut ab, Commissario.«
Montalbano legte wieder auf, zog sich aus, stellte sich unter die Dusche und warf sich, nackt wie er war, aufs Bett. Er schlief auf der Stelle ein.

»Triiin, triiin«, ertönte es aus weiter Ferne in seinem Kopf. Er begriff, dass es an der Haustür geklingelt hatte. Er stand mühsam auf und öffnete die Tür. Als Galluzzo ihn nackt sah, machte er einen Satz nach hinten.

»Was ist denn, Gallù? Hast du Angst, ich nehm dich mit rein und mach unanständige Sachen mit dir?«
»Commissario, ich klingel schon seit einer halben Stunde. Ich war kurz davor, die Tür einzutreten.«
»Dann hättest du mir eine neue gezahlt. Ich komm sofort.«

Der Tankwart war um die dreißig, kräftig und flink und hatte krauses Haar und glänzende schwarze Augen. Er trug einen Overall, aber der Commissario konnte ihn sich gut vorstellen, wie er als Bademeister am Strand von Rimini deutsche Mädchenherzen brach.
»Sie sagen also, dass die Signora von Montelusa kam und es acht Uhr abends war.«
»Todsicher. Schauen Sie, ich wollte gerade schließen, weil ich Feierabend hatte. Sie kurbelte das Fenster runter und fragte, ob ich noch volltanken könnte. ›Für Sie lasse ich die ganze Nacht offen, wenn Sie mich darum bitten‹, sagte ich. Sie stieg aus. *Madonnuzza santa*, war die schön!«
»Wissen Sie noch, wie sie gekleidet war?«
»Ganz in Jeans.«
»Hatte sie Gepäck dabei?«
»Ich hab nur so eine Art Beutel gesehen, der auf dem Rücksitz lag.«
»Und dann?«
»Ich habe vollgetankt, gesagt, was es kostet, und sie hat mit einem Hunderttausenderschein gezahlt, den sie aus einem Portemonnaie genommen hatte. Als ich ihr rausgab, hab ich gefragt, weil ich mit Frauen gern ein Späßchen mache: ›Kann ich sonst noch was Spezielles für Sie tun?‹ Ich hatte

eine grobe Antwort erwartet, aber sie lächelte und sagte: ›Fürs Spezielle habe ich schon einen.‹ Dann ist sie weitergefahren.«

»Sind Sie sicher, dass sie nicht nach Montelusa zurückgefahren ist?«

»Ganz sicher. Die arme Frau, wenn ich denke, was für ein Ende sie genommen hat!«

»*Va bene*, ich danke Ihnen.«

»Ah, noch was, Commissario. Sie hatte es eilig, nach dem Tanken ist sie ganz schnell weggefahren. Sehen Sie die gerade Strecke da? Ich hab ihr nachgeschaut, bis sie dort hinten um die Kurve war. Sie ist sehr schnell gefahren.«

»Ich hätte erst morgen zurück sein müssen«, sagte Gillo Jàcono, »aber da ich schon früher wieder hier war, hielt ich es für meine Pflicht, sofort zu Ihnen zu kommen.«

Er war um die dreißig, gut gekleidet und sah sympathisch aus.

»Ich danke Ihnen.«

»Ich wollte Ihnen sagen, dass man bei so einem Ereignis doch dauernd hin und her überlegen muss.«

»Wollen Sie berichtigen, was Sie am Telefon gesagt haben?«

»Keinesfalls. Aber ich denke immer wieder darüber nach, was ich gesehen habe, und könnte ein Detail hinzufügen. Doch Sie sollten vorsichtshalber ein dickes Vielleicht vor das setzen, was ich Ihnen sagen möchte.«

»Sprechen Sie nur.«

»*Ecco*, der Mann trug den Koffer mühelos in der linken Hand, weshalb ich den Eindruck hatte, dass nicht viel drin

war. Und auf seinen rechten Arm stützte sich die Signora.«
»Hatte sie sich bei ihm eingehängt?«
»Nicht richtig, ihre Hand lag auf seinem Arm. Es sah so aus, ich wiederhole: Es sah so aus, als hinkte die Signora leicht.«

»Dottor Pasquano? Hier ist Montalbano. Störe ich?«
»Ich war gerade dabei, bei einer Leiche einen Y-Schnitt vorzunehmen, aber ich denke, sie wird es mir nicht übelnehmen, wenn ich für ein paar Minuten unterbreche.«
»Haben Sie am Leichnam von Signora Licalzi irgendwelche Anzeichen dafür gefunden, dass sie gestürzt ist, als sie noch lebte?«
»Das weiß ich jetzt nicht mehr. Ich schaue schnell in den Bericht.«
Er war zurück, noch bevor Montalbano sich eine Zigarette angesteckt hatte.
»Ja. Sie ist auf die Knie gefallen. Aber da war sie angezogen. Auf der Hautabschürfung des linken Knies waren mikroskopisch kleine Fasern von den Jeans, die sie trug.«

Sonst musste nichts weiter überprüft werden. Um acht Uhr abends tankt Michela Licalzi voll und fährt landeinwärts. Dreieinhalb Stunden später befindet sie sich mit einem Mann auf dem Rückweg. Nach Mitternacht wird sie – immer noch in Begleitung eines Mannes, und zwar mit Sicherheit desselben – gesehen, als sie zu ihrer Villa in Vigàta geht.
»*Ciao*, Anna, hier ist Salvo. Heute Nachmittag war ich bei dir, aber du warst nicht da.«

»Ingegnere Di Blasi hatte mich angerufen, seiner Frau ging es schlecht.«
»Ich hoffe, dass ich bald gute Nachrichten für sie habe.«
Anna antwortete nicht, und Montalbano begriff, dass er was Blödes gesagt hatte. Die einzige Nachricht, die das Ehepaar Di Blasi gut finden konnte, war Maurizios Auferstehung.
»Anna, ich wollte dir was sagen, was ich über Michela rausgekriegt habe.«
»Komm zu mir.«
Nein, das durfte er nicht. Er wusste, wenn Anna noch mal ihren Mund auf seine Lippen legte, würde die Sache böse enden.
»Ich kann nicht, Anna. Ich habe einen Termin.«
Gott sei Dank saß er am Telefon, denn säße er bei ihr, hätte sie sofort gemerkt, dass er log.
»Was wolltest du mir denn sagen?«
»Ich habe festgestellt, dass Michela aller Wahrscheinlichkeit nach am Mittwochabend um acht auf der Straße unterwegs war, die von Enna nach Palermo führt. Vielleicht ist sie in einen Ort in der Provinz Montelusa gefahren. Denk gut nach, bevor du antwortest: Hatte sie deines Wissens außer in Montelusa und Vigàta noch weitere Bekanntschaften?«
Die Antwort kam nicht sofort, Anna dachte nach, was der Commissario ja wollte.
»Freunde nicht, das schließe ich aus. Sie hätte es mir gesagt. Bekanntschaften schon, ein paar.«
»Wo?«
»Zum Beispiel in Aragona und Comitini, die beide an der Straße liegen.«

»Welcher Art waren diese Bekanntschaften?«
»Fliesen hat sie in Aragona gekauft. In Comitini hat sie auch was besorgt, ich weiß aber nicht mehr, was.«
»Also bloße Geschäftsbeziehungen?«
»Ich würde sagen, ja. Aber weißt du, Salvo, von dieser Straße kann man überallhin fahren. Es gibt auch eine Abzweigung nach Raffadali: Der Chef der Mordkommission hätte alle möglichen Vermutungen anstellen können.«
»Noch was: Nach Mitternacht wurde sie auf dem Weg zu ihrem Haus gesehen, nachdem sie aus dem Auto gestiegen war. Sie stützte sich auf einen Mann.«
»Bist du sicher?«
»Ganz sicher.«
Diesmal schwieg sie so lange, dass der Commissario schon glaubte, die Verbindung sei unterbrochen.
»Anna, bist du noch dran?«
»Ja. Salvo, ich wiederhole klar und ein für alle Mal, was ich dir schon gesagt habe. Michela war keine Frau von flüchtigen Affären, sie hatte mir anvertraut, dass sie körperlich nicht dazu imstande war, verstehst du? Sie hatte ihren Mann lieb. Sie hing sehr an Serravalle. Es kann nicht mit ihrer Einwilligung geschehen sein, was auch immer der Gerichtsmediziner darüber denkt. Sie wurde grauenvoll vergewaltigt.«
»Wie erklärst du dir, dass sie den Vassallos nicht gesagt hat, sie würde nicht zum Abendessen kommen? Sie hatte doch ihr Handy dabei, oder?«
»Ich verstehe nicht, worauf du hinauswillst.«
»Also hör zu. Als Michela sich abends um halb acht von dir verabschiedet und erklärt, sie gehe ins Hotel, sagt sie dir

in diesem Augenblick ganz bestimmt die Wahrheit. Dann kommt etwas dazwischen, und sie überlegt es sich anders. Das kann nur ein Anruf auf ihrem Handy sein, denn als sie in die Straße Enna-Palermo einbiegt, ist sie noch allein.«

»Du glaubst also, dass sie zu einer Verabredung gefahren ist?«

»Es gibt keine andere Erklärung. Es ist etwas Unvorhergesehenes, aber sie will unbedingt zu diesem Treffen. Deshalb ruft sie die Vassallos nicht an. Sie hat keine plausible Entschuldigung, um ihr Nichtkommen zu rechtfertigen, deswegen findet sie es am besten, einfach zu verschwinden. Von mir aus schließen wir die Bettgeschichte aus, vielleicht ist es eine Besprechung wegen des Hausbaus, die dann einen tragischen Verlauf nimmt. Das gestehe ich dir vorläufig zu. Aber dann frage ich dich: Was konnte so wichtig gewesen sein, dass sie sich den Vassallos gegenüber so unmöglich verhält?«

»Ich weiß es nicht«, sagte Anna bekümmert.

Fünfzehn

Was konnte so wichtig gewesen sein?, fragte sich der Commissario wieder, nachdem er sich von der Freundin verabschiedet hatte. Wenn es nicht Liebe oder Sex war, und nach Annas Meinung war diese Vermutung völlig ausgeschlossen, dann konnte es nur Geld sein. Michela musste während des Hausbaus mit Geld umgegangen sein, und zwar mit ziemlich viel. Lag hier vielleicht des Rätsels Lösung? Dieser Gedanke erschien ihm sofort unhaltbar, ein Spinnwebfaden. Doch es war seine Pflicht, dem trotzdem nachzugehen.

»Anna? Hier ist Salvo.«

»Ist dein Termin geplatzt? Kannst du doch kommen?«

Freude und Bangen lagen in der Stimme der jungen Frau, und der Commissario wollte nicht, dass sie dem Klang der Enttäuschung wichen.

»Es ist nicht gesagt, dass ich es nicht schaffe.«

»Zu jeder Zeit.«

»Einverstanden. Ich wollte dich was fragen. Weißt du, ob Michela ein Girokonto in Vigàta hatte?«

»Ja, das war bequemer, um die Rechnungen zu bezahlen. Bei der Banca popolare. Ich weiß aber nicht, wie viel Geld sie dort hatte.«

Es war zu spät, um bei der Bank vorbeizuschauen. Er hatte alle Unterlagen, die er in dem Zimmer im Jolly gefunden hatte, in eine Schublade gelegt, darunter Dutzende von Rechnungen; diese und das Heftchen, in dem die Ausgaben verzeichnet waren, suchte er heraus. Das Notizbuch und die anderen Papiere legte er wieder zurück. Das würde eine langwierige und fade Beschäftigung werden und zu neunzig Prozent überhaupt nichts bringen. Außerdem stand er mit Zahlen auf Kriegsfuß.

Sorgfältig prüfte er alle Rechnungen. Er konnte zwar wenig damit anfangen, aber im Großen und Ganzen kamen sie ihm nicht überteuert vor, die aufgeführten Preise stimmten mit den Marktpreisen überein, manche waren sogar etwas niedriger. Michela hatte offensichtlich zu handeln verstanden und war sparsam gewesen. Nichts zu finden, er hatte ja gewusst, dass es für die Katz war. Dann stieß er zufällig auf eine Unstimmigkeit zwischen einer Rechnung und dem entsprechenden Eintrag, den Michela in dem Heftchen vorgenommen hatte: Hier war der Rechnungsbetrag um fünf Millionen Lire höher. War es möglich, dass Michela, die sonst so ordentlich und gewissenhaft war, einen so eklatanten Fehler gemacht hatte? Geduldig fing er noch mal von vorn an. Schließlich kam er zu dem Ergebnis, dass die Differenz zwischen den tatsächlich ausgegebenen und den in dem Heftchen verzeichneten Summen hundertfünfzehn Millionen betrug.

Ein Fehler war also ausgeschlossen, aber wenn kein Fehler vorlag, ergab das alles keinen Sinn, weil es bedeutete, dass Michela sich selbst *pizzo* zahlte. Außer…

»*Pronto*, Dottor Licalzi? Hier ist Commissario Montalbano. Verzeihen Sie, wenn ich Sie nach einem langen Arbeitstag zu Hause anrufe.«

»*Eh, sì*. Er war ein harter Tag.«
»Ich wüsste gern etwas über Ihre Verhältnisse bezüglich... Also, ich meine, hatten Sie ein gemeinsames Konto, bei dem Sie beide zeichnungsberechtigt waren?«
»Commissario, war Ihnen der Fall...«
»... nicht entzogen worden? Ja, aber dann wurde alles wieder rückgängig gemacht.«
»Nein, wir hatten kein gemeinsames Konto. Michela hatte ihres, und ich habe meines.«
»Ihre Frau hatte keine eigenen Einkünfte, nicht wahr?«
»Nein, hatte sie nicht. Wir machten es so: Alle sechs Monate überwies ich eine bestimmte Summe von meinem auf das Konto meiner Frau. Wenn besondere Ausgaben anfielen, sagte sie es mir, und ich kümmerte mich darum.«
»Ich verstehe. Hat sie Ihnen jemals die Rechnungen im Zusammenhang mit dem Hausbau gezeigt?«
»Nein, das interessierte mich gar nicht. Aber sie übertrug die Summen, die sie im Lauf der Zeit ausgab, in ein kleines Heft. Ab und zu wollte sie, dass ich es mir ansehe.«
»Dottore, ich danke Ihnen und...«
»Haben Sie sich darum gekümmert?«
Worum hätte er sich denn kümmern müssen? Er wusste nicht, was er antworten sollte.
»Um den Twingo«, half der Dottore nach.
»Ach ja, das habe ich erledigt.«
Am Telefon konnte er leicht lügen. Sie sagten auf Wiedersehen und verabredeten sich für Freitagvormittag auf der Trauerfeier.
Jetzt ergab alles einen Sinn. Die Signora erhob *pizzo* auf das Geld, um das sie ihren Mann für den Bau der Villa bat.

Nach Vernichtung der Rechnungen (für die Michela bestimmt gesorgt hätte, wenn sie am Leben geblieben wäre) wären als Nachweis nur die in das kleine Heft übertragenen Summen geblieben. Auf diese Weise hatten sich hundertfünfzehn Millionen schwarzes Geld angesammelt, über das Signora Licalzi nach Belieben verfügt hatte.
Aber wozu brauchte sie das Geld? Wurde sie erpresst? Und wenn ja, was hatte Michela Licalzi zu verbergen?

Am nächsten Morgen klingelte, gerade als er ins Büro fahren wollte, das Telefon. Einen Augenblick lang war er versucht, nicht dranzugehen, ein Anruf um diese Uhrzeit zu Hause konnte nur ein Gespräch aus dem Kommissariat, also irgendwas Unangenehmes, bedeuten.
Dann siegte die unzweifelhafte Macht, die das Telefon auf die Menschen ausübt.
»Salvo?«
Er erkannte Livias Stimme sofort und spürte, wie seine Beine weich wie Ricotta wurden.
»Livia! Endlich! Wo bist du?«
»In Montelusa.«
Was machte sie denn in Montelusa? Wann war sie angekommen?
»Ich hol dich ab. Bist du am Bahnhof?«
»Nein. Wenn ich zu dir kommen kann, bin ich spätestens in einer halben Stunde in Marinella.«
»Natürlich kannst du kommen.«
Was war da los? Was, um Himmels willen, war nur los? Er rief im Kommissariat an.
»Keine Anrufe zu mir nach Hause.«

Binnen einer halben Stunde trank er vier Tassen Kaffee. Er stellte die *napoletana* noch mal aufs Feuer. Dann hörte er, wie ein Auto vorfuhr und hielt. Das musste Livias Taxi sein. Er öffnete die Tür. Es war kein Taxi, sondern der Wagen von Mimì Augello. Livia stieg aus, der Wagen wendete und fuhr wieder davon.

Montalbano fing an zu verstehen.

Schlampig, ungekämmt, Ringe unter den Augen, die vom Weinen verquollen waren. Aber wie war sie vor allem so schmächtig und zerbrechlich geworden? Ein gerupfter Spatz. Montalbano spürte, wie Zärtlichkeit und Rührung ihn ergriffen.

»Komm rein«, sagte er, nahm sie an der Hand, führte sie ins Haus und setzte sie ins Esszimmer. Sie zitterte.

»Frierst du?«

»Ja.«

Er ging ins Schlafzimmer, holte eine Jacke und legte sie ihr um die Schultern.

»Willst du einen Kaffee?«

»Ja.«

Der Kaffee war gerade fertig, und er servierte ihn kochend heiß. Livia trank ihn, als wäre er kalt.

Jetzt saßen sie in der Veranda auf der Bank. Livia hatte sich hinaussetzen wollen. Der Tag war von einer fast künstlichen Heiterkeit, es war windstill, die Wellen kräuselten sich sacht. Lange sah Livia schweigend aufs Meer, dann legte sie ihren Kopf auf Salvos Schulter und begann, still zu weinen. Die Tränen tropften ihr vom Gesicht und machten den kleinen Tisch ganz nass. Montalbano nahm ihre

Hand, sie überließ sie ihm, leblos. Der Commissario hatte das dringende Bedürfnis, sich eine Zigarette anzustecken, tat es aber nicht.

»Ich habe François besucht«, sagte Livia auf einmal.
»Das dachte ich mir schon.«
»Ich wollte Franca nicht verständigen. Ich habe ein Flugzeug genommen und bin einfach gekommen, ohne Vorwarnung. Als François mich sah, hat er sich in meine Arme geworfen. Er war wirklich glücklich, mich wiederzusehen. Und ich war glücklich, dass ich ihn umarmen konnte, und wütend auf Franca und ihren Mann und vor allem auf dich. Ich war überzeugt, dass alles so war, wie ich es vermutet hatte: Du und sie, ihr habt euch zusammengetan, um ihn mir wegzunehmen. Da habe ich getobt und sie beschimpft. Während sie mich zu beruhigen versuchten, habe ich plötzlich gemerkt, dass François nicht mehr neben mir stand. Ich hatte den Verdacht, dass sie ihn versteckt, in ein Zimmer gesperrt hatten, und fing an zu schreien. Ich schrie so laut, dass alle angelaufen kamen, Francas Kinder, Aldo, die drei Arbeiter. Einer fragte den anderen, niemand hatte François gesehen. Besorgt gingen sie hinaus und riefen nach ihm. Ich blieb allein zurück und weinte.
Plötzlich hörte ich eine Stimme: ›Livia, ich bin hier.‹ Es war François. Er hatte sich irgendwo im Haus versteckt, und die anderen suchten ihn draußen. Siehst du, wie er ist? Schlau, hoch intelligent.«
Sie brach wieder in Tränen aus, zu lange hatte sie sich beherrscht.
»Ruh dich aus. Leg dich ein bisschen hin. Den Rest erzählst

du mir später«, sagte Montalbano, der Livias Qualen nicht ertrug und sich kaum zurückhalten konnte, sie zu umarmen. Er ahnte jedoch, dass diese Geste verkehrt gewesen wäre.
»Aber ich fahre wieder«, sagte Livia. »Um vierzehn Uhr geht meine Maschine in Palermo.«
»Ich bring dich hin.«
»Nein, ich habe mich schon mit Mimì verabredet. Er kommt in einer Stunde und holt mich wieder ab.«
Sobald Mimì im Büro auftaucht, dachte der Commissario, kriegt er einen Arschtritt, dass ihm Hören und Sehen vergeht.
»Er hat mich überredet, zu dir zu kommen, ich wollte eigentlich schon gestern Abend wieder abreisen.«
Sollte er Mimì jetzt etwa auch noch danken?
»Wolltest du mich denn nicht sehen?«
»Versuch doch zu verstehen, Salvo. Ich muss allein sein, meine Gedanken sammeln, zu einer Entscheidung kommen. Es war schrecklich für mich.«
Jetzt wurde der Commissario neugierig.
»*Beh*, erzähl doch mal, was dann passiert ist.«
»Als ich ihn ins Zimmer kommen sah, bin ich ihm spontan entgegengegangen. Er ist mir ausgewichen.«
Montalbano sah die Szene wieder vor sich, die er selbst ein paar Tage vorher hatte ertragen müssen.
»Er sah mir in die Augen und sagte: ›Ich hab dich lieb, aber ich bleibe für immer hier, bei meinen Brüdern.‹ Ich blieb reglos stehen, wie erstarrt. Und er fuhr fort: ›Wenn du mich mitnimmst, haue ich ab, und du siehst mich nie mehr wieder.‹ Dann rannte er hinaus und schrie: ›Ich bin hier, ich bin

hier!‹ Mir wurde merkwürdig schwindlig, und dann fand ich mich auf einem Bett wieder, Franca saß neben mir. *Dio mio*, wie grausam Kinder manchmal sein können!«

War das, was wir ihm antun wollten, etwa nicht grausam? fragte Montalbano sich selbst.

»Ich war völlig geschwächt, ich versuchte aufzustehen, verlor aber wieder das Bewusstsein. Franca wollte mich nicht fahren lassen, sie rief einen Arzt und blieb die ganze Zeit bei mir. Ich habe bei ihnen geschlafen. Was heißt geschlafen! Die ganze Nacht saß ich auf einem Stuhl am Fenster. Am nächsten Morgen kam Mimì. Seine Schwester hatte ihn angerufen. Mimì war sehr lieb zu mir. Er hat dafür gesorgt, dass ich François nicht mehr begegnete, er hat mich mitgenommen und ist mit mir durch halb Sizilien gefahren. Er hat mich überredet hierher zu kommen, auch nur für eine Stunde. ›Ihr beide müsst miteinander reden, euch aussprechen‹, sagte er. Gestern Abend kamen wir in Montelusa an, und er hat mich ins Albergo della Valle gebracht. Heute Morgen hat er mich abgeholt und zu dir gefahren. Mein Koffer ist in seinem Auto.«

»Ich glaube nicht, dass es viel zu besprechen gibt«, sagte Montalbano.

Eine Aussprache wäre nur möglich gewesen, wenn Livia begreifen würde, dass sie einen Fehler gemacht hatte, und ein verständnisvolles Wort, ein einziges nur, für seine Gefühle gehabt hätte. Oder glaubte sie, dass er, Salvo, nichts empfunden hatte, als er schließlich zu der Überzeugung kam, dass François für immer verloren war? Livia ließ nichts an sich heran, sie hatte sich in ihren Schmerz verkrochen, sie sah nichts anderes als ihre egoistische Verzweiflung. Und

er? Waren sie, bis zum Beweis des Gegenteils, denn nicht ein Paar, dessen Fundament die Liebe, natürlich auch Sex war, vor allem aber gegenseitiges Verständnis, das manchmal fast verschwörerisch gewesen war? Ein Wort zu viel in diesem Augenblick hätte zu einem unheilbaren Bruch führen können. Montalbano schluckte seinen Groll hinunter.
»Was hast du vor?«, fragte er.
»Wegen... des Kindes?« Sie brachte François' Namen nicht mehr über die Lippen.
»Ja.«
»Ich werde mich nicht widersetzen.«
Sie stand plötzlich auf und rannte Richtung Meer, wimmernd wie ein tödlich verletztes Tier. Dann konnte sie nicht mehr und fiel mit dem Gesicht nach vorn in den Sand. Montalbano nahm sie auf den Arm, trug sie ins Haus, legte sie aufs Bett und säuberte ihr Gesicht behutsam mit einem feuchten Handtuch.

Als er Mimì Augello hupen hörte, half er Livia beim Aufstehen und brachte ihr Kleid in Ordnung. Sie ließ ihn gewähren, völlig apathisch. Er fasste sie um die Taille und begleitete sie hinaus. Mimì stieg nicht aus, er wusste, dass es unklug war, seinem Chef zu nahe zu kommen, sonst wurde er vielleicht gebissen. Er glotzte vor sich hin, damit sein Blick sich ja nicht mit dem des Commissario kreuzte. Einen Augenblick bevor sie in den Wagen stieg, wandte Livia kurz den Kopf und küsste Montalbano auf die Wange. Der Commissario kehrte ins Haus zurück, ging ins Bad, stellte sich, angezogen wie er war, unter die Dusche und drehte den Hahn voll auf. Dann schluckte er zwei Schlaftabletten, was er sonst nie tat, kippte ein Glas Whisky hinterher, warf sich aufs Bett und wartete auf den unausweichlichen Schlag, der ihm den Rest geben würde.

Als er aufwachte, war es fünf Uhr nachmittags; der Kopf tat ihm ein bisschen weh, und schlecht war ihm auch.
»Ist Augello da?«, fragte er, als er ins Kommissariat kam.
Mimì trat in Montalbanos Büro und schloss vorsichtshalber die Tür hinter sich. Er wirkte resigniert.
»Aber wenn du wie immer rumschreien musst«, sagte er, »gehen wir vielleicht besser auf die Straße raus.«
Der Commissario erhob sich von seinem Sessel, trat ganz nah vor Augello hin und legte ihm einen Arm um den Hals.
»Du bist ein echter Freund, Mimì. Aber ich rate dir, auf der Stelle aus diesem Zimmer zu verschwinden. Denn wenn ich es mir anders überlege, gibt's eventuell Zoff!«

»Dottore? Signora Clementina Vasile Cozzo ist am Apparat. Soll ich sie durchstellen?«
»Wer bist du denn?«
Das konnte unmöglich Catarella sein.
»Wie meinen Sie das, wer ich bin? Ich.«
»Und wie, zum Teufel, heißt du?«
»Ich bin's, Dottori, Catarella! Ich ganz persönlich!«
Gott sei Dank! Die plötzliche Suche nach seiner Identität hatte den alten Catarella wieder zum Leben erweckt, nicht den, der durch den Computer unerbittlich mutierte.
»Commissario! Was ist denn los? Stimmt etwas zwischen uns nicht?«

»Signora, glauben Sie mir, die letzten Tage waren ...«
»Schon verziehen. Könnten Sie zu mir kommen? Ich muss Ihnen etwas zeigen.«
»Jetzt gleich?«
»Jetzt gleich.«

Signora Clementina bat ihn ins Esszimmer, den Fernseher schaltete sie aus.
»Hier, sehen Sie. Das ist das Programm für das morgige Konzert, das Maestro Cataldo Barbera mir gerade hat bringen lassen.«
Montalbano nahm das aus einem karierten Heft herausgerissene Blatt, das ihm die Signora reichte. Deshalb hatte sie ihn so dringend sehen wollen?
Da stand mit Bleistift geschrieben: »Freitag, neun Uhr dreißig. Konzert zum Gedenken an Michela Licalzi.«
Montalbano fuhr zusammen. Hatte Maestro Barbera das Opfer gekannt?
»Deshalb wollte ich, dass Sie herkommen«, sagte Signora Vasile Cozzo, die ihm die Frage von den Augen ablas.
Der Commissario sah sich das Blatt noch mal an.
»Programm: G. Tartini, *Variationen über ein Thema von Corelli;* J. S. Bach, *Largo;* G. B. Viotti, aus dem *Konzert 24 in e-Moll.*«
Er gab der Signora das Blatt zurück.
»Wussten Sie denn, dass die beiden sich kannten?«
»Ich hatte keine Ahnung. Und es ist mir ein Rätsel, wie sie sich kennen gelernt haben könnten, der Maestro verlässt ja nie das Haus. Als ich den Zettel las, war mir sofort klar, dass Sie das interessieren könnte.«

»Dann gehe ich jetzt hinauf und rede mit ihm.«
»Sie verlieren nur Ihre Zeit, er wird Sie nicht empfangen. Es ist halb sieben, um diese Uhrzeit liegt er schon im Bett.«
»Und was macht er, sieht er fern?«
»Er besitzt keinen Fernseher und liest auch nicht Zeitung. Er schläft und wacht gegen zwei Uhr nachts wieder auf. Ich habe die Haushälterin gefragt, ob sie wüsste, warum der Maestro so einen merkwürdigen Rhythmus hat, und sie hat geantwortet, sie verstehe das auch nicht. Aber ich habe lange darüber nachgedacht und hätte eine plausible Erklärung.«
»Nämlich?«
»Ich glaube, dass der Maestro auf diese Weise einen ganz bestimmten Zeitabschnitt auslöscht, ihn ungeschehen macht, die Stunden überspringt, in denen er für gewöhnlich Konzerte gab. Wenn er schläft, erlischt die Erinnerung daran.«
»Ich verstehe, aber ich muss trotzdem unbedingt mit ihm reden.«
»Sie können es morgen Vormittag versuchen, nach dem Konzert.«
In der Etage darüber fiel eine Tür ins Schloss.
»*Ecco*«, sagte Signora Vasile Cozzo, »das Dienstmädchen geht nach Hause.«
Der Commissario wandte sich Richtung Tür.
»Wissen Sie, Dottore, sie ist weniger ein Dienstmädchen als eine Art Hausdame«, erklärte Signora Clementina.
Montalbano öffnete die Tür. Eine adrett gekleidete, etwa sechzigjährige Frau ging die letzten Stufen der Treppe hinunter und grüßte ihn mit einem Kopfnicken.
»Signora, ich bin Commissario…«

»Ich kenne Sie.«
»Ich weiß, dass Sie nach Hause wollen, es geht auch ganz schnell. Kannten sich der Maestro und Signora Licalzi?«
»Ja. Seit etwa zwei Monaten. Die Signora wollte den Maestro von sich aus kennen lernen. Und der hat sich sehr gefreut, für schöne Frauen hat er was übrig. Sie unterhielten sich sehr angeregt, ich servierte Kaffee, sie tranken ihn, und danach zogen sie sich ins Studio zurück, aus dem kein Ton nach außen dringt.«
»Ist es schalldicht?«
»*Sissi*. So werden die Nachbarn nicht gestört.«
»Ist die Signora noch mal gekommen?«
»Nicht, wenn ich da war.«
»Und wann sind Sie da?«
»Sehen Sie das denn nicht? Abends gehe ich heim.«
»Eine Frage noch. Wenn der Maestro keinen Fernseher hat und nicht Zeitung liest, woher wusste er dann von dem Mord?«
»Ich habe es ihm zufällig gesagt, heute Nachmittag. In der Stadt hängen ja überall die Anzeigen für den Gottesdienst von morgen.«
»Und wie hat der Maestro reagiert?«
»Ziemlich schlecht. Er wollte seine Herzpillen, er war ganz blass. Ich bin so erschrocken! Gibt es sonst noch was?«

Sechzehn

Als der Commissario morgens ins Büro kam, trug er einen grauen Anzug, ein blassblaues Hemd, eine Krawatte in einer gedeckten Farbe und schwarze Schuhe.

»Du siehst aus wie ein Dressman«, sagte Mimì Augello.

Montalbano konnte ihm ja schlecht erzählen, dass er sich so gekleidet hatte, weil er schon um halb zehn in ein Geigenkonzert gehen wollte. Mimì hätte ihn für verrückt erklärt. Und mit Recht, denn die ganze Geschichte war ein bisschen wie aus dem Irrenhaus.

»Ich muss doch zur Trauerfeier«, brummte er.

Als er in sein Zimmer kam, klingelte das Telefon.

»Salvo? Hier ist Anna. Guido Serravalle hat mich vorhin angerufen.«

»Aus Bologna?«

»Nein, aus Montelusa. Er sagte, Michela hätte ihm vor einiger Zeit meine Nummer gegeben. Er wusste, dass wir befreundet waren. Er ist wegen der Trauerfeier hier und wohnt im della Valle. Er hat mich gefragt, ob wir danach zusammen Mittagessen gehen, er reist am Nachmittag wieder ab. Was soll ich tun?«

»Inwiefern?«

»Ich weiß nicht, aber mir ist nicht wohl bei dem Gedanken.«

»Warum denn das?«

»Commissario? Hier ist Emanuele Licalzi. Kommen Sie zur Trauerfeier?«
»Ja. Um wie viel Uhr ist sie?«
»Um elf. Danach fährt der Leichenwagen direkt von der Kirche nach Bologna. Gibt es Neuigkeiten?«
»Im Augenblick nichts Wichtiges. Bleiben Sie länger in Montelusa?«
»Bis morgen früh. Ich muss wegen des Verkaufs der Villa mit einem Maklerbüro sprechen. Am Nachmittag fahre ich mit einem Mitarbeiter des Büros zur Besichtigung hin. Ach ja, gestern habe ich im Flugzeug Guido Serravalle getroffen, er ist wegen der Trauerfeier hier.«
»Das war bestimmt peinlich«, entfuhr es dem Commissario.
»Finden Sie?«
Dottor Emanuele Licalzi hatte sein Visier wieder heruntergeklappt.

»Kommen Sie schnell, es fängt gleich an«, sagte Signora Clementina und führte ihn in die Kammer neben dem Wohnzimmer. Bekümmert nahmen sie Platz. Die Signora trug zur Feier des Tages ein langes Kleid. Sie sah aus wie eine Dame von Boldini, nur ein bisschen in die Jahre gekommen. Punkt halb zehn fing Maestro Barbera an zu spielen. Schon nach fünf Minuten hatte der Commissario ein merkwürdiges Gefühl, das ihn verwirrte. Es war ihm, als würde der Geigenton plötzlich zu einer Stimme, zur Stimme einer Frau, die darum bat, angehört und verstanden zu werden. Langsam, aber immer deutlicher verwandelten sich die Töne in Silben, vielmehr in Laute, und drückten dennoch eine Art

Klage aus, den Gesang eines uralten Schmerzes, der sich hin und wieder in einer brennenden, mysteriösen Tragik zuspitzte. Diese ergriffene Frauenstimme sagte, es gebe ein schreckliches Geheimnis, das nur derjenige verstehen könne, der sich dem Klang, der Woge des Klangs, vollkommen hinzugeben vermochte. Tief bewegt und verstört schloss Montalbano die Augen. Aber im Stillen wunderte er sich auch: Wie kam es, dass diese Geige seit dem letzten Mal, als er sie gehört hatte, ihr Timbre derart verändert hatte? Die Augen immer noch geschlossen, ließ er sich von der Stimme führen. Und sah sich selbst in die Villa gehen, den Salon durchqueren, die kleine Vitrine öffnen, den Geigenkasten in die Hand nehmen... Das war es also, was ihm keine Ruhe gelassen hatte, das Detail, das nicht zu dem Ganzen passte! Das gleißend helle Licht, das in seinem Kopf explodierte, ließ ihn aufstöhnen.
»Sind Sie auch so ergriffen?«, fragte Signora Clementina und wischte sich eine Träne ab. »So hat er noch nie gespielt.«
Das Konzert musste in diesem Augenblick zu Ende gewesen sein, denn die Signora schloss das Telefon, das sie vorher ausgesteckt hatte, wieder an, wählte und applaudierte. Diesmal tat es ihr der Commissario nicht nach, sondern nahm den Telefonhörer in die Hand.
»Maestro? Hier spricht Commissario Montalbano. Ich muss unbedingt mit Ihnen reden.«
»Ich mit Ihnen auch.«
Montalbano legte auf, dann beugte er sich schwungvoll hinunter, umarmte Signora Clementina, küsste sie auf die Stirn und ging.

Die Haushälterin und Hausdame öffnete die Tür.
»Möchten Sie einen Kaffee?«
»Nein, danke.«
Cataldo Barbera kam ihm mit ausgestreckter Hand entgegen.
Als Montalbano die beiden Treppen hinaufging, hatte er sich überlegt, wie der Maestro wohl gekleidet war. Er hatte ganz richtig gelegen: Der Maestro, ein zierlicher Mann mit schneeweißem Haar und kleinen, aber durchdringend blickenden schwarzen Augen, trug einen hervorragend geschnittenen Frack.
Nur der weiße Seidenschal, der um die untere Gesichtshälfte gewickelt war, passte nicht dazu; er verbarg Nase, Mund und Kinn und ließ nur die Augen und die Stirn frei. Er war mit einer großen goldenen Nadel festgesteckt.
»Bitte, kommen Sie herein«, sagte Barbera sehr höflich und führte ihn in das schalldichte Studio.
Darin waren eine Vitrine mit fünf Geigen, eine komplizierte Stereoanlage, metallene Büroregale mit aufeinander gestapelten CDs, Platten, Tonbändern, ein Bücherschrank, ein Schreibtisch, zwei Sessel. Auf dem Schreibtisch lag noch eine Geige, diejenige offenbar, die der Maestro gerade bei seinem Konzert verwendet hatte.
»Heute habe ich die Guarnieri gespielt«, bestätigte der Maestro und zeigte auf das Instrument. »Sie hat eine unvergleichliche, eine himmlische Stimme.«
Montalbano beglückwünschte sich selbst: Er verstand zwar nichts von Musik, aber er hatte doch gespürt, dass der Klang dieser Geige anders war als der, den er beim ersten Konzert gehört hatte.

»Glauben Sie mir, ein solches Juwel zur Verfügung zu haben, bedeutet für einen Geiger ein echtes Wunder.«
Er seufzte.
»Leider muss ich sie zurückgeben.«
»Gehört sie nicht Ihnen?«
»Schön wär's! Nur weiß ich nicht, wem ich sie jetzt zurückgeben soll. Ich hatte mir heute vorgenommen, im Kommissariat anzurufen und das Problem darzulegen. Aber jetzt sind Sie ja hier...«
»Bitte, zu Ihrer Verfügung.«
»Wissen Sie, diese Geige gehörte der seligen Signora Licalzi.«
Der Commissario fühlte, dass sich alle seine Nerven wie Geigensaiten spannten; wenn der Maestro jetzt mit dem Bogen über ihn strich, würde er bestimmt Töne von sich geben.
»Vor etwa zwei Monaten«, erzählte Maestro Barbera, »übte ich bei offenem Fenster. Signora Licalzi ging zufällig auf der Straße vorbei und hörte mich. Sie verstand etwas von Musik, wissen Sie. Sie las meinen Namen an der Sprechanlage und wollte mich kennen lernen. Sie hatte in Mailand mein letztes Konzert besucht, danach wollte ich mich zurückziehen, aber das wusste niemand.«
»Warum?«
Diese direkte Frage überraschte den Maestro. Er zögerte nur einen Augenblick, dann zog er die Nadel heraus und löste langsam den Schal. Ein Monster. Die halbe Nase fehlte, die Oberlippe, die völlig zerfressen war, entblößte das Zahnfleisch.
»Finden Sie das nicht Grund genug?«
Er hüllte sich wieder in den Schal und steckte ihn mit der Nadel fest.

»Es ist ein äußerst seltener Fall von unheilbarem Lupus. Wie hätte ich da vor mein Publikum treten können?«

Der Commissario war ihm dankbar, dass er den Schal gleich wieder angelegt hatte, man konnte gar nicht hinsehen, es war Ekel erregend und zum Fürchten.

»Nun gut, wir sprachen also über dieses und jenes, und da sagte dieses schöne, freundliche Geschöpf, sie habe von ihrem Urgroßvater, der Geigenbauer in Cremona war, eine Geige geerbt. Sie fügte hinzu, in der Familie habe es, als sie klein war, geheißen, dieses Instrument sei ein Vermögen wert, aber sie habe dem keine Bedeutung beigemessen. In den Familien gibt es oft diese Legende des kostbaren Gemäldes, der kleinen Statue, die Millionen wert ist. Wer weiß, warum ich neugierig wurde. Ein paar Tage später rief sie abends an, holte mich ab und fuhr mit mir in die Villa, die gerade fertig gestellt war. Glauben Sie mir, als ich die Geige sah, spürte ich etwas in mir explodieren, als hätte ich einen starken Stromschlag bekommen. Sie war äußerlich zwar in ziemlich schlechtem Zustand, aber es bedurfte nicht viel, sie perfekt wieder herzurichten. Es war eine Andrea Guarnieri, Commissario, sie ist ganz leicht an dem bernsteingelben Lack mit seiner ungewöhnlichen Leuchtkraft zu erkennen.«

Der Commissario betrachtete die Geige; eigentlich fand er nicht, dass sie leuchtete. Aber er hatte ja auch kein Talent für solche Musikdinge.

»Ich probierte sie aus«, sagte der Maestro. »Ich spielte zehn Minuten lang und war im Paradies mit Paganini, mit Ole Bull…«

»Was hat sie für einen Marktwert?«, fragte der Commissario, der normalerweise auf der Erde herumflog und noch nie bis ins Paradies gekommen war.

»Wert?! Markt?!«, rief der Maestro entsetzt aus. »Aber ein solches Instrument hat keinen Preis!«

»*Va bene*, nur um eine Zahl zu nennen …«

»Keine Ahnung, zwei, drei Milliarden.«

Hatte er richtig gehört? Er hatte richtig gehört.

»Ich machte die Signora darauf aufmerksam, dass sie es nicht riskieren könne, ein Instrument von so hohem Wert in einem praktisch unbewohnten Haus zu lassen. Wir überlegten uns eine Lösung, auch weil ich eine fachmännische Bestätigung für meine Vermutung haben wollte, nämlich dass es sich um eine echte Guarnieri handelte. Sie schlug vor, ich solle die Geige zu mir nehmen. Ich wollte eine solche Verantwortung nicht auf mich nehmen, doch es gelang ihr, mich zu überreden, sie wollte nicht mal einen Beleg dafür haben. Sie brachte mich wieder nach Hause, und ich gab ihr eine meiner Geigen als Ersatz, die sie in den alten Geigenkasten legen sollte. Es hätte nichts ausgemacht, wenn sie gestohlen worden wäre: Sie war nur ein paar hunderttausend Lire wert. Am nächsten Morgen versuchte ich einen Freund in Mailand zu erreichen, der in Sachen Geigen der größte Experte ist, den es gibt. Seine Sekretärin sagte mir, er sei auf Weltreise und komme nicht vor Ende dieses Monats zurück.«

»Entschuldigen Sie«, sagte der Commissario, »ich bin bald wieder da.«

Er rannte hinaus und rannte bis ins Kommissariat.

»Fazio!«

»Zu Befehl, Dottore!«

Montalbano schrieb einen Zettel, unterzeichnete ihn und beglaubigte ihn mit dem Kommissariatsstempel.
»Komm mit.«
Sie fuhren mit seinem Auto, er hielt nah bei der Kirche.
»Gib diesen Zettel Dottor Licalzi, er muss dir die Hausschlüssel geben. Ich kann nicht zu ihm hin, wenn ich in die Kirche gehe und die Leute mich mit dem Dottore reden sehen, dann brodelt die Gerüchteküche in der Stadt.«
Keine fünf Minuten später waren sie schon Richtung Tre Fontane unterwegs. Sie stiegen aus dem Wagen, und Montalbano öffnete die Haustür. Innen roch es miefig, stickig, und das lag nicht nur an den geschlossenen Räumen, sondern auch an den Pulvern und Sprays, die bei der Spurensicherung verwendet worden waren. Gefolgt von Fazio, der keine Fragen stellte, öffnete er die Vitrine, entnahm den Geigenkasten, ging aus dem Haus und machte die Tür zu.
»Warte, ich will was nachsehen.«
Er ging um das Haus nach hinten, das hatte er die beiden anderen Male, als er dagewesen war, nicht gemacht. Hier war eine Art Entwurf dessen, was einmal ein großer Garten hätte werden sollen. Rechts erhob sich, direkt neben dem Haus, eine riesige Eberesche; diese Bäume tragen leuchtendrote, säuerlich schmeckende kleine Früchte, die Montalbano als Kind pfundweise gegessen hatte.
»Du müsstest bis zum obersten Ast raufklettern.«
»Wer? Ich?«
»Nein, dein Zwillingsbruder.«
Fazio setzte sich unwillig in Bewegung. Er war nicht mehr der Jüngste und fürchtete, herunterzufallen und sich das Genick zu brechen.

»Oben wartest du.«
»*Sissi*, als Kind hab ich ja für Tarzan geschwärmt.«
Montalbano machte die Tür wieder auf, ging in das obere Stockwerk, schaltete das Licht im Schlafzimmer ein – hier schnürte einem der Gestank die Kehle zu – und zog die Rollläden hoch, die Fenster ließ er geschlossen.
»Siehst du mich?«, schrie er Fazio zu.
»*Sissi*, ganz deutlich!«
Montalbano ging aus dem Haus, schloss die Tür und steuerte auf den Wagen zu.
Fazio war nicht da. Er saß im Baum und wartete darauf, dass ihm der Commissario sagte, was er zu tun habe.

Als er Fazio mit den Hausschlüsseln, die er Dottor Licalzi zurückgeben sollte (»Sag ihm, dass wir sie vielleicht noch mal brauchen«), vor der Kirche abgesetzt hatte, fuhr er zur Wohnung von Maestro Cataldo Barbera. Er nahm immer zwei Stufen auf einmal. Der Maestro öffnete ihm; er hatte den Frack abgelegt und trug jetzt Hose und Rollkragenpullover, aber immer noch denselben weißen Seidenschal mit der goldenen Nadel.
»Kommen Sie mit rüber«, sagte Cataldo Barbera.
»Das ist nicht nötig, Maestro. Nur eine Minute. Ist das der Geigenkasten, in dem die Guarnieri lag?«
Der Maestro nahm den Kasten in die Hand, betrachtete ihn aufmerksam und gab ihn dann zurück.
»Ja, das ist er wohl.«
Montalbano öffnete den Geigenkasten und fragte, ohne das Instrument herauszunehmen:
»Ist das die Geige, die Sie der Signora gegeben haben?«

Der Maestro trat zwei Schritte zurück und streckte eine Hand nach vorn, als wollte er eine Schreckensszene möglichst weit von sich fernhalten.
»Aber dieses Objekt würde ich nicht mal mit dem kleinen Finger anfassen! Ich bitte Sie! Das ist ein Serienprodukt! Ein Affront für eine echte Geige!«
Damit war bestätigt, was ihm die Stimme der Geige offenbart, vielmehr was sie ans Licht gebracht hatte. Weil er ihn unbewusst schon immer wahrgenommen hatte: den Unterschied zwischen Inhalt und Behälter. Der war selbst ihm klar, obwohl er von Geigen nichts verstand. Übrigens auch von keinem anderen Musikinstrument.
»Wissen Sie«, fuhr Cataldo Barbera fort, »die Geige, die ich der Signora gegeben habe, war zwar von äußerst bescheidenem Wert, glich der Guarnieri aber sehr.«
»Danke. *Arrivederci.*«
Er machte sich auf den Weg nach unten.
»Was soll ich denn mit der Guarnieri machen?«, rief ihm der Maestro nach; er war immer noch ganz verwirrt und hatte nichts begriffen.
»Die können Sie noch eine Weile behalten. Und spielen Sie die Geige, sooft Sie können!«

Der Sarg wurde gerade in den Leichenwagen geladen, zahlreiche Kränze lagen in einer Reihe vor dem Kirchenportal. Emanuele Licalzi war umringt von vielen Leuten, die ihm kondolierten. Er machte einen ungewohnt verstörten Eindruck. Montalbano trat zu ihm und nahm ihn beiseite.
»Ich habe so viele Menschen gar nicht erwartet«, sagte der Dottore.

»Die Signora war eben sehr beliebt. Haben Sie die Schlüssel wiederbekommen? Möglicherweise muss ich Sie noch mal darum bitten.«
»Ich brauche sie zwischen sechzehn und siebzehn Uhr, da bin ich mit den Leuten vom Immobilienbüro in der Villa.«
»Ich werde daran denken. Hören Sie, Dottore, wenn Sie ins Haus kommen, werden Sie wahrscheinlich feststellen, dass die Geige aus der Vitrine fehlt. Ich habe sie mitgenommen. Sie bekommen sie heute Abend zurück.«
Der Dottore schien verblüfft.
»Hat sie irgendwas mit der Sache zu tun? Das Ding ist völlig wertlos.«
»Ich brauche sie wegen der Fingerabdrücke«, log Montalbano.
»Dann denken Sie daran, dass ich sie in der Hand hatte, als ich sie Ihnen zeigte.«
»Natürlich, das weiß ich noch genau. Ach ja, Dottore, eine Frage noch, aus purer Neugierde. Um wie viel Uhr ging Ihr Flug gestern Abend ab Bologna?«
»Es gibt eine Maschine, die um achtzehn Uhr dreißig startet, man steigt in Rom um und landet um zweiundzwanzig Uhr in Palermo.«
»Danke.«
»Commissario, entschuldigen Sie: Denken Sie bitte an den Twingo!«
Bih, was war das für ein Theater mit diesem blöden Auto!

Endlich erblickte Montalbano, mitten unter der sich auflösenden Menge, Anna Tropeano, die mit einem hoch gewachsenen, geschniegelten Vierzigjährigen sprach. Das

musste Guido Serravalle sein. Da sah er Giallombardo die Straße entlanggehen und rief ihn zu sich her.
»Wo gehst du hin?«
»Nach Haus zum Essen.«
»Tut mir Leid für dich, aber du gehst nicht.«
»*Madonna*, ausgerechnet heute, wo meine Frau *pasta 'ncasciata* für mich gemacht hat!«
»Die kannst du heute Abend essen. Siehst du die beiden da, die dunkelhaarige Signora und den Signore, die miteinander reden?«
»*Sissi.*«
»Du darfst ihn nicht aus den Augen lassen. Ich fahre nachher ins Kommissariat, informier mich jede halbe Stunde. Was er macht, wohin er geht.«
»Na gut«, sagte Giallombardo schicksalsergeben.
Montalbano ließ ihn stehen und trat zu den beiden. Anna hatte ihn nicht kommen sehen und strahlte über das ganze Gesicht, anscheinend war sie von Serravalles Gegenwart genervt.
»Salvo, wie geht's?«
Sie stellte die beiden einander vor.
»Commissario Salvo Montalbano, Dottor Guido Serravalle.«
Montalbano spielte seine Rolle wunderbar.
»Aber wir haben doch schon miteinander telefoniert!«
»Ja, ich hatte mich Ihnen zur Verfügung gestellt.«
»Natürlich, ich erinnere mich. Sind Sie wegen der armen Signora gekommen?«
»Ich musste einfach.«
»Ich verstehe. Reisen Sie heute noch ab?«

»Ja, ich verlasse mein Hotel gegen siebzehn Uhr. Mein Flug geht um zwanzig Uhr ab Punta Ràisi.«
»Gut, gut«, sagte Montalbano. Er schien sich zu freuen, dass alle glücklich und zufrieden waren, weil man unter anderem mit pünktlich startenden Flugzeugen rechnen konnte.
»Weißt du«, sagte Anna und gab sich ungezwungen und weltgewandt, »Dottor Serravalle hat mich gerade zum Mittagessen eingeladen. Komm doch mit!«
»Ich würde mich sehr freuen«, sagte Serravalle und steckte den Seitenhieb ein.
Tiefes Bedauern machte sich augenblicklich auf dem Gesicht des Commissario breit.
»Ach, wenn ich das eher gewusst hätte! Leider habe ich schon einen Termin.«
Er schüttelte Serravalle die Hand.
»Es hat mich sehr gefreut, Sie kennen zu lernen. Obwohl man das unter diesen Umständen eigentlich nicht so sagen dürfte.«
Montalbano fürchtete, es mit seinem Auftritt als Volltrottel zu übertreiben, die Rolle drohte mit ihm durchzugehen. In der Tat waren Annas Augen zwei Fragezeichen, als sie ihn ansah.
»Aber wir beide telefonieren, ja, Anna?«

An der Tür des Kommissariats traf er auf Augello, der gerade hinausging.
»Wo gehst du hin?«
»Zum Essen.«
»*Minchia*, ihr denkt alle an dasselbe!«

»Woran sollen wir denn sonst denken, wenn Essenszeit ist?«
»Wen haben wir in Bologna?«
»Als Bürgermeister?«, fragte Augello irritiert.
»Der Bürgermeister von Bologna ist mir scheißegal. Haben wir einen Freund dort in der Questura, von dem wir innerhalb einer Stunde eine Auskunft kriegen können?«
»Warte, da ist Guggino, erinnerst du dich an ihn?«
»Filiberto?«
»Ja, der. Er wurde vor vier Wochen dahin versetzt. Er leitet das Ausländeramt.«
»Geh nur zu deinen *spaghetti alle vongole* mit einem Haufen *parmigiano*«, sagte Montalbano zum Dank und sah ihn verächtlich an. Wie sollte man jemanden, der dermaßen an Geschmacksverirrung litt, auch sonst anschauen?

Es war zwölf Uhr fünfunddreißig, und Filiberto war möglicherweise noch im Büro.
»*Pronto*? Hier ist Commissario Montalbano. Ich rufe aus Vigàta an, könnte ich bitte mit Dottor Filiberto Guggino sprechen?«
»Einen Augenblick.«
Es knackte ein paarmal, dann war eine fröhliche Stimme zu vernehmen.
»Salvo! Wie schön, dich zu hören! Wie geht's?«
»Gut, Filibè. Ich muss dich mit einer äußerst dringenden Sache behelligen, ich brauche innerhalb einer, spätestens anderthalb Stunden eine Auskunft. Ich suche nach einem wirtschaftlichen Motiv für ein Verbrechen.«
»Ich bin nicht gerade mit Zeit gesegnet.«

»Du musst mir so viel wie möglich über jemanden sagen, der Schulden hat und von Wucherern bedrängt wird, vielleicht ein Geschäftsmann oder einer, der um hohe Summen spielt...«
»Das macht die Sache noch viel komplizierter. Ich kann dir sagen, wer Wucher treibt, aber nicht, wer dadurch ruiniert wird.«
»Versuch's. Ich gebe dir seinen Namen und Nachnamen.«

»Dottore? Ich bin's, Giallombardo. Sie essen gerade im Restaurant in Contrada Capo, das direkt am Meer liegt, kennen Sie es?«
Ja, leider kannte er es. Er war mal zufällig da hineingeraten und hatte es nicht vergessen.
»Sind sie mit zwei Autos da? Jeder mit seinem eigenen?«
»Nein, er sitzt am Steuer, deshalb...«
»Lass den Mann keine Sekunde aus den Augen. Er bringt die Signora später bestimmt nach Hause, dann geht er ins Hotel, ins della Valle. Halte mich weiter auf dem Laufenden.«

Ja und nein, lautete die Antwort der Firma, die in Punta Ràisi Autos vermietete, nachdem man sich eine halbe Stunde lang geziert hatte, ihm eine Auskunft zu erteilen – er hatte sogar den Chef der Flughafenpolizei einschalten müssen. Ja, gestern Abend, Donnerstag, hatte der fragliche Signore einen Wagen gemietet, den er noch immer benutzte. Nein, Mittwochabend letzter Woche hatte dieser Signore keinen Wagen gemietet, sein Name stand nicht im Computer.

Siebzehn

Gugginos Antwort erreichte ihn ein paar Minuten vor drei. Sie war lang und ausführlich. Montalbano machte sich gewissenhaft Notizen. Fünf Minuten später tauchte Giallombardo auf und teilte ihm mit, Serravalle sei ins Hotel zurückgekehrt.

»Rühr dich dort nicht von der Stelle«, befahl ihm der Commissario. »Wenn du ihn wieder rausgehen siehst, bevor ich da bin, dann halte ihn unter irgendeinem Vorwand fest, mach einen Striptease oder einen Bauchtanz, aber lass ihn nicht weg.«

Rasch blätterte er Michelas Unterlagen durch, er erinnerte sich, eine Bordkarte gesehen zu haben. Sie war da, es war die letzte Reise der Signora von Bologna nach Palermo gewesen. Er steckte die Karte ein und rief Gallo.

»Bring mich mit dem Streifenwagen zum Albergo della Valle.«

Das Hotel stand auf halbem Weg zwischen Vigàta und Montelusa, man hatte es direkt neben einen der schönsten Tempel der Welt gebaut, Denkmalamt, Landschaftsschutzverordnungen und Bebauungsplänen zum Trotz.

»Du wartest hier«, sagte der Commissario zu Gallo. Er ging zu seinem Auto, in dem Giallombardo saß und ein Nickerchen hielt.

»Ich hab nur mit einem Auge geschlafen!«, beteuerte der Polizist.
Der Commissario öffnete den Kofferraum und nahm den Kasten mit der billigen Geige heraus.
»Du fährst ins Kommissariat zurück«, befahl er Giallombardo.
Als er die Hotelhalle durchquerte, hätte man ihn glatt für das Mitglied eines Orchesters halten können.
»Ist Dottor Serravalle da?«
»Ja, er ist in seinem Zimmer. Wen soll ich melden?«
»Du sollst gar nichts melden, sondern nur den Mund halten. Ich bin Commissario Montalbano. Und wenn du es wagst, den Telefonhörer in die Hand zu nehmen, bring ich dich hinter Gitter, und dann kannst du schauen, wie du wieder rauskommst.«
»Vierter Stock, Zimmer vierhundertsechzehn«, sagte der Portier mit zitternden Lippen.
»Hat jemand für ihn angerufen?«
»Als er zurückkam, habe ich ihm die Mitteilungen der eingegangenen Anrufe gegeben, drei oder vier.«
»Ich will mit der Telefonistin sprechen.«
Die Telefonistin, die sich der Commissario, weiß der Himmel warum, als hübsches junges Mädchen vorgestellt hatte, war ein bebrillter alter Glatzkopf um die sechzig.
»Der Portier hat mir schon alles erklärt. Ab zwölf Uhr hat immer wieder ein gewisser Eolo aus Bologna angerufen. Seinen Nachnamen hat er nie hinterlassen. Er hat gerade vor zehn Minuten wieder angerufen, und ich habe das Gespräch ins Zimmer durchgestellt.«

Im Fahrstuhl zog Montalbano einen Zettel mit den Namen aller Personen hervor, die vergangenen Mittwochabend am Flughafen Punta Ràisi ein Auto gemietet hatten. Einverstanden: Guido Serravalle stand nicht darauf. Aber Eolo Portinari schon. Und von Guggino hatte er erfahren, dass dieser ein enger Freund des Antiquitätenhändlers war.

Er klopfte ganz leise, und dabei fiel ihm ein, dass seine Pistole im Auto im Handschuhfach lag.

»Herein, es ist offen.«

Der Antiquar lag auf dem Bett, die Hände im Nacken verschränkt. Er hatte nur Schuhe und Jackett ausgezogen, die Krawatte hatte er noch umgebunden. Als er den Commissario sah, sprang er auf die Füße wie ein Schachtelteufel, der beim Öffnen des Kästchens herausschnellt.

»Immer mit der Ruhe«, sagte Montalbano.

»Schon in Ordnung!«, rief Serravalle und schlüpfte hastig in seine Schuhe. Sogar das Jackett zog er an. Montalbano hatte sich auf einen Stuhl gesetzt, den Geigenkasten auf dem Schoß.

»So, jetzt bin ich bereit. Was verschafft mir die Ehre?«

Den Geigenkasten übersah er geflissentlich.

»Sie sagten neulich am Telefon, sie stünden mir zur Verfügung, wenn ich Sie bräuchte.«

»Natürlich, das kann ich nur wiederholen«, sagte Serravalle und setzte sich ebenfalls.

»Ich hätte Sie nicht belästigt, aber da Sie wegen der Trauerfeier schon mal hier sind, will ich das ausnutzen.«

»Das freut mich. Was soll ich tun?«

»Zuhören.«

»Ich verstehe nicht, entschuldigen Sie.«
»Mir zuhören. Ich will Ihnen eine Geschichte erzählen. Wenn Sie finden, dass ich übertreibe oder mich irre, dann unterbrechen Sie mich nur, korrigieren Sie mich.«
»Ich wüsste nicht wie, Commissario. Ich kenne die Geschichte ja nicht, die Sie mir erzählen wollen.«
»Sie haben Recht. Dann sagen Sie mir, was Sie davon halten, wenn ich fertig bin. Der Held meiner Geschichte ist ein Signore, der in recht guten Verhältnissen lebt, er ist ein Mann von erlesenem Geschmack, besitzt ein bekanntes Antiquitätengeschäft und hat eine gute Klientel. Dieses Geschäft hat unser Held von seinem Vater geerbt.«
»Entschuldigen Sie«, sagte Serravalle, »wo spielt Ihre Geschichte denn?«
»In Bologna«, antwortete Montalbano und fuhr fort:
»Etwa vor einem Jahr begegnet dieser Signore einer jungen Frau aus besseren Kreisen. Die beiden werden ein Liebespaar. Ihr Verhältnis ist ohne Risiko, der Gatte der Signora drückt aus Gründen, die zu erläutern hier zu weit führen würde, nicht nur ein Auge, wie es so schön heißt, sondern gleich alle beide zu. Die Signora liebt ihren Mann weiterhin, aber die sexuelle Beziehung zu ihrem Geliebten ist ihr sehr wichtig.«
Er unterbrach sich.
»Darf ich rauchen?«, fragte er.
»Aber natürlich«, sagte Serravalle und schob ihm einen Aschenbecher hin.
Montalbano holte langsam das Päckchen aus der Tasche, nahm drei Zigaretten heraus, rollte eine nach der anderen zwischen Daumen und Zeigefinger hin und her, entschied

sich für die, die ihm am weichsten schien, steckte die beiden anderen in das Päckchen zurück und tastete sich auf der Suche nach dem Feuerzeug ab.

»Ich kann Ihnen leider nicht behilflich sein, ich rauche nicht«, sagte der Antiquar.

Schließlich fand der Commissario das Feuerzeug in der Brusttasche des Jacketts, betrachtete es, als hätte er es noch nie gesehen, zündete die Zigarette an und steckte das Feuerzeug wieder ein.

Bevor er weitersprach, sah er Serravalle gedankenverloren an. Die Oberlippe der Antiquars war feucht, er begann zu schwitzen.

»Wo war ich stehen geblieben?«

»Bei der Frau, die sehr an ihrem Geliebten hing.«

»Ach ja. Leider hat unser Held ein schlimmes Laster. Er ist Glücksspieler, er setzt hohe Summen. In den letzten drei Monaten wurde er dreimal in illegalen Spielhöllen erwischt. Stellen Sie sich vor, eines Tages landet er sogar im Krankenhaus, nachdem er brutal zusammengeschlagen worden ist. Er behauptet, das Opfer eines Raubüberfalls gewesen zu sein, doch die Polizei vermutet – ich wiederhole: vermutet –, dass es sich um eine Warnung wegen nicht gezahlter Spielschulden handelt. Wie auch immer, für unseren Helden, der weiter spielt und weiter verliert, wird die Lage immer prekärer. Er vertraut sich seiner Geliebten an, und diese versucht für ihn zu tun, was in ihrer Macht steht. Sie hatte die Idee gehabt, sich hier eine kleine Villa bauen zu lassen, weil ihr die Gegend gut gefiel. Diese Villa erweist sich jetzt als ausgesprochen zweckmäßig: Die Signora bläht die Baukosten auf und kann ihrem Freund auf diese Weise etwa hundert

Millionen zukommen lassen. Sie plant einen Garten, möglicherweise auch den Bau eines Schwimmbads: alles neue Quellen für Schwarzgeld. Aber sie sind ein Tropfen auf den heißen Stein, bei weitem keine zwei- oder dreihundert Millionen. Eines Tages begegnet die Signora, die ich der Einfachheit halber Michela nennen will...«

»Augenblick«, unterbrach Serravalle ihn mit einem Grinsen, das sardonisch wirken sollte. »Und Ihr Held, wie heißt der?«

»Sagen wir mal Guido«, antwortete Montalbano, als wäre das ganz nebensächlich.

Serravalle zog eine Grimasse, inzwischen klebte ihm sein Hemd schweißnass auf der Brust.

»Gefallen Ihnen die Namen nicht? Wir können sie auch Paolo und Francesca nennen, wenn Sie wollen. Das ändert nichts am Kern der Sache.«

Er wartete, ob Serravalle etwas sagte, aber der Antiquar machte den Mund nicht auf, und so fuhr Montalbano fort:

»Eines Tages lernt Michela in Vigàta einen berühmten Solisten kennen, einen Geiger, der hier zurückgezogen lebt. Die beiden sind sich sympathisch, und die Signora erzählt dem Maestro, sie besitze eine alte Geige, ein Erbstück ihres Urgroßvaters. Zum Spaß – wie ich glaube – zeigt Michela sie dem Maestro, und diesem ist auf den ersten Blick klar, dass er ein Instrument von ungeheurem Wert, und zwar in musikalischer wie finanzieller Hinsicht, vor sich hat. Irgendwas über zwei Milliarden. Als Michela nach Bologna zurückkehrt, erzählt sie die ganze Geschichte ihrem Geliebten. Wenn die Dinge tatsächlich so liegen, wie der Maestro sagt, dann ist die Geige sehr gut verkäuflich, Michelas

Mann hat sie vielleicht ein- oder zweimal gesehen, und alle verkennen ihren wirklichen Wert. Man müsste sie also nur austauschen, irgendeine miese Geige in den Kasten legen, und Guido wäre für alle Zeiten aus dem Schneider.«

Montalbano verstummte, trommelte mit den Fingern auf dem Geigenkasten und seufzte.

»Jetzt kommt das schwierigste Kapitel«, sagte er.

»*Beh*«, sagte Serravalle, »Sie können mir die Geschichte ja ein anderes Mal zu Ende erzählen.«

»Ich könnte, aber dann müsste ich Sie noch mal aus Bologna herbemühen oder selbst zu Ihnen kommen, das wäre zu umständlich. Wenn Sie schon so höflich sind und mir geduldig zuhören, obwohl Sie vor Hitze fast vergehen, will ich Ihnen erklären, warum ich das, was jetzt kommt, für das schwierigste Kapitel halte.«

»Weil Sie über einen Mord sprechen müssen?«

Montalbano starrte den Antiquitätenhändler mit offenem Mund an.

»Deshalb, meinen Sie? Nein, Mord und Totschlag bin ich gewohnt. Ich finde es das schwierigste Kapitel, weil ich die konkreten Fakten beiseite lassen und mich in den Kopf eines Mannes, in das, was er denkt, hineinversetzen muss. Ein Romanautor hätte da leichte Hand, aber ich bin ja nur ein Leser von Büchern, die ich für gut halte. Verzeihen Sie die Abschweifung. Nun sammelt unser Held ein paar Informationen über den Maestro, von dem Michela ihm erzählt hat. Er findet heraus, dass dieser nicht nur ein Musiker von Weltruf ist, sondern auch ein Kenner der Geschichte des Instruments, das er spielt. Jedenfalls liegt er zu neunundneunzig Prozent richtig. Doch es gibt keinen Zweifel, dass sich die Angelegenheit, wenn sie Michela überlassen bliebe, in die Länge ziehen würde. Nicht nur das, die Frau würde sie zwar heimlich, aber legal verkaufen wollen, und die zwei Milliarden würden – nach Abzug verschiedener Kosten und Prozente und wegen unseres Staates, der sich wie ein Wegelagerer darauf stürzen und sein Teil verlangen würde – am Ende auf weniger als eine Milliarde zusammenschrumpfen. Doch es gibt einen Ausweg. Unser Held denkt Tag und Nacht darüber nach und spricht dann mit einem Freund. Der Freund, den wir Eolo nennen könnten...«

Glück gehabt, die Vermutung war zur Gewissheit geworden. Wie vom Schuss eines großkalibrigen Revolvers getroffen, war Serravalle aus seinem Stuhl hochgefahren und dann plump wieder zurückgesunken. Er löste den Krawattenknoten.

»Ja, nennen wir ihn Eolo. Eolo ist sich mit unserem Helden einig, dass es nur einen Weg gibt: die Signora umzubringen, die Geige zu nehmen und durch eine minderwertige zu ersetzen. Serravalle überredet ihn, ihm dabei zu helfen. Außerdem ist ihre Freundschaft heimlich, vielleicht verbindet sie das Glücksspiel, Michela hat ihn nie gesehen. Am vereinbarten Tag nehmen beide in Bologna die letzte Maschine, die in Rom einen Anschluss nach Palermo hat. Eolo Portinari...«

Serravalle zuckte zusammen, wie ein Sterbender, der ein zweites Mal getroffen wird.

»...wie dumm, jetzt habe ich ihm einen Nachnamen gegeben! Eolo Portinari reist ohne oder fast ohne Gepäck, aber Guido hat einen großen Koffer dabei. Im Flugzeug tun die beiden, als würden sie sich nicht kennen. Kurz vor dem Abflug aus Rom ruft Guido Michela an und sagt ihr, er sei auf dem Weg zu ihr, er brauche sie, und sie solle ihn am Flughafen Punta Ràisi abholen, vielleicht lässt er auch durchblicken, dass er vor seinen Gläubigern flieht, die ihn umbringen wollen. Als die beiden in Palermo landen, fährt Guido mit Michela nach Vigàta, während Eolo sich einen Mietwagen nimmt und ebenfalls Richtung Vigàta fährt, dabei jedoch einen gewissen Abstand hält. Ich glaube, unser Held erzählt seiner Geliebten während der Fahrt, dass er es mit seinem Leben bezahlt hätte, wenn er nicht aus Bologna verschwunden wäre. Er habe sich überlegt, sich ein paar Tage in Michelas Villa zu verstecken. Wer würde schon auf die Idee kommen, ihn da unten zu suchen? Die Frau ist glücklich, ihren Geliebten bei sich zu haben, und willigt ein. Bevor sie nach Montelusa kommen, hält sie an einer Bar und kauft zwei *panini* und eine Flasche Mineralwasser. Aber sie stolpert auf der Treppe und fällt hin, und der Besitzer der Bar schaut Serravalle direkt ins Gesicht.

Sie kommen nach Mitternacht in der Villa an. Michela duscht sofort und wirft sich ihrem Freund in die Arme. Sie lieben sich ein erstes Mal, dann bittet Serravalle Michela, es auf eine spezielle Weise zu tun. Und am Ende dieses zweiten Beischlafs drückt er ihr Gesicht in die Matratze, bis sie erstickt. Wissen Sie, warum er Michela gebeten hat, auf diese Weise Geschlechtsverkehr zu haben? Sie haben es bestimmt auch früher schon so gemacht, aber in dem Augenblick wollte er nicht, dass das Opfer ihn ansah, während er es umbrachte. Kaum hat er den Mord begangen, hört er draußen eine Art Klagen, einen erstickten Schrei. Er schaut raus und sieht im Lichtschein, der durch das Fenster nach außen dringt, in einem Baum direkt neben dem Haus einen Spanner sitzen – zumindest hält er ihn für einen solchen –, der den Mord beobachtet hat. Nackt, wie er ist, rennt unser Held hinaus, bewaffnet sich mit irgendwas und schlägt dem Unbekannten ins Gesicht, der aber kann fliehen. Es ist keine Minute zu verlieren. Er zieht sich an, öffnet die kleine Vitrine, nimmt die Geige heraus und legt sie in den Koffer, holt aus demselben Koffer die billige Geige heraus und legt sie in den Geigenkasten. Ein paar Minuten später kommt Eolo mit dem Auto, unser Held steigt ein. Was sie dann tun, ist unwichtig, am nächsten Morgen sind sie in Punta Ràisi und nehmen die erste Maschine nach Rom.

Bis hierher ist für unseren Helden alles gut gelaufen, und bestimmt kauft er sizilianische Zeitungen, um sich zu informieren. Doch es läuft nicht nur gut, sondern sogar bestens, als er erfährt, dass der Mörder gefunden wurde und sich noch rechtzeitig für schuldig erklären konnte, bevor er bei einer Schießerei getötet wurde. Jetzt weiß der Held, dass er mit dem illegalen Verkauf der Geige nicht länger zu warten braucht, und gibt sie Eolo Portinari, der sich um das Geschäft kümmern soll. Doch es kommt etwas dazwischen: Der Held erfährt, dass der Fall neu aufgerollt wurde. Da kommt die Trauerfeier wie gerufen, und er reist schnellstens nach Vigàta, um mit Michelas Freundin zu sprechen, der einzigen Person, die er kennt und die ihm möglicherweise sagen kann, wie die Lage ist. Dann fährt er ins Hotel zurück. Und hier erreicht ihn ein Anruf von Eolo: Die Geige ist nur ein paar hunderttausend Lire wert. Unser Held begreift, dass er betrogen wurde, dass er ganz umsonst einen Menschen getötet hat.«

»Ihr Held«, sagte Serravalle, der aussah, als hätte er sich das Gesicht gewaschen und nicht abgetrocknet, so schweißgebadet war er, »Ihr Held ist also in diese minimale Fehlerspanne von einem Prozent geraten, die er dem Maestro zugestanden hatte.«

»Wenn einer Pech im Spiel hat...«, lautete der Kommentar des Commissario.

»Möchten Sie etwas trinken?«

»Nein, danke.«

Serravalle öffnete die Minibar, nahm drei Fläschchen Whisky heraus und goss sie ohne Eis in ein Glas, das er in zwei Zügen leerte.

»Das ist eine interessante Geschichte, Commissario. Sie haben mir vorgeschlagen, meine Bemerkungen am Ende zu machen, und wenn Sie erlauben, werde ich das jetzt tun. Fangen wir also an. Ihr Held wird doch wohl nicht so dumm gewesen sein, unter seinem eigenen Namen zu fliegen, oder?«

Montalbano zog die Bordkarte ein Stückchen aus der Jackentasche, gerade so weit, dass der andere sie sehen konnte.

»Nein, Commissario, die nützt Ihnen gar nichts. Vielleicht existiert eine Bordkarte, aber das heißt nichts, auch wenn der Name des Helden darauf steht, jeder kann ihn benutzen, und man muss keinen Ausweis vorlegen. Und was die Begegnung vor der Bar anbelangt... Sie sagen, sie hätte abends stattgefunden und nur ein paar Sekunden gedauert. Kommen Sie, eine solche Identifizierung wäre doch nicht haltbar.«

»Ihre Argumentation ist schlüssig«, sagte der Commissario.

»Also weiter. Ich schlage eine Variante Ihrer Erzählung vor.

Der Held vertraut die Entdeckung, die seine Freundin gemacht hat, einem Typen namens Eolo Portinari an, einem dilettantischen Kriminellen. Und Portinari, der aus eigener Initiative nach Vigàta kommt, tut all das, was Sie Ihrem Helden zuschreiben. Portinari hat das Auto gemietet und dafür einen ordentlichen Führerschein vorgelegt, Portinari hat versucht, die Geige zu verkaufen, in der sich der Maestro getäuscht hatte, und Portinari hat die Frau vergewaltigt, damit es wie ein Verbrechen aus Leidenschaft aussieht.«

»Ohne zu ejakulieren?«

»Natürlich! Anhand des Spermas hätte man leicht die DNS analysieren können.«

Montalbano hob zwei Finger, als wollte er um Erlaubnis bitten, aufs Klo gehen zu dürfen.

»Ich möchte zu Ihren Bemerkungen zweierlei sagen. Sie haben völlig Recht: Die Schuld des Helden zu beweisen wird langwierig und schwer, aber nicht unmöglich sein. Ab sofort wird unser Held also von zwei bissigen Hunden verfolgt: von seinen Gläubigern und von der Polizei. Das Zweite ist, dass sich der Maestro nicht im Wert der Geige getäuscht hat, sie ist tatsächlich zwei Milliarden wert.«

»Aber Sie haben doch gerade ...«

Serravalle begriff, dass er dabei war, sich zu verraten, und verstummte augenblicklich. Montalbano fuhr fort, als hätte er nichts gehört.

»Mein Held ist ziemlich schlau. Denken Sie nur, er ruft auch noch, nachdem er die Signora umgebracht hat, im Hotel an und verlangt sie zu sprechen. Aber über ein Detail ist er nicht im Bilde.«

»Nämlich?«

»Ach, wissen Sie, die Geschichte ist so unglaublich, dass ich sie Ihnen vielleicht lieber doch nicht erzähle.«
»Geben Sie sich einen Ruck.«
»Ich mag nicht. Na gut, aber nur um Ihnen einen Gefallen zu tun. Mein Held hat von seiner Geliebten erfahren, dass der Maestro Cataldo Barbera heißt, und viele Informationen über ihn gesammelt. Jetzt rufen Sie in der Telefonvermittlung an und lassen sich mit dem Maestro verbinden, seine Nummer steht im Telefonbuch. Sprechen Sie in meinem Namen mit ihm, und lassen Sie sich die Geschichte von ihm selbst erzählen.«
Serravalle erhob sich, nahm den Hörer ab und sagte dem Telefonisten, mit wem er sprechen wollte. Er blieb am Apparat.
»*Pronto*? Sind Sie Maestro Barbera?«
Sobald dieser geantwortet hatte, legte Serravalle auf.
»Ich möchte sie lieber von Ihnen hören.«
»Na gut. Signora Michela fährt spät abends mit dem Maestro in ihr Haus. Als Cataldo Barbera die Geige sieht, fällt er fast in Ohnmacht. Er spielt sie und hat keinen Zweifel mehr, es handelt sich um eine Guarnieri. Er spricht mit Michela darüber und sagt ihr, er würde sie gern von einem anerkannten Fachmann untersuchen lassen. Und er rät der Signora, das Instrument nicht in der nur selten bewohnten Villa zu lassen. Die Signora vertraut es dem Maestro an, der es mit nach Hause nimmt und ihr dafür eine seiner Geigen gibt, die sie in den Kasten legen soll. Jene Geige, die mein ahnungsloser Held sich zu stehlen beeilt. Ach ja, das habe ich ganz vergessen, mein Held entwendet auch den Beutel mit dem Schmuck und die Piaget, nachdem er die

Frau getötet hat. Wie heißt es so schön? Kleinvieh macht auch Mist. Er lässt Kleider und Schuhe verschwinden, aber das tut er, um die Spuren möglichst weitgehend zu verwischen und die DNS-Analyse zu vermeiden.«

Alles hatte er erwartet, nur nicht Serravalles Reaktion. Zuerst glaubte Montalbano, der Antiquar, der in diesem Augenblick mit dem Rücken zu ihm stand und aus dem Fenster sah, würde weinen. Dann wandte Serravalle sich um, und Montalbano sah, dass er sich mühsam das Lachen verbiss. Doch es genügte ein winziger Moment, in dem sein Blick dem des Commissario begegnete, und das Gelächter brach mit voller Wucht aus ihm heraus. Serravalle lachte und weinte. Dann nahm er sich merklich zusammen und beruhigte sich.

»Vielleicht ist es besser, wenn ich mit Ihnen komme.«

»Das würde ich Ihnen raten«, sagte Montalbano. »Die Leute, die Sie in Bologna erwarten, haben etwas anderes mit Ihnen vor.«

»Ich packe ein paar Sachen zusammen, dann können wir gehen.«

Montalbano sah, wie er sich über seinen Koffer beugte, der auf einer Truhe lag. Etwas in einer Bewegung Serravalles beunruhigte ihn, und er sprang auf.

»Nein!«, schrie der Commissario und war mit einem Satz bei ihm.

Zu spät. Guido Serravalle hatte sich schon den Lauf eines Revolvers in den Mund gesteckt und abgedrückt. Mühsam bezwang der Commissario seinen Brechreiz und wischte sich mit den Händen das Gesicht ab, von dem eine schleimige warme Masse troff.

Achtzehn

Guido Serravalle hatte es den halben Kopf weggerissen, der Krach in dem kleinen Hotelzimmer war so laut gewesen, dass Montalbano eine Art Pfeifen in den Ohren hörte. War es möglich, dass noch niemand an die Tür geklopft und gefragt hatte, was passiert war? Das Albergo della Valle war Ende des neunzehnten Jahrhunderts gebaut worden, die Mauern waren dick und fest, und wahrscheinlich waren um diese Zeit alle Hotelgäste unterwegs und fotografierten die Tempel. Besser so.

Der Commissario ging ins Bad und wusch sich, so gut es ging, die vom Blut klebrigen Hände; dann nahm er den Telefonhörer auf.

»Hier ist Commissario Montalbano. Auf Ihrem Parkplatz steht ein Streifenwagen, der Beamte soll raufkommen. Und schicken Sie mir sofort den Direktor!«

Gallo kam als Erster. Er erschrak, als er seinen Chef so sah, Gesicht und Kleider blutbeschmiert.

»Dottore, Dottore, sind Sie verletzt?«

»Keine Sorge, das ist nicht mein Blut, es ist von dem da.«

»Und wer ist das?«

»Der Mörder der Licalzi. Aber sag noch niemandem was. Fahr schnell nach Vigàta und sag Augello, er soll per Telex eine Meldung nach Bologna schicken: Sie müssen einen

Typen strengstens überwachen, so einen windigen Kriminellen, dessen Daten sie bestimmt haben, er heißt Eolo Portinari. Er ist sein Komplize«, sagte Montalbano abschließend und zeigte auf den Selbstmörder. »Und dann kommst du sofort wieder her.«

An der Tür trat Gallo beiseite, um den Direttore, ein zwei Meter großes und entsprechend breites Mannsbild, vorbeizulassen. Als dieser die Leiche mit dem halben Kopf und das versaute Zimmer sah, machte er »hä?«, als hätte er eine Frage nicht verstanden, fiel im Zeitlupentempo auf die Knie und dann mit dem Gesicht nach vorn auf den Boden, wo er ohnmächtig liegen blieb. Die Reaktion des Direttore war so unmittelbar gewesen, dass Gallo gar keine Zeit gehabt hatte zu gehen. Die beiden zogen den Direttore ins Bad und lehnten ihn gegen die Wanne, Gallo nahm die Dusche, öffnete den Hahn und zielte auf seinen Kopf. Der Riese kam fast sofort wieder zu sich.

»Gott sei Dank! Gott sei Dank!«, murmelte er und trocknete sich ab.

Als Montalbano ihn fragend ansah, bestätigte der Direttore, was sich der Commissario schon gedacht hatte:

»Die japanische Reisegruppe ist unterwegs.«

Bevor Giudice Tommaseo, Dottor Pasquano, der neue Chef der Mordkommission und die Leute von der Spurensicherung kamen, musste Montalbano Hemd und Anzug wechseln; er gab damit dem Drängen des Direktors nach, der ihm Sachen von sich leihen wollte. Er passte zweimal in die Klamotten des Riesen; seine Hände verschwanden in den Ärmeln, die Hosenbeine falteten sich wie eine Ziehharmonika über den Schuhen, und er sah aus wie der Zirkuszwerg Bagonghi. Das setzte seiner Laune viel mehr zu, als jedem Einzelnen immer wieder von vorn im Detail erzählen zu müssen, wie er dem Mörder auf die Spur gekommen war und wie dieser sich das Leben genommen hatte. Bei all den Fragen und Antworten, Bemerkungen und Erklärungen und allem wenn und vielleicht und aber und jedoch wurde es halb neun Uhr abends, bis er endlich nach Vigàta ins Kommissariat fahren konnte.

»Bist du geschrumpft?«, fragte Mimì, als er ihn sah.

Um Haaresbreite wich er Montalbanos Faustschlag aus, der ihm bestimmt die Nase gebrochen hätte.

Er brauchte gar nicht »Alle!« zu rufen, sie erschienen alle von selbst. Und der Commissario bereitete ihnen die Freude, die sie verdienten: Er berichtete in allen Einzelheiten vom ersten Verdacht gegen Serravalle bis zu dessen tragischem Ende. Die intelligenteste Bemerkung kam von Mimì Augello.

»Gott sei Dank hat er sich erschossen. Es wäre schwierig gewesen, ihn ohne konkreten Beweis in Haft zu halten. Ein tüchtiger Anwalt hätte ihn sofort wieder rausgeholt.«

»Aber er hat sich umgebracht!«, rief Fazio.

»Was heißt das schon?«, erwiderte Mimì. »Bei dem armen Maurizio Di Blasi war es doch auch so. Wer sagt denn, dass er nicht mit dem Schuh in der Hand aus der Höhle gelaufen ist, weil er hoffte, dass die den Schuh für eine Waffe halten und auf ihn schießen, was ja dann auch passiert ist?«

»Entschuldigen Sie, Commissario, aber warum hat er denn geschrien, dass er bestraft werden wollte?«, fragte Germanà.

»Weil er den Mord beobachtet hatte und ihn nicht hatte verhindern können«, sagte Montalbano abschließend.
Als die anderen sein Büro verließen, fiel ihm etwas ein, was er am nächsten Tag womöglich vergessen würde, wenn er sich nicht sofort darum kümmerte.
»Gallo, komm her. Du musst rüber in unsere Werkstatt, hol alle Unterlagen aus dem Twingo, und bring sie mir. Red mit unserem Mechaniker, er soll uns einen Kostenvoranschlag für die Reparatur machen. Und wenn er Interesse hat, den Wagen zweiter Hand zu verkaufen, dann soll er das machen.«

»Dottore, hätten Sie eine Minute Zeit für mich?«
»Komm rein, Catarè.«
Catarella war ganz rot im Gesicht, gleichzeitig verlegen und glücklich.
»Was hast du? Red schon!«
»Ich hab das Zeugnis für die erste Woche gekriegt, Dottore. Der Computerkurs geht von Montag bis Freitag früh. Ich wollt's Ihnen zeigen.«
Es war ein gefaltetes Blatt Papier. Er hatte lauter »hervorragend« bekommen; unter »Bemerkungen« stand: »Er ist der Beste seines Kurses.«
»Bravo, Catarella! Du bist das Aushängeschild unseres Kommissariats!«
Catarella brach fast in Tränen aus.
»Wie viele seid ihr denn in eurem Kurs?«
Catarella zählte an den Fingern ab:
»Amato, Amoroso, Basile, Bennato, Bonura, Catarella, Cimino, Farinella, Filippone, Lo Dato, Scimeca und Zìcari.

Das macht zwölf, Dottore. Wenn ich den Computer bei der Hand gehabt hätte, wäre das Zählen leichter gewesen.«
Der Commissario stützte seinen Kopf in die Hände.
Gab es für die Menschheit noch eine Zukunft?

Gallo kam von seinem Gang zu dem Twingo zurück.
»Ich hab mit dem Mechaniker geredet. Er ist einverstanden und kümmert sich um den Verkauf. Im Handschuhfach waren der Kraftfahrzeugschein und eine Straßenkarte.«
Er legte beides auf Montalbanos Tisch, ging aber noch nicht. Er fühlte sich nicht so wohl wie Catarella.
»Was hast du?«
Gallo gab keine Antwort, sondern legte ihm nur ein kleines Kärtchen hin.
»Das hab ich vorn gefunden, unter dem Beifahrersitz.«
Es war eine Bordkarte für den Flug Rom-Palermo, für die Maschine, die um zehn Uhr abends auf dem Flughafen Punta Ràisi landete. Der auf dem Abschnitt vermerkte Tag war der Mittwoch vergangener Woche, der Name des Fluggastes lautete G. Spina. Warum, fragte sich Montalbano, behielten Leute, die ihren Namen fälschten, fast immer die Initialen ihres wirklichen Namens bei? Die Bordkarte hatte Guido Serravalle in Michelas Auto verloren. Nach dem Mord hatte er keine Zeit gehabt, sie zu suchen, oder er hatte gedacht, sie sei noch in seiner Jackentasche. Deshalb hatte er auch, als er vorhin davon gesprochen hatte, ihre Existenz geleugnet und sogar auf die Möglichkeit angespielt, dass der Name des Fluggastes nicht der richtige Name sei. Aber mit dem Kärtchen in der Hand hätte man jetzt, wenn auch mühselig, rekonstruieren können, wer

wirklich mit der Maschine geflogen war. Erst jetzt merkte der Commissario, dass Gallo noch immer vor dem Schreibtisch stand und ein sehr ernstes Gesicht machte. Er sagte mit tonloser Stimme:
»Wenn wir eher im Auto nachgeschaut hätten…«
Già. Wenn sie den Twingo schon am Tag nach der Entdeckung der Leiche inspiziert hätten, wären die Ermittlungen gleich in die richtige Richtung gegangen, Maurizio Di Blasi würde noch leben und der wahre Mörder wäre hinter Gittern. Wenn…

Von Anfang an hatte es eine Verwechslung, eine Vertauschung nach der anderen gegeben. Maurizio war für einen Mörder, der Schuh für eine Waffe gehalten worden, eine Geige war mit einer anderen Geige und diese mit einer dritten vertauscht worden, Serravalle hatte sich als Spina ausgeben wollen… Nach der Brücke hielt er an, stieg aber nicht aus. In Annas Haus war Licht, er spürte, dass sie ihn erwartete. Er steckte sich eine Zigarette an, aber als er sie halb geraucht hatte, warf er sie aus dem Fenster, ließ den Motor an und fuhr los.
Es musste ja wirklich nicht sein, der Liste noch einen Tausch hinzuzufügen.

Er ging ins Haus, zog die Klamotten aus, die ihn zum Zwerg Bagonghi machten, öffnete den Kühlschrank, nahm ein Dutzend Oliven heraus und schnitt sich eine Scheibe *caciocavallo* ab.
Er setzte sich in die Veranda. Die Nacht war hell, die Wellen brachen sich träge. Er wollte keine Zeit mehr verlieren.

Er stand auf und ging zum Telefon.
»Livia? Ich bin's. Ich liebe dich.«
»Was ist passiert?«, fragte Livia alarmiert.
Während der ganzen Zeit, die sie nun zusammen waren, hatte Montalbano ihr nur in schwierigen, sogar gefährlichen Augenblicken gesagt, er liebe sie.
»Nichts. Morgen früh habe ich zu tun, ich muss dem Questore einen langen Bericht schreiben. Wenn nichts dazwischenkommt, fliege ich nachmittags und komme zu dir.«
»Bis morgen«, sagte Livia.

Anmerkung des Autors

In Commissario Montalbanos viertem Fall (in dem Namen, Orte, Situationen frei erfunden sind) kommen Geigen ins Spiel. Wie seine Romanfigur versteht sich der Autor nicht darauf, über Musik und Musikinstrumente zu sprechen oder zu schreiben (eine Zeit lang versuchte er, zur Verzweiflung der Nachbarn, Tenorsaxophon zu lernen): Was er wissen musste, hat er den Büchern entnommen, die S. F. Sacchoni und F. Farga der Geige gewidmet haben.
Dottor Silio Bozzi hat dafür gesorgt, dass sich keine »technischen« Fehler in die Erzählung des Falles eingeschlichen haben: Dafür bin ich ihm dankbar.

Anmerkungen der Übersetzerin

Arma: Carabinieri

Pippo Baudo: Bekannter italienischer Showmaster

Belfiore: In Belfiore starben Kämpfer des Risorgimento

Contrada: Ortsteil

Doxa: Meinungsforschungsinstitut

Lattes e Mieles: Verballhornung von »latte e miele«, einem Ausdruck für besonders süß oder auch honigsüß

Napoletana: Klassische Espressomaschine

Omo di merda: In Süditalien Bezeichnung für einen miesen Typen

Pentito: Reumütiger Kronzeuge

Pizzo: Schutzgeld

Il Re galantuomo: Vittorio Emanuele II.

Ridolini: Der Komiker des amerikanischen Stummfilms Larry Semon

Scippo: Handtaschendiebstahl vom Motorrad aus

Scopa: Kartenspiel

Nicolò Tommaseo: 1802–1874, Schriftsteller und Gelehrter

Im Text erwähnte kulinarische Köstlichkeiten

Agnello alla cacciatora Lamm nach Jägerart
Anicione Anisschnaps
Brioscia Brioche
Caciocavallo Käse aus Kuh- oder Büffelmilch
Cannola Mit einer süßen Creme aus Schafsricotta gefüllte Röllchen
Caponatina, Caponata Süß-sauer gebratene Auberginen, kalt serviert
Cassata Eisgekühlte Bisquittorte, mit Ricottacreme gefüllt und mit kandierten Früchten verziert
Dolci di riposto Ohne Füllung zubereitetes Gebäck, das längere Zeit aufbewahrt werden kann
Foco vivo Sauce aus Olivenöl, Knoblauch und reichlich getrocknetem rotem Peperoncino
Frutti di martorana Marzipanfrüchte
Granita Eisspeise aus Zitronensaft oder Kaffee
Latte Milch
Miele Honig
Mostazzoli Mit Wein zubereitetes Gebäck
Nasello al forno Überbackener Seehecht
Pasta col sugo di sasizza Pasta mit Sugo aus Würstchen
Pasta 'ncasciata Makkaroniauflauf mit Auberginen
Pecorino Schafskäse

Polipetti alla luciana Gebratene Tintenfische mit Tomatensauce

Salsa corallina Sauce aus Langusteneiern und Seeigeln, mit der man Spaghetti anrichtet

Sasizza alla brace Gegrillte Würstchen

Spaghetti alle vongole Spaghetti mit Venusmuscheln

Taralli Honiggebäck

Tetù Süßes Gebäck

Tinnirùme In Olivenöl und Salzwasser gegarte Blüten und Blattspitzen des sizilianischen Kürbisses

Viscotti regina Süßes Gebäck

Ljudmila Ulitzkaja

MEDEA UND IHRE KINDER

Ende April beginnt für Medea Mendez, geborene Sinopli, die »Familiensaison«. Von überall her kommen die Nachfahren des alten Griechen Sinopli auf die Krim. Medea, seit langem verwitwet und kinderlos, ist zur Urmutter des Familienclans geworden, die im Stillen über das wilde Treiben der jungen Menschen wacht. Und auch in jenem Sommer wird Medeas Haus zum Schauplatz der Leidenschaften.

»Das Buch ist großherzig, tragisch, durchtrieben und amüsant ... Die Kritik wird es als Erzählwunder preisen.«
DIE ZEIT

Nr. 25060